KB109730

박
정
희

2

북오션은 책에 관한 아이디어와 원고를 설레는 마음으로 기다리고 있습니다. 책으로 만들고
싶은 아이디어가 있으신 분은 이메일(bookrose@naver.com)로 간단한 개요와 취지, 연락처
등을 보내주세요. 머뭇거리지 말고 문을 두드리세요. 길이 열릴 것입니다.

이수광 장편소설

박정희 2

초판 1쇄 발행 | 2012년 11월 10일
초판 1쇄 인쇄 | 2012년 11월 15일

지은이 | 이수광
펴낸이 | 박영욱
펴낸곳 | 북오션

경영총괄 | 정희숙
책임편집 | 임은희
편집 | 이상모 · 주재명 · 권기우
마케팅 | 최석진
표지 및 본문 디자인 | 최희선
디자인 | 서정희
법률자문 | 법무법인 명율 대표 변호사 **안성용**

주 소 | 서울시 마포구 서교동 468-2번지
이메일 | bookrose@naver.com
트위터 | @Book_ocean
페이스북 | bookocean
카 페 | http://cafe.naver.com/bookrose
전 화 | 편집문의 : 02-325-5352   영업문의 : 02-322-6709
팩 스 | 02-3143-3964

출판신고번호 | 제313-2007-000197호

ISBN 978-89-93662-95-5 (04810)
       978-89-93662-93-1 (전2권)

*이 도서의 국립중앙도서관 출판시도서목록(CIP)은 e-CIP홈페이지(http://www.nl.go.kr/ecip)
 와 국가자료공동목록시스템(http://www.nl.go.kr/kolisnet)에서 이용하실 수 있습니다.
 (CIP제어번호 : CIP2012004653)

이수광
장편소설

박
정
희

2

북오션

한강의 기적을 이룩한 사나이

박근혜 의원이 새누리당 대통령 후보가 되면서 새삼스럽게 박정희 전 대통령이 화제가 되고 있다. 박정희에 대한 평가는 극과 극을 달린다. 박정희의 사진이 원체 근엄해 보여서 소설의 주인공감이라고 생각하지 않았었다. 그런데 막상 소설을 쓰기 위해 취재를 하자 그가 그림, 시, 음악, 검도 등에도 일정한 소양을 가지고 있고 인간적으로도 상당히 독특한 매력이 있는 사람이라는 것을 알게 되었다.

소설을 쓰기 위해 구미 생가를 방문한 일이 있었다. 생각보다 참 소박했다. 한때 대학생들이 몰려와 불을 질러서 생가가 타버리는 바람에 일부를 개축했다고 하는데 아쉬운 일이 아닐 수 없다.

박정희는 여린 성품을 갖고 있기도 했다. 박정희가 서독을 방문했을 때, 외화를 벌기 위해 나간 광부들을 보고 눈물을 흘린 이야기라든지, 김영삼 신민당 총재와 영수회담을 할 때 눈물을 흘리며 울었던 일, 아들을 육군사관학교에 보내고 가슴 아파하던 일, 아들이 휴가를 받아 오자 집안에 활기가 돈다고 일기에 남긴 것이 그 증거이다. 그런가 하면 3선 개헌을 할 때는 친구까지 가혹하게 몰아붙였다.

박정희는 많은 일을 한 사람이다. 경부고속도로 건설, 자동차 공장 건설과 조선소 건설, 포항제철과 지하철 건설 등은 박정희가 아니면 추진하기 어려웠던 프로젝트가 아니었을까 하는 생각을 하게 된다. 식량 자급자족, 자주국방, 산림녹화 사업에도 일생을 바쳤다. 무엇보다 관 주도라는 비난을 받았던 새마을운동 사업이 외국에까지 널리 알려지고 그 노하우를 배워 가는 나라들이 많다는 사실도 잊어서는 안 된다.

박정희는 확실히 한강의 기적을 이룩했다.

현재 대통령 후보들이 오로지 복지 문제만 거론하고 국방에 대해서는 공약을 제시하지 않는 것을 보고 놀랐다. 최근의 상황만 보더라도 영토 문제로 한·중·일이 첨예하게 대립하고 있는데도 국가 수호에 대한 비전을 제시하지 않고 있다.

박정희 전 대통령이라면 과연 그랬을까.

사실 60, 70년대에 대해서는 박정희를 비판하기보다 시대를 비판해야 한다. 군부는 6·25로 인해 비대해져 있었고 젊은 장교들은 상당수가 쿠데타를 모의하고 있었다. 박정희나 그의 추종자들이 5·16을 일으키지 않았어도 다른 장교들이 일으켰을 가능성이 높다.

60, 70년대의 경제 건설은 그의 치적이고 민주주의에 대한 탄압은 그의 과오다. 60, 70년대에 독재를 했던 여러 나라들이 모두 우리

나라처럼 경제 발전을 이룬 것은 아니라는 사실에서 한강의 기적이 평가되어야 한다.

이 작품은 몇 년 전에 《인간 박정희》라는 제목의 3권짜리 소설로 출간되었으나, 이번에 2권으로 압축하면서 대대적으로 개작을 했다.

박정희를 비판하는 사람이든 숭배하는 사람이든 그에 대한 책은 앞으로도 계속 나올 것으로 보인다. 박정희를 어떻게 평가하든지 그것은 집필자들의 몫이고, 이에 공감을 하고, 못 하고는 독자의 몫이다. 나는 나의 시각으로 박정희를 그렸다.

소설을 2권으로 마무리하면서 내면을 좀 더 깊이 들여다보지 못한 것 같아 아쉽다. 실명 소설이기 때문에 그의 내면을 작가의 멋대로 추정하거나 단정할 수가 없었다.

박정희는 자신이 독재자라는 것을 알고 있었고 일기에도 그렇게 기록했다. 체제를 부정하는 사람들이 있다는 것도 알고 있었다.

그럼에도 10월 유신을 강행한 것은 자신의 손으로 민족중흥을 이룩하고 자주국방을 이룩하려는 야심을 갖고 있었기 때문이었다.

2012년 10월

이수광

박정희 2

차례

질풍노도의 세월

이강호는 박정희에 대한 많은 이야기가 전설이 되고 있다는 것을 느꼈다. 그러나 그 전설에는 반드시 비난이 따랐다. 특히 박정희를 부각시킨 이야기에는 반드시 이를 비난하는 글이 뒤따르고 있었다. 박정희가 대통령이 되고 얼마 되지 않았을 때 박정희는 서독에 광부를 파견했다. 그리고 얼마 후 박정희는 서독을 방문하여 총리와 대통령을 만나고 광부들을 찾아가 위로했다. 그런데 최근 한 인터넷 신문에서 그것이 거짓이고 박정희가 서독 대통령을 만난 일이 없다고 비난한 것이다.

박정희는 서독 정부가 빌려준 비행기를 타고 인도의 뉴델리공항, 파키스탄의 카라치공항, 이집트 카이로, 이탈리아 로마공항, 독일의 프랑크푸르트공항을 거쳐 본공항에 28시간 만에 도착했다. 박정희는 뤼브케 대통령과 의장대를 사열하는 등 공식 행사를 마친 뒤 한국의 광부들이 일하는 루르 지방으로 출발했다. 경찰기동대의 사이카들이 선도하는 차량 행렬은 라인강을 따라 아우토반을 달렸다.

오전 10시 40분, 박 대통령이 탄 차가 루르 지방의 함보른탄광회사 강당에 도착했다. 인근 탄광에서 근무하는 광부 300여 명과, 뒤스부르크와 에센간호학교에서 근무하는 간호사 50여 명이 태극기를 들고 환영했다.

검은 탄가루에 찌든 광부들이지만 모두 양복 차림이었고 격무에 시달린 간호사들도 색동저고리를 곱게 차려입고 박정희 일행에게 환하게 웃으며 손을 흔들었다.

박정희와 육영수는 서독 실정을 잘 알던 통역관 백영훈 교수로부터 서독에 파견된 우리 광부와 간호사들이 초과 근무를 하며, 즉 자청해 몸이 부서져라 일해서 고향에 송금하고 있다는 이야기를 차 안에서 듣고 감격했다.

박정희와 육영수는 이들에게 손을 흔들어 답례했다. 벌써 육영수는 손수건을 꺼내 눈물을 닦고 있었다. 간호사들 중에도 조국의 대통령 부부를 보아서인지 더러 눈물을 훔치는 사람들도 있었다.

박정희 일행이 강당으로 들어가 대형 태극기가 걸린 단상에 오르자 광부들로 구성된 브라스 밴드가 애국가를 연주했다. 박정희가 선창하면서 합창이 시작됐다.

"동해물과 백두산이 마르고 닳도록……."

한 소절 한 소절 불러갈 때마다 애국가를 부르는 소리가 더 커져 갔다.

"무궁화 삼-천리 화려-강-산⋯⋯."

이 대목부터 합창 소리가 목멘 소리로 조금씩 변하기 시작했다. 광부와 간호사들에게는 떠나온 고향과 조국 산천이 눈앞에 스치고 지나갔을 것이다. 가난한 나라의 대통령으로서 젊은이들이 타국에 와 고생하는 현장을 본 박정희의 음성도 떨리기는 마찬가지였다. 마침내 마지막 소절에서는 울음소리 때문에 더 이상 가사가 들리지 않았다. 모두가 눈물을 흘렸다. 밴드의 애국가 연주가 끝나자 박정희 대통령은 손수건으로 눈물을 닦고 코를 풀더니 연설을 시작했다.

"여러분, 만리타향에서 이렇게 상봉하게 되니 감개무량합니다. 조국을 떠나 이역만리 남의 나라 땅 밑에서 얼마나 노고가 많으십니까. 서독 정부의 초청으로 여러 나라 사람들이 이곳에 와 일하고 있는데 그중에서도 한국 사람들이 제일 잘하고 있다고 칭찬을 받고 있음을 기쁘게 생각합니다⋯⋯."

여기저기서 흐느끼는 소리가 들려오기 시작했다. 박정희는 원고를 보지 않고 즉흥 연설을 하기 시작했다.

"광원 여러분, 간호원 여러분. 모국의 가족이나 고향 땅 생각에 괴로움이 많을 줄로 생각되지만 개개인이 무엇 때문에 이 먼 이국에 찾아왔던가를 명심하여 조국의 명예를 걸고 열심히 일합시다. 비록 우리 생전에는 이룩하지 못하더라도 후손을 위해 남들과 같은 번영의 터전만이라도 닦아 놓읍시다⋯⋯."

박정희의 연설은 제대로 이어지지 못했다. 울음소리가 점점 더 커졌기 때문이었다. 감정의 전이로 말미암아 박 대통령 자신도 울고 말았다. 육영수 여사도, 수행원도, 심지어 단상 옆에 서 있던 뤼브케 서독 대통령까지도 울었다.

결국 연설은 어느 대목에선가 완전히 중단되었고 강당 안은 눈물바다가 되어 버렸다.

박정희는 참석한 광부들과 일일이 악수를 나누고 파고다 담배 500갑을 전달한 뒤 강당 밖으로 나왔다. 30분 예정으로 들렀던 광산회사에서 박 대통령 일행이 강당 밖으로 나오는 데는 거의 한 시간이나 걸렸다. 함보른광산회사 측에서는 박정희에게 한국인 광부가 지하 3,000미터에서 캐낸 석탄으로 만든 재떨이를 기념으로 선물했다.

박정희와 육영수는 너무 울어 부은 눈 때문에 시선을 바로 두지 못했다.

광부 기숙사를 둘러보고 차로 향하자 어느새 수백 명의 우리 광부들이 운집해 있었다. 몇몇은 작업복 차림에 갓 막장에서 나와 검은 탄가루를 뒤집어쓴 채였다. 박 대통령 가까이 있던 광부들이 검은 손을 내밀었다.

"각하, 손 한번 잡게 해 주세요."

경호원들이 몰려드는 광부들을 제치고 대통령 일행이 지나갈 수 있도록 길을 만들었다. 박정희가 손을 흔들며 차에 오르자 광부들은 일제히 만세를 불렀다.

"대한민국 만세! 대통령 각하, 안녕히 가십시오!"

박정희의 차량은 뒤스부르크의 덴마크 철강 회사를 향해 아우토반에 올랐다. 박정희는 차 안에서 눈물을 멈추려 애쓰고 있었다. 나란히 앉은 뤼브케 대통령이 그 모습을 바라보더니 자기 호주머니에서 손수건을 꺼냈다. 칠순 노인인 뤼브케 대통령이 사십대 후반의 젊은 대통령의 눈물을 직접 닦아 주었다. 그리고 우정 어린 격려를 했다.

"울지 마십시오. 잘사는 나라를 만드십시오. 우리가 돕겠습니다. 분단된 두 나라가 합심해서 경제 부흥을 이룩합시다. 공산주의를 이기는 길은 경제 건설뿐입니다."

백영훈 통역관도 울먹이며 겨우 통역을 마친 뒤엔 눈물을 주체할 수 없어 창밖으로 고개를 돌려야 했다.

박정희는 서독 국회에서 연설했다.

"독일 의원 여러분, 한국은 독일처럼 분단되어 있습니다. 북한 공산군이 6·25 전쟁을 일으켰기 때문에 많은 국민들이 굶주리고 있습니다. 저는 공산주의와 싸우기 위해 혁명을 했고 공산주의를 이기는 것은 경제 발전이라고 생각합니다. 독일에서 차관을 도입하여 한국 경제를 부흥시키겠습니다. 라인강의 기적을 한국에서도 이룩하겠습니다."

박정희가 서독을 예방할 때 한국은 자원도 돈도 없는 세계에서 가장 못사는 나라였다. 유엔에 등록된 나라 수는 120여 개국, 필리핀의 국민소득이 170여 불, 태국이 220여 불 등…… 한국은 76불이었다.

유용원의 인터넷 사이트 '군사세계'에 있는 글이다. 이강호는 이 이야기에 깊은 감동을 받았다. 그러나 여기에도 박정희를 비난하는 댓글이 올라와 있는 게 현실이다.

* * *

어디선가 바람소리가 희미하게 들린다. 무엇인지 알아들을 수 없는 사람들의 함성 소리도 들린다. 아아, 저 소리는 환호인가, 절규인가. 시민들이 연도에서 통곡을 하고 울고 있다. 하얀 국화꽃으로 덮인 영구차가 청와대 본관 앞을 떠나고 있다. 아내가 죽었을 때 많은 국민들이 통곡했었다. 아아, 내가 죽을 때도 시민들이 위대한 영웅이 죽었다고 울어 줄 것인가. 아니면 독재자가 죽었다고 환호할 것인가.

슬픔의 덩어리가 가슴을 치밀고 올라온다. 나는 누구에겐가 소리를 질러 절규하고 싶다.

질풍노도처럼 앞만 보고 달렸던 옛날을 다시 회상해 본다.

지나간 역사를 되돌아보면 어느 해나 다름없이 파란만장한 격동의 세월이라고 할 수 있지만 우리가 목숨을 걸고 혁명을 일으킨 1961년도 예외는 아니었다. 민주당 정부에서 있었던 신구파의 대립, 3·15 관련 부정 선거 관련범과 4·19 학생혁명 때 발포를 지시한 책임자들에 대한 재판을 제외하고서라도 5·16 군사혁명은 나라 안을 온통 뒤흔들어 놓기에 충분했다.

나는 점차 상황이 안정되어 가자 혁명위원회를 동원하여 개혁을 단행했다. 정정법政淨法을 제정하여 구정치인들에게 정치를 하지 못하도록 했고 농어촌고리채정리법, 부정축재자처리법, 폭력배근절, 한일회담 등 국민들에게 환영받을 만한 일들을 의욕적으로 추진해 나갔다. 특히 혁명재판소를 설치하여 3·15 부정 선거 원흉과 4·19 발포 책임자들, 정치 폭력배들에 대한 사형 선고로 국민들의 환영을 받았다. 이들은 민주당 정부의 재판에서 대부분 무죄, 또는 가벼운 형이 언도되어 '4월의 피는 통곡한다! 잃어버린 팔다리 이어주오!' '살인 원흉이 무죄라면 독재 총부리에 병신이 된 우리가 유죄냐?' 하며 4·19 상이학생회로부터 국회 해산 요구를 받기까지 했었다.

혁명 재판은 곽영주, 최인규, 임화수, 조용수, 최백근에게 사형을 언도했고 곧바로 형이 집행되었다.

혁명위원회는 폭력배 일제 소탕에도 심혈을 기울였다. 정치권력에 이용당한 측면도 없지 않으나 자유당 정권에서는 폭력배들이 서울을 주름잡고 있었고 치안 부재 상태였다. 이정재의 심복인 이석제는 단성사 극장 앞에서 백주에 권총을 난사하여 시민들을 경악하게 했고, 이정재와 유지광은 동대문사단을 이끌며 야당 선거 유세장까지 깡패들을 보내 습격하게 만들고 4·18 고대학생습격사건으로 국민들의 비난을 받았다.

혁명 정부는 이들을 군인들을 동원하여 일제히 소탕했다. 경찰이 하지 못했던 깡패들의 일제 소탕은 강제적이고 인권 탄압적인 면도 없지 않았다고 후에 말들이 있었으나, 시민들이 서울 거리를 안심하고 다닐 수 있도록 하는 데 일조했다. 정치 폭력배 이정재, 임화수 등은 사형이 집행되었고 유지광은 무기로 감형되었다.

군사혁명은 의외로 여러 단체들의 환영을 받았다. 5월 18일 육군 사관학교 생도들의 군사혁명 지지 시위로 전군의 지지를 받는 데 성공한 군사 정부가 부추긴 점도 없지 않았으나 대학생, 예술인들이 잇따라 군사혁명 지지 시위를 벌였다. 국민들도 내막은 자세히 알지 못했으나 우유부단했던 민주당 정부에 환멸을 느끼고 있었던 터라 군사혁명 정부가 강력하게 국가를 운영해 주기를 바랐다.

윤보선 대통령은 혁명이 일어난 지 나흘 만인 5월 19일, 대통령직을 사임한다고 발표했다.

"군사혁명이 일어난 뒤에 저는 귀중한 인명이 희생되지 않기를 바랐습니다. 다행히 큰 희생 없이 혁명이 진행 중에 있어서 저는 안심하고 대통령직에서 사임하는 바입니다. 혁명위원회는 하루속히 우리 국민들을 가난의 고통에서 벗어나게 해주기를 바라고 국민 여러분도 적극적인 협조를 해주시기를 당부드립니다."

장도영은 윤보선 대통령이 하야 성명을 발표한 것을 알게 되자 내 방으로 뛰어 들어왔다.

"박 장군, 대통령이 사임하신다는데 알고 있었소?"

"몰랐습니다."

나는 약간 놀란 표정으로 대답했다. 그러나 곰곰이 생각하자 혁명을 한 마당에 대통령이 존재하는 것이 불필요하다고 생각했다. 사임하는 것은 오히려 잘된 일이었다.

"지금 대통령이 사임하면 좋지 않아요. 우리가 정권을 탈취하기 위해 혁명을 한 것이 되지 않소? 나하고 같이 청와대로 가서 사임을 번복시킵시다."

"무슨 말씀입니까? 혁명인데 대통령이 사임하는 것이 당연한 거 아닙니까?"

나는 장도영의 말에 무뚝뚝하게 말했다.

"지금 혁명이 성공하지도 않았소. 이 어수선한 상황에서 대통령이 사임하면 큰 혼란이 일어나요."

"의장님이 잘못 알고 계신 것 같습니다. 지금 헌법이 중지되어 있는데 대통령이 어디에 있습니까?"

"계엄을 선포한 대통령이 공석이 되면 어떻게 되겠소?"

"지금 상황은 대통령이 있으나 없으나 마찬가지입니다. 어차피 허수아비 아닙니까?"

"이것 봐요, 박 장군! 대통령이 없으면 국가가 없는 것이나 마찬가지요."

나는 흥분한 장도영을 따라 청와대로 올라가 윤보선 대통령의 사임을 형식적으로 만류했다. 그러나 나는 장도영과 생각이 달라 중도에서 돌아오고 말았다.

'대통령이 없으면 국가로 인정받지 못한다고? 혁명 정부를 구성하지 않았기 때문이야.'

나는 김종필과 혁명위원회 핵심 멤버를 불러 내각 구성 문제를 논의했다. 내각이 해산된 상태에서 혁명 정부를 구성하지 않으면 문제가 발생한다는 사실을 말했다. 혁명위원들은 군사 내각을 구성하는 일에 찬성했다. 이 자리에서 내각 수반에 대한 논의가 팽팽하게 대립했다. 장도영을 내각 수반으로 임명하느냐, 내가 곧장 내각 수반이 되어 혁명 정부를 구성하느냐의 문제였다. 혈기왕성한 혁명위원들은 나에게 내각 수반을 맡으라고 요구했다.

"각하께서 혁명의 실질적이 지도자입니다. 그러므로 명실상부한 혁명 정부를 구성하기 위해서는 각하가 내각 수반이 되어야 합니다."

김재춘과 문재준이 나에게 말했다.

"육군 참모총장이 있으니 일단 지금은 장도영 총장이 내각 수반이 되어야 해."

나는 장도영을 강력하게 내각 수반에 천거했다.

"각하, 혁명은 우리가 했는데 왜 그에게 정권을 맡깁니까?"

"우리는 열정만 있지 경륜이 없어. 전면에 나섰다가는 실패를 한다고."

"그럼 장 총장에게 실패를 맡기겠다는 것입니까?"

"일단 야전군을 완전히 장악한 뒤에 제거해야 돼."

나는 김재춘과 문재준에게 낮게 말했다. 그러자 그들은 더 이상 말하지 않았다.

마침내 혁명 정부가 구성되었다. 내각 수반 겸 국방부장관 장도영 육군 참모총장, 외무부장관 김홍일 예비역 육군 중장, 내무부장관 한신 육군 소장, 재무부장관 백선진 육군 소장, 법무부장관 고원증 육군 준장, 문교부장관 문희석 해병 대령, 건설부장관 박기석 육군 대령, 농림부장관 장경순 육군 준장, 상공부장관 정래혁 육군 소장, 보사부장관 장덕승 공군 준장, 교통부장관 김광옥 해군 대령, 체신부장관 배덕진 육군 준장, 국무원 사무처장 김병삼 육군 준장, 공보부장에 심흥선 육군 소장이 임명되었다.

내각 수반이 된 장도영은 39세였고 외무부장관 김홍일은 57세였다. 나머지는 모두 30대 후반에서 40대 초반이었다. 나라를 이끌어 갈 정부의 장관들이 모두 30대와 40대로 채워진 것이다.

'내가 혁명을 한 것은 국민들을 잘살게 하기 위해서다.'

나는 혁명위원회 사무실에서 창밖을 내다보면서 깊은 생각에 잠겼다.

혁명의 1단계가 숙정이라면 2단계는 근대화였다. 나는 일본이 명치유신을 단행하여 발전한 것처럼 우리나라도 군사혁명으로 발전을 해야 한다고 생각했다. 김종필과 유원식은 부정축재자처리법으로 구속되어 있는 기업가들을 풀어 주어 경제 활동에 전념하게 하고, 일본에서 돌아오지 않고 있던 이병철도 돌아오게 하자고 건의했다.

'그들은 부패했다. 자유당 때 얼마나 많은 정치 자금과 뇌물을 바쳤는가?'

나는 이병철 같은 기업가들이 4·19 혁명이 일어났을 때 부정 축재자로 구속되었으나 경제 건설이 시급한 장면 정부에게 15억 환을 바치고 풀려난 것을 생각하자 불쾌했다. 그들을 또다시 석방해 주면 부정부패는 악순환을 되풀이할 것이다. 게다가 이병철은 일본에서 돌아오지 않고 있었다.

"각하, 중앙정보부 직원을 보내 강제로 데리고 와야 하지 않겠습니까? 이게 무슨 꼴입니까? 우리나라 제일 부자가 일본으로 도망가 있다니요? 나라가 창피합니다."

경호실장에 임명된 박종규가 말했다.

"데리고 와서 뭘 해?"

"각하, 기업가를 처벌하면 경제가 위축됩니다. 지금 우리나라의 재정이 말이 아닙니다."

김종필이 서류를 나에게 내밀면서 말했다. 서류를 살펴보자 국고에 외화가 30만 달러밖에 남아 있지 않았다.

"삼성의 이병철 사장이 이승만과 각별했던 것은 천하가 다 아는 사실 아니야? 그동안 얼마나 많은 특혜를 받았어?"

"우리가 혁명을 성공하려면 기업가들을 살려야 합니다. 지금 경제가 엉망입니다."

김종필의 말에 나는 얼굴을 찌푸렸다. 전쟁이 끝난 지 10년이 되었으나 거리는 실업자들로 득실대고 시민들이 굶주리면서 죽어가고 있었다. 찬바람이 불면 굶어 죽은 시체가 거리에 낙엽처럼 뒹굴었다. 경제를 발전시키지 못하면 혁명의 목적이 공허해지는 것이었다.

"그들을 풀어 주어서 경제를 살릴 수 있다면 풀어 주어야지. 국민들이 잘사는 것이 우리 혁명의 최대 목표니까. 이병철이 돌아오지 않겠다면 어떻게 할 거야?"

"이병철의 가족들이 국내에 있습니다. 가족들이 있는 한 외국에서 버티지 못할 겁니다."

나는 중앙정보부에 지시하여 이병철을 데려올 수 있는 밀사를 파견했다.

"이것 보시오, 부정 축재자를 왜 귀국시키려는 것이오? 나를 감옥에 넣으려는 것이오?"

이병철은 밀사를 만나자 불만부터 털어놓았다.

"혁명 정부는 회장님을 처벌할 생각이 전혀 없습니다. 회장님의 신변을 확실하게 보장해 드리겠습니다. 우리는 국가 재건을 위해 혁명을 일으킨 사람들입니다."

"그래서 아무 조건 없이 나를 귀국시키겠다는 것이오? 정말 신변을 보장하겠소?"

"이병철 회장님의 신변을 확실하게 보장해 드릴 것을 약속합니다. 대신 저희에게도 선물을 하나 주십시오. 회장님의 재산 헌납 같은 것 말입니다."

"허허허! 칼만 안 들었지 강도들과 다름없군. 민주주의 국가에서 어떻게 국민의 재산을 강제로 빼앗을 수 있소?"

"지금은 혁명 상황입니다."

이병철은 눈을 부릅뜨고 밀사를 쏘아보았다고 한다. 전 재산을 국가에 헌납하는 것은 얼마든지 할 수 있었다. 돈은 또 벌면 되는 것이고 헌납하는 재산도 나라에 귀속되는 것이니 아까울 것이 없었다. 그러나 국민의 사유 재산을 이토록 간단하게 말 한마디로 빼앗아 간다는 것은 비참한 일이었다.

'그래, 돈이란 벌면 된다. 내가 죽어서 가지고 갈 것도 아니지 않는가? 다만 저들은 재산을 빼앗는 것으로 기업가의 보람을 빼앗고

있어.'

이병철은 서슬 퍼런 군사혁명 정부가 10여 년 동안 온갖 고난을 무릅쓰고 이룩한 자신의 부를 강제로 탈취하려 한다고 생각하자 서글펐다고 한다. 그러나 이병철은 도쿄에서 전 재산을 국가에 헌납하겠다는 기자 회견을 하고 서울로 돌아왔다.

나는 이병철을 최고회의 상임위원장 집무실에서 만났다. 마침 비가 오고 있었기 때문에 한국 최고의 부자인 이병철도 물기에 젖어 있는 듯한 기분이었다. 나는 이병철이 집무실로 들어오자 자리에서 일어나 그를 맞이했다.

"비가 오는데 불러서 미안하오. 귀국하느라고 고생은 하지 않았습니까?"

나는 그의 안색을 살피며 부드러운 목소리로 인사를 건넸다. 그는 키가 작았으나 단정한 인상을 풍겼다.

"덕분에 고생은 하지 않았습니다."

이병철이 긴장과 피로가 뒤섞인 표정으로 대답했다.

"앉으시오."

나는 소파를 가리켰다. 이병철이 조심스럽게 소파에 앉았다.

"혁명이 일어났을 때 일본에 있었다고 들었소. 국내에 없어서 잘 모르겠지만 우리는 썩어빠진 대한민국을 완전히 개조할 것이오. 이것이 우리의 혁명 과업이오. 혁명 과업을 완수하는 첫째 조건이 부정부패 없는 나라이고, 둘째가 경제 건설이오. 이 회장은 경제에 대해서 잘 아니까 우리를 도와 이 나라의 경제 발전을 위해 신명을 바치시오.”

나는 단도직입적으로 이병철에게 말했다.

“제가 어떻게 나라를 위해 신명을 바칩니까?”

“그동안 돈만 버느라 혈안이 되었는데 국가 경제를 살리는 일에도 머리를 써보시오.”

“기업가들이 모두 감옥에 있습니다. 이런 상황에서 어떻게 경제를 살리겠습니까?”

“그 사람들 모두 부정 축재자들 아니오?”

“엄밀하게 따지면 기업인들에게는 죄가 없습니다. 기업인들은 돈을 버는 사람들입니다. 정치인들이나 관리들이 뇌물을 원하지 않으면 왜 아까운 돈을 그들에게 주겠습니까? 정치가 혁신이 되면 기업가들도 깨끗하게 돈을 벌 것입니다.”

“그런 변명하지 마시오. 당신네들이 돈을 주지 않았는데도 공무원들이나 정치인들이 돈을 달라고 했다는 말이오? 기업가와 관리들은 악어와 악어새 같은 존재들이오. 이제는 그런 방법으로 돈을 벌지 맙시다. 정직하게 돈을 벌고, 벌어들인 돈을 국민들에게 골고루 분배했다면 무슨 죄가 되겠소? 솔직하게 이 회장의 돈을 먹지 않은 정치인이 한 사람이라도 있소?”

나는 이병철을 날카롭게 추궁했다.

“정치 자금을 많이 낸 것은 사실입니다. 저를 부른 것이 그 때문은 아니지 않습니까? 기업인들을 부정 축재자로 몰아 구속하는 것보다 그들을 잘 활용하여 경제에 도움이 되게 하려는 것이 혁명위원회의 뜻이라고 들었습니다. 기업가들을 석방하면 당장 경제가 살아납니다. 지금 멈춰 있는 공장이 적지 않습니다."

"그렇소, 그래서 기업가들이 나라를 위해 경제를 살려야 한다는 것이오. 이 회장은 경제 건설을 할 수 있도록 한번 계획을 만들어 보시오."

"저 혼자 할 수 있는 일이 아닙니다. 모든 경제인들이 힘을 합쳐야 합니다."

"그럼 기업가들을 모두 석방해 달라는 말이오?"

"누구는 감옥에 있고 누구는 혁명 정부와 손을 잡고 일을 할 순 없지 않습니까?"

"우리 혁명 정부는 '재건합시다'를 지상 과제로 삼고 있습니다. 국가 재건에 경제인들이 목숨을 걸 각오가 되어 있다면 석방을 고려해 볼 수 있소."

"군인들이 혁명을 했으니 기업가들도 혁명을 해보겠습니다."

"우리는 이 땅에서 반드시 가난을 몰아내야 하오. 지금 얼마나 많은 국민들이 굶주리고 있소?"

"가난은 기업인들이 몰아낼 것입니다. 기업가들을 활용하십시오. 어차피 국가 재건은 건설과 경제로 이루어집니다."

"삼성이 차관으로 대한민국 모든 은행을 인수했다는 것을 모를 줄 아시오? 대한민국 모든 은행이 삼성 소유가 아니오?"

"삼성은 대주주일 뿐입니다."

"통째로 남는다는 적산 기업 불하는 어떻게 된 거요? 어떻게 시중

은행 대부분의 주식이 대한물산 수중에 들어갔소? 재계 1위의 자금력, 제당, 모직, 제분, 물산, 양조, 한일은행 41%, 조흥은행 51%, 안국화재보험, 유성방직…… 그것뿐인가? 지난해 서독과 이탈리아의 차관 교섭에도 성공했지 않소?"

"서독의 차관은 비료공장 건설을 추진 중에 있기 때문입니다. 비료공장 건설은 우리 국민들의 식량 자급을 위한 것입니다."

"그렇다고 기업가들이 돈을 벌지 않소?"

나의 질문에 이병철은 입을 다물고 대답하지 않았다.

"좋소, 내가 이 회장을 부른 것은 그런 과거를 추궁하기 위해서가 아니오. 이 회장을 중심으로 경제 건설을 해달라는 것이오. 기업가들이 안 되는 것은 우리 혁명 정부가 하겠소."

나는 이병철에게 혁명 정부가 경제 건설을 밀어붙이겠다는 웅대한 구상을 설명했다. 이병철은 나의 입에서 경제에 대한 이야기가 쏟아져 나오자 놀란 듯한 얼굴로 쳐다보았다. 그동안 경제에 대해 많은 공부를 했다. 열정이 있으면 무슨 일이든지 할 수 있다. 군대에 있을 때는 단순하게 정보를 분석하고 작전만 잘 세우면 되었으나 경제는 민감한 일들이 여간 많지 않았다. 나는 최고회의로 올라오는 경제 관련 서류를 꼼꼼하게 살피고 밤늦게까지 공부했던 것이다.

나는 이병철을 돌려보낸 후 최고회의를 소집했다. 최고회의는 부정 축재를 한 기업가들을 석방하는 것에 일제히 반대했다. 나는 그들을 구속하면 국가를 재건하려는 혁명 목표를 이룰 수 없다고 설득했다. 국민들에게 혁명을 납득시키려면 경제를 발전시켜야 했다. 나는 경제 발전을 국정의 최고 목표로 두었다.

최고회의는 갈등이 심해졌다. 나는 특단의 조치를 취하지 않으면 안 된다고 생각했다. 무엇보다 장도영 총장과의 갈등이 극심했다. 장도영은 혁명에 능동적으로 참여하지 않았으면서도 전체적인 지휘권을 잡으려 하여 혁명 주체 세력의 불만을 샀다.

장도영은 김종필이 창설한 중앙정보부법을 만들 때도 결재를 하지 않았다.

"장도영 장군이 결재를 보류시켰어."

나는 결재 서류를 찾으러 온 김종필에게 퉁명스럽게 말했다.

"각하, 왜 총장이 보류를 합니까?"

김종필이 이해할 수 없다는 표정을 지었다.

"그걸 내가 어떻게 알겠나?"

"장 총장 나름대로의 계산이 있는 것 같습니다. 혁명은 우리가 했는데 왜 장 총장이 좌우합니까?"

"어떻게 하자는 소리야? 그래도 총장 아니야?"

"시기를 봐서 제거해야 합니다."

김종필의 말에 나는 고개를 끄덕거렸다. 중앙정보부를 만들면서 장도영을 제거하지 않고는 혁명이 제대로 이루어지지 않을 것이라고 생각했다. 나는 그 임무를 김종필에게 맡겼다. 김종필은 장도영이 혁명에 참여하지도 않았을 뿐 아니라 오히려 방해가 되고 있다고 주장했는데, 나를 찾아온 8기생들도 같은 말을 했다. 장도영은 내각 수반과 국방부장관, 육군 참모총장의 일을 하면서 목숨 걸고 혁명을 한 나와 상의도 하지 않고 정책을 마음대로 결정하고 인사권을 휘둘렀다. 나는 국가재건최고회의에서 장도영을 밀어내기로 결정했다.

"김종필이 너무 설치는 것 아니야?"

한편, 문재준과 박치옥은 김종필을 견제하고 있었다. 그들은 나에게 찾아와 걸핏하면 김종필에 대한 험담을 늘어놓았다.

'김종필이 점점 적을 만들어 가고 있군.'

혁명을 한 장교들 사이에 알력이 커지자 난감했다.

"이봐, 종필이. 8기들끼리 너무 뭉치지 마."

나는 김종필에게 육사 8기들하고만 어울리는 것에 대한 주의를 주었다.

"박치옥과 문재준이 제 욕을 하고 다닌다는 것을 잘 알고 있습니다."

김종필이 불쾌한 표정으로 대답했다. 내가 주의를 주었는데도 김종필은 자신의 의도대로 정국을 이끌어 나갔다.

"보링을 해야지, 안 되겠어."

김종필이 중앙정보부를 만들면서 육사 8기를 대거 끌어들였고 그들이 혁명을 능동적으로 이끌어 나가자 박치옥은 김종필을 제거하기 위해 헌병대를 동원할 계획을 세웠다. 그러나 그의 계획은 막강한 정보력을 갖고 있는 중앙정보부에 먼저 포착되었다. 그때 장도영이 민정이양을 하라고 나에게 요구했다. 나는 민정이양은 시기상조다, 이제 혁명을 한 지 3개월밖에 되지 않았는데 어떻게 민정이양을 하느냐면서 반대했다. 나의 반대에도 불구하고 장도영은 민정이양 계획을 독단으로 발표하여 신문에 대서특필되었다.

"장도영 총장은 물러나야 합니다. 혁명을 완수하기도 전에 민정이양을 하라는 것은 야당 정치인들과 똑같은 논리 아닙니까?"

김종필을 비롯하여 김재춘과 김형욱이 펄쩍 뛰었다.

곧이어 열린 최고회의에서 김형욱과 김종필은 일제히 장도영을 비판했다.

"당장 취소해야 합니다. 민정이양 계획은 사견이었다고 발표하십시오."

"무슨 소리야? 나는 민정이양을 최대한 빠른 시일 내에 실시할 거야. 그리고 나는 참모총장 겸 최고회의 의장이야. 의장이 발표한 것을 부하들이 뒤집어?"

장도영이 책상을 두드리면서 김종필과 김형욱을 쏘아보았다.

"혁명 과업이 이루어지지 않았는데 무슨 민정이양입니까?"

"정치는 민간인들이 하고 군인들은 군대로 돌아가야 돼."

최고회의는 격렬하게 대립했다. 그리고 장도영파와 나를 지지하는 파로 양분되었다.

"이래 가지고 어떻게 나라를 이끌어 가겠어?"

나는 그들에게 실망하여 김종필에게 말했다.

"박치옥과 문재준이 저를 제거하려 하고 있습니다. 이 기회에 최고회의 안에 있는 반혁명분자들을 모두 숙청해야 합니다. 혁명은 일사분란할 필요가 있습니다."

김종필이 분노에 떨면서 외쳤다. 나는 잠시 생각에 잠겼다. 장도영은 나와 너무나 다른 길을 가고 있었고 박치옥과 문재준도 사사건건 최고회의 안에서 시비를 걸고 있었다. 나는 그들을 제거하지 않으면 최고회의를 제대로 이끌어 나갈 수 없다는 결론을 내렸다. 최고회의는 좀 더 강력해질 필요가 있었다.

"그래, 반혁명분자들은 종필이가 알아서 처리해."

나는 김종필에게 전권을 주었다.

박치옥과 문재준도 비밀리에 움직이고 있었다. 그러나 김종필은 중앙정보부를 거느리고 있었다. 김종필은 치밀한 계획을 세워 장도영, 박치옥, 문재준을 비롯한 반혁명 장교 44명을 전격적으로 구속하고 장도영이 이들의 지도자라고 발표했다. 전국은 장도영의 반혁명사건으로 발칵 뒤집혔다. 최고회의 위원이나 혁명 정부에 참여하고 있던 장교들이 비로소 잠잠해졌다.

장도영은 최고회의 의장직을 사임한 뒤에 체포되었다. 장도영이 모든 공직에서 사임하면서 최고회의 의장에는 내가 임명되고, 국가수반에는 송요찬이 임명되었다. 나는 최고회의 의장이 되면서 국가를 지도하는 플랜을 짰다. 군을 지휘하는 것과 국가를 통치하는 것은 전혀 달랐다.

'형식적으로는 송 장군이 국가 수반이지만 사실상 내가 이 나라를 통치하고 있다. 나는 이 가난한 나라를 반드시 근대화시켜야 한다.'

최고회의 의장이 되면서 사색의 시간이 많아졌다. 무엇보다 시급한 것은 경제 건설이었다. 5·16 군사혁명은 성공했으나 국민들은 너무나 못살고 있었다. 혁명의 완결이 경제 건설에 있다고 판단한 나는 유원식 대령을 불러 '경제개발 5개년계획'을 다시 세우라고 지시했다. 유원식 대령은 송정범, 정소영, 백용찬, 김성범을 최고회의 의장 집무실로 데리고 왔다. 그들은 미국에서 유학했거나 국내 대학의 교수로 있는 젊은 경제학자들이었다.

"정말 반갑습니다."

나는 그들에게 의자를 권한 뒤에 담배를 한 개비씩 돌리고 손수 라이터로 불까지 붙여 주었다. 학자들은 혁명군 최고지도자를 만나는 것이 불편한지 잔뜩 긴장하고 있었다.

"긴장하지 마십시오. 나는 그렇게 무서운 사람이 아닙니다."

내 말에 젊은 학자들이 비로소 잔잔하게 웃었다.

"여러분들에게 아주 중대한 임무를 드리려고 합니다."

나는 천천히 경제학자들을 살피면서 말을 이었다.

"나는 몇 년 전에 미국을 다녀왔습니다. 미국에서 느낀 것은 그들이 너무나 잘살고 있다는 사실입니다. 차는 홍수처럼 넘쳐나고 거리에는 빌딩들이 숲처럼 우거져 있습니다. 그런데 우리나라의 현실은 어떻습니까? 미국에서 원조를 받아 근근이 살아가고 있지 않습니까? 우리의 가난은 사실상 수백 년 동안 이어진 것입니다."

경제학자들이 다시 긴장된 표정을 지었다.

"거리에 나가 보면 실업자들이 들끓고 동냥을 다니는 거지들이 널려 있습니다. 그나마 동냥을 해서 얻어먹는 사람은 다행입니다. 동냥조차 못하는 사람들은 굶어 죽어가고 있습니다. 이렇게 많은 사람들이 굶주려 죽어가고 있는데 우리가 해야 할 일이 무엇이겠습니까? 우리가 혁명을 한 것은 수백 년, 수천 년 동안 이어진 가난을 타파하기 위해서입니다. 지금도 보릿고개를 넘지 못해 굶어 죽는 사람이 많습니다. 여러분들이 경제개발계획을 세워 주십시오."

나는 경제학자들에게 진심으로 당부했다. 송정범을 비롯하여 30대의 젊은 경제학자들은 긴장한 표정으로 입을 다물고 있었다.

"우리는 군인입니다. 추진력은 갖고 있지만 경제 전문가가 아닙니다. 여러분들이 계획만 세워 주면 우리가 강력하게 밀고 나가겠습니다. 목숨을 걸고 경제 개발을 하겠습니다. 할 수 있겠습니까?"

나는 송정범을 똑바로 쳐다보면서 물었다.

"할 수 있습니다. 경제를 살리려면 먼저 종합적인 계획을 세워야 합니다."

송정범이 조심스럽게 대답했다.

"물론입니다. 제 말씀은 그 계획을 여러분들이 세워 달라는 것입니다. 내가 유원식 대령에게 적극적으로 도와드리라고 지시하겠습니다."

경제개발 5개년계획은 그렇게 시작되었다.

'경제 건설을 하려면 많은 외자가 필요하다. 외자를 적극적으로 도입하여 경제 성장과 근대화를 달성해야 한다. 우리나라는 자원은 부족하지만 노동력이 충분하지 않은가?'

나는 외자를 끌어들이기 위해 미국을 방문해야 한다고 생각했다. 미국의 지원을 받지 않으면 경제 개발을 이룰 수 없었다. 그러나 미국은 군사 정부를 좋아하지 않고 있었다.

"미국을 방문하려면 일단 민정이양 계획부터 발표하는 것이 좋습니다."

김종필이 나에게 건의했다.

"민정이양?"

"미국은 체질적으로 군사 정부를 싫어합니다."

"미국을 방문하기 위해서 민정이양 계획을 발표한다고? 어쩔 수 없는 일이지."

나는 혁명이 일어난 지 석 달 만에 민정이양 계획을 발표했다. 미국은 비로소 나와 혁명 정부에 대해서 호감을 갖기 시작했다. 미국의 케네디 대통령은 11월 13일에서 17일 사이에 미국을 방문해 줄 것을 요청했다. 나는 오랫동안 생각한 끝에 미국을 방문하기로 결정했다. 내가 미국을 방문하는 목적은 좀 더 많은 원조를 받아서 경제 건설에 투입하기 위해서였다.

"미국을 방문했을 때 국내에는 아무런 문제가 없겠나?"

나는 중앙정보부장을 맡고 있는 김종필에게 물었다. 내가 미국을 방문했을 때 야전군의 한 부대가 서울로 진출하여 혁명군을 진압할 수도 있었다.

"그것은 어떻게 하든지 저희가 막겠습니다. 전 국민이 혁명을 지지하는 상황에서 다른 야전군이 섣불리 행동에 나서지는 못할 것입니다."

"그래, 그럼 종필이가 철저하게 야전군을 감시해."

"예, 그것도 그것이지만 미국을 방문하는 길에 일본도 방문하셔야 합니다."

"일본이야 지나는 길이니까 들를 수 있잖아?"

"그냥 들르는 것이 아니라 일본의 수상도 만나고 의원들과 장관들도 만나야 합니다. 지금 한일회담이 추진되고 있지만 지지부진한 실정입니다. 각하께서 일본을 방문했을 때 한일회담을 적극적으로 추진하겠다는 의사를 밝히셔야 합니다."

"그 문제는 송벌이가 일이서 헤."

나는 김종필에게 한일회담 추진 문제를 일임했다.

김재춘은 4명의 선발대를 데리고 먼저 워싱턴으로 향했다.

"미국은 지금 한국군 고위 장성의 체포에 불만을 많이 가지고 있습니다."

정일권 주미대사가 김재춘을 찾아와서 말했다.

"각하, 말씀을 낮추십시오. 제가 송구스럽습니다."

김재춘이 정일권에게 정중하게 말했다. 정일권은 김재춘의 까마득한 선배였다.

"우리 공직에 있으니까 서로 경칭을 씁시다."

정일권이 담담한 기색으로 말했다.

"좋습니다. 각하, 우리 의장 각하에 대한 미국 측의 반응은 어떻습니까?"

김재춘은 여전히 정일권을 각하라고 깍듯이 불렀다.

"미국 측의 반응은 그다지 만족스럽지 못합니다. 의장 각하를 공항으로 마중 나올 사람이 국무부차관보입니다."

"아니 혁명 지도자를 초청하면서 차관보가 마중을 나올 수 있는 겁니까?"

김재춘이 흥분하여 언성을 높였다.

"미국은 한국에 대통령이 있으므로 박 장군을 국가원수로 대접할 수 없다고 합니다."

정일권이 난감한 기색으로 대답했다.

"미국이 그렇게 나온다면 의장 각하의 방문은 취소할 수밖에 없습니다."

김재춘은 국제전화로 김종필 중앙정보부장에게 전화를 걸어 상의했다.

"미국에 대해서는 강경하게 나가야 합니다. 방미를 보류한다고 전해 주십시오."

김종필이 김재춘에게 말했다. 김재춘은 미 국무부에 정식으로 항의를 했다. 마침내 미국은 존슨 부통령과 러스크 국무장관이 공항에 나가서 영접하고 의장대 사열을 한 뒤에 내가 백악관에 도착하면 케네디 대통령이 현관까지 나와서 맞이한다는 의전 절차를 통보했다.

'그래, 미국에 우리 자존심까지 팔 수는 없어.'

나는 선발대로 떠난 김재춘의 보고를 받고 만족했다. 혁명을 일으킨 지 몇 달밖에 되지 않아서 자리를 비운다는 것은 여간 어려운 일이 아니었다. 그러나 혁명군을 토벌하러 진압군이 서울로 들어온다고 해도 어쩔 수 없다고 생각했다.

나는 미국을 방문하기 위해 한국을 떠나 일본의 하네다 공항에 도착했다. 조총련은 대대적인 한일회담 반대 시위를 했고 일본 사회당도 나의 방일을 공개적으로 비난했다.

'흥! 조총련이 반대를 한다고 내가 일본에 못 와?'

나는 조총련이나 사회당의 비난은 두렵지 않았다. 나를 수행한 사람들은 최고회의 최덕신 외무장관, 천병규 재무장관, 박병권 국방장관, 송정범 경제기획원 부원장, 원충연 공보실장, 김영원 보좌관, 박종규 경호실장과 주치의 지홍창 박사 등이었다.

일본은 이케다 총리, 고사카 외무장관 등이 공항에 나와 나를 환영했다. 나는 양복에 검은 코트를 걸치고 선글라스를 낀 채 일본의 장관들과 악수했다.

"한국의 젊은 지도자를 만나게 되어 영광입니다."

이케다 총리가 정중하게 인사를 건넸다.

"일본과 한국은 이웃 나라입니다. 나는 양국이 현안 문제를 슬기롭게 해결하여 양국 발전에 기여할 수 있기를 바랍니다."

"일본은 준비가 되어 있습니다. 한국은 추진력이 있는 지도자가 필요합니다."

이케다 총리는 한일회담을 타결할 준비가 되어 있다는 뜻을 시사했다.

"우리는 혁명을 한 사람들입니다. 오로지 조국을 위해 목숨을 바칠 뿐 인기를 위한 정치는 하지 않습니다."

나는 국민들의 비난을 받는 일이 있더라도 한일회담을 타결하겠다는 뜻을 밝혔다.

공항에서 도착 성명을 발표하고 영빈관으로 향하자 도로 곳곳에서 조총련계 시위대들이 구호를 외치면서 데모를 하고 있었다. 나는 그들을 보고 눈살을 찌푸렸다. 어떤 시위대는 나를 향해 주먹질을 하기까지 했다.

내 일본 방문이 일본 육군사관학교를 졸업한 일본인들에게 화제가 된 모양이었다. 특히 내가 일본에서 교육을 받을 때 중대장을 했거나 부대장을 했던 사람들은 자신의 부하가 한국의 국가 지도자가 되었다며 흥분하기까지 했다. 그중에는 나에게 편지를 보내온 사람도 있었다.

…… 텔레비전을 통해서 하네다 공항에 내린 귀하의 훌륭한 모습을 보았습니다. 우리와 함께 훈련을 받고 공부를 했던 귀하가 한국의 지도자가 된 모습을 보고 너무나 감격했습니다. 한국 국민의 희망을 짊어지고 혁명을 한 귀하가 지사(志士)로 뜻을 펼치기를 기원합니다…….

나는 오리구치의 편지를 받고 희미하게 미소를 지었다. 오리구치는 나와 훈련을 같이 받았었다. 그러나 그는 일본인이었기 때문에 나와 친밀하게 지내지는 않았었다.

…… 귀하의 편지를 받고 기뻤습니다. 육사 시절을 가만히 생각하니 참 많은 세월이 흘렀다고 생각합니다. 에가미 중대장을 비롯하여 다카야마, 마루야마 부대장, 그리고 우리의 청춘을 함께 보낸 동기생 제위 여러분에게 안부를 전해 주십시오…….

나는 나중에야 그들에게 답장을 보냈다.

그날 밤, 이케다 총리 관저에서 주최하는 만찬회에 참석했다. 일본에서는 이케다 총리를 비롯하여 고사카 외상, 사토 통산상, 미키 국무상 등 정계의 거물들과 일본 경단련 부회장, 일본 상공회의소 회장 등 재계의 기라성 같은 거물들이 참석했다.

"맹자께서 말씀하시기를 천시天時는 지리地利만 못하고, 지리는 인화人和만 못하다고 했습니다. 양국의 영속적인 선린우호는 인화로써 이룩되어야 한다고 굳게 믿습니다."

이케다 총리가 환영사를 했다.

"여러분의 따뜻한 환영에 감사드립니다. 한일회담에서 사소한 문제로 논란을 되풀이하지 말고 대국적인 견지에서 해결책을 찾도록 노력해야 한다고 생각합니다."

나는 차분하게 답사를 했다.

"오늘 이 자리에는 박정희 의장의 요청으로 박 의장께서 만주군관학교에 재학 중일 때 교장으로 계셨던 나구모 선생을 모셨습니다."

이케다 총리가 나구모 만주군관학교 교장을 나에게 소개했다. 나는 만주군관학교 생도 시절의 교장에게 다가가 정중하게 절을 했다. 그는 조선인인 나에게 많은 친절을 베푼 사람이었다.

"교장 선생님께서 저를 이렇게 키워 주셔서 감사합니다. 건강한 모습을 뵈니 대단히 기쁩니다. 앞으로도 건강하시고 오래오래 장수하시기 바랍니다."

나구모 교장은 당황한 표정을 지었다. 그는 이미 백발의 노인이 되어 있었다.

"도리어 제가 몸 둘 바를 모르겠습니다. 박 군이 이렇게 훌륭한 국가 지도자가 되셨으니 제 생애의 영광입니다."

"선생님, 잔을 받으십시오."

나는 나구모 교장에게 빈 잔을 내밀고 술을 따랐다. 일본인들이 감격한 표정으로 박수를 보냈다.

이튿날 일본 내각과 회담을 했다. 일본의 총리대신과 한일 국교 문제, 보상 문제 등을 협의하고 구체적인 내용은 실무자들 선에서 협의토록 조치했다. 일본 방문은 비교적 성공적이었다. 일본의 장관과 정치인들은 호감을 가지고 나를 대했다. 나는 일본 방문을 마치자 곧바로 미국으로 떠났다.

나는 준장으로 있을 때 미국 포병학교인 포트실에서 6개월 동안 유학을 했기 때문에 미국이 낯설지 않았다. 비행기는 오랫동안 태평양을 날아서 앵커리지에 잠시 기착했다가 미국 동부의 시카고에 도착했다. 뜻밖에 공항에서 교민들의 열렬한 환영을 받았다. 교민들은 비가 오는 가운데도 공항에서부터 차를 타고 내 뒤를 따라오다가 추돌 사고가 발생할 정도로 뜨겁게 환영했다. 그들은 내가 군사혁명의 지도자라는 것에는 아랑곳하지 않고 오로지 국민들을 잘살게 하여 부자 나라만 되게 해달라고 청했다. 나는 그들과 일일이 악수를 나누며 눈물이 핑 돌았다.

"장군, 어서 오십시오."

케네디 대통령은 현관에서 나를 맞이했다. 그는 나와 동갑이었고 미국을 획기적으로 발전시키기 위해 많은 노력을 기울이고 있었다.

"각하께서 따뜻한 환영을 해주시니 감사합니다."

나는 케네디와 악수를 한 뒤에 포옹했다. 케네디는 상당히 이지적이고 쾌활한 인물이었다. 정상 회담은 저녁에 열렸다. 나는 케네디에게 한국의 경제 발전에 대해 역설하고 원조를 더 많이 해달라고 요구했다. 미국이 62년도의 무상 원조를 9,000만 달러로 대폭 삭감하려고 해서 군사 정부가 그 문제로 골치를 앓고 있었다.

'미국에서 거지처럼 원조를 구걸해야 하다니 이 얼마나 창피한 일인가?'

나는 미국으로부터 무상 원조를 받는 일에 서글픔을 느꼈다. 케네디 대통령과의 두 차례 회합과 정계, 재계, 학계의 잇단 회합은 쉴 시간도 없을 정도로 이어졌다. 나는 회의가 끝나면 파김치가 되어 숙소로 돌아왔고, 수면제를 먹고서야 잠들 수 있었다.

나는 미국을 방문한 김에 이한림을 만나고 싶었다. 혁명 당시 1군 사령관으로 있던 그를 전격적으로 구속하여 서울로 압송한 뒤에 나는 3개월 만에 그를 석방하고 미국으로 유학을 보내 주었었다. 오랜 친구인 그에게 본의 아니게 곤욕을 치르게 한 것을 사죄하고 술이나 마시면서 회포를 풀 작정이었다.

"정 형, 이한림 장군이 미국에 있는데 좀 불러 올 수 없소?"

나는 정일권 대사에게 부탁했다. 그러나 이한림은 정일권이 애원을 하는데도 끝내 나를 만나러 오지 않았다.

'고집쟁이 같은 놈……'

나는 이한림에게 실망했다. 군사혁명을 일으키고 그를 연금하는 과정에서 혁명군 장교들이 모욕을 준 일 때문에 나를 원망하고 있는 것이 분명했다.

미국 일정은 강행군의 연속이었다. 나는 많은 기업인들과 정치인들을 쉴 새 없이 만났고 기자 회견도 해야 했다. 그러나 기자 회견에서의 솔직한 답변은 나에 대한 미국 여론이 좋아지는 계기가 되었고, 상업 차관을 많이 도입할 수 있게 되었다.

혁명의 빛과 그림자

　정미경의 진술에 의하면 박정희는 확실하게 청와대에서 소박하게 생활했던 것 같았다. 인터넷에는 언제부터인지 데이비드 심프슨이라는 사람이 박정희를 만난 뒤에 썼다는 회고담이 떠돌고 있었다. 이강호도 그 이야기를 읽고 상당히 감동을 받은 적이 있었다. 그러나 출처가 분명하지 않아 기이하게 생각하고 있었다.

　맥도널드더글러스사는 미 행정부의 지원을 받아 한국에 M16 소총을 수출하게 되었다. 한국을 방문한 맥도널드더글러스사의 중역 데이비드 심프슨은 대통령을 방문하여 인사를 하게 되었다. 후진국의 대통령을 방문할 때는 으레 인사를 하는데 한국도 예외는 아니었다. 그는 청와대에서 박정희 대통령을 만나고 회고담을 남겼다.

　여름이었던 것으로 기억이 난다. 그것도 너무도 더웠던 여름이었

던 것으로 기억한다. 나^{맥도널드더글러스사의 중역 데이비드 심프슨}는 대통령 비서관의
안내를 받아 박정희 대통령의 집무실로 걸음을 재촉했다. 그리고
비서관이 열어 주는 문 안의 집무실을 보고 순간적으로 당황했다.
그 집무실 광경은 나의 두 눈을 의심케 만들었다. 커다란 책상 위
에 어지러이 놓인 서류더미 속에 자신의 몸보다 몇 배는 더 커 보
이는 책상 위에 앉아 한손으로는 무언가를 열심히 적고 남은 한손
으로는 부채질을 하면서 더위를 이겨내고 있는 사람을 보게 된 것
이다.

한나라의 대통령 모습이라고는 전혀 믿기지 않을 정도였다.

아무리 가난한 국가라지만 그의 행색은 도저히 대통령이라고 생각
하기조차 힘이 들 정도였다. 하지만 고개를 들어 나를 바라보는 그
의 눈빛을 보았을 때, 지금까지의 모든 의심이 내 안에서 한꺼번에
사라지는 것을 느낄 수 있었다. 그는 손님이 온 것을 알고 예의를
차리기 위해 옷걸이에 걸린 양복저고리를 입고 있었다. 나는 그때
야 비로소 그가 러닝셔츠 차림으로 집무를 하고 있었다는 것을 알
게 되었다.

"각하! 미국 맥도널드더글러스사에서 오신 데이비드 심프슨 씨입
니다."

비서가 소개하는 것과 동시에 나는 허리를 숙여 대통령에게 예의를
갖추었다. 물론 그와의 대화는 통역을 통해 이루어졌다.

"먼 곳에서 오시느라 수고 많으셨소. 앉으시오."

한여름의 더위 때문인지, 태어나서 처음 느껴 보는 긴장 탓인지, 나

는 무의식적으로 단단하게 맨 넥타이로 손이 가고 있는 것을 알았다. 얼굴에서 땀이 흘러내렸다.

"아, 내가 결례를 한 것 같소이다. 나 혼자 있는 이 넓은 방에서, 그것도 기름 한 방울 나지 않는 나라에서 에어컨을 튼다는 게 큰 낭비인 것 같아서요. 나는 이 부채 바람 하나면 더 바랄 게 없지만 말이오. 이 뜨거운 볕 아래서 살 태우며 일하는 국민들에 비하면 나야 신선놀음이 아니겠소. 이보게, 비서관! 손님이 오셨는데 잠깐 동안 에어컨을 트는 게 어떻겠나?"

나는 그제야 소위 한 나라의 대통령 집무실에 그 흔한 에어컨 바람 하나 불지 않는다는 사실을 깨달았다. 그리고 지금까지 내가 만나봤던 여러 후진국의 대통령과는 무언가 다른 사람이라고 생각했다. 그래서일까. 나는 그의 말에 제대로 대꾸할 수 없을 만큼 작아지는 것을 느낄 수 있었다.

"네, 각하."

비서관이 에어컨을 가동하자 비로소 대통령과 업무에 관해 이야기를 나눌 수 있었다. 예정대로 나는 내가 한국을 방문한 목적을 그에게 얘기하기 시작했다.

"각하, 이번에 한국이 저희 회사의 M-16소총의 수입을 결정해 주신 것에 대해 깊이 감사드립니다. 이것이 한국의 국가 방위에 크게 도움이 되었으면 하는 바람입니다. 그리고 이것은 저희들이 드리는 작은 성의입니다."

나는 준비해 간 수표가 들어 있는 봉투를 그의 앞에 내밀었다.

"이게 무엇이오?"

그는 봉투를 들어 그 내용을 살피기 시작했다.

"흠, 100만 달러…… 내 봉급으로는 3대를 일해도 만져 보기 힘든 큰돈이구려."

차갑게만 느껴지던 그의 얼굴에 웃음기가 감돌았다. 나는 그 역시 내가 만나 본 다른 후진국 지도자들과 전혀 다를 바 없는 사람이라 생각하여 실망을 감출 길 없었다. 그리고 그 실망으로 처음 그에 대해 느꼈던 왠지 모를 설렘이 흔들렸다.

"각하! 이 돈은 저희 회사에서 보이는 성의입니다. 그러니 부디 받아 주십시오."

그는 미소를 지으며 지그시 눈을 감았다. 잠시 어색한 침묵이 흘렀다. 한참 뒤 그가 나에게 말했다.

"이보시오! 하나만 물읍시다."

"예, 각하."

"이 돈 정말 날 주는 것이오?"

"네, 물론입니다. 각하."

"그렇다면 조건이 있소. 들어주겠소?"

"네, 말씀하십시오. 각하."

그는 수표가 들어 있는 봉투를 다시 나에게 내밀었다. 그리고 되돌아온 봉투를 보며 의아해하는 나를 향해 말했다.

"자, 그 돈 100만 달러는 이제 내 돈이오. 내 돈이니까 내 돈을 가지고 당신 회사와 거래를 하고 싶소. 돌아가면 즉시 이 돈의 가치만 큰 총을 보내 주시오. 난 돈보다는 총으로 받았으면 하는데. 당신이 그렇게 해주리라 믿소."

나는 그의 말에 놀라서 눈이 크게 떠졌다.

"당신이 나에게 준 이 100만 달러는 내 돈도, 그렇다고 당신 돈도 아니오. 이 돈은 지금 천리 타향에서 그리고 저 멀리 월남에서 피를 흘리며 싸우고 있는 내 형제, 내 자식들의 땀과 피와 바꾼 것이오. 그런 돈을 어찌 한 나라의 아버지로서 내 배를 채우는 데 사용할 수 있겠소. 이 돈을 다시 가져가시오. 대신 이 돈만큼의 총을 우리에게 주시오."

나는 비로소 내가 그를 탐욕스런 지도자로 착각했음을 깨달았다. 나는 다시 낯선 나라의 대통령에게 왠지 모를 존경심을 느끼게 되었다. 그리고 그에게 자신 있게 말할 수 있는 용기를 얻을 수 있었다. 나는 자리에서 일어나 그에게 말했다.

"네, 알겠습니다. 각하! 반드시 100만 달러의 소총을 더 보내 드리도록 하겠습니다."

그때 나는 방금 전과는 사뭇 다른 그의 웃음을 보았다. 한 나라의 대통령이 아닌 한 아버지의 웃음을. 그렇게 그에게는 한국의 국민들이 자신의 형제들이요, 자식들임을 느꼈다.

배웅하는 비서관의 안내를 받아 나오면서 집무실을 되돌아보는 나의 눈에 다시 양복저고리를 벗으며, 조용히 손수 에어컨을 끄는, 작지만 너무나 커 보이는 한국의 대통령이 눈에 들어왔다

데이비드 심프슨의 회고담은 어디에서 나온 것일까. 이 회고담은 김성진 전 장관의 책과 외국 신문에도 실려 있었다.

"데이비드 심프슨 이야기가 사실일까요?"

이강호는 정미경에게 물었다.

"왜 의심을 하세요?"

"출처가 분명하지 않습니다. 그렇다고 데이비드 심프슨을 찾을 수도 없고요."

"회고담의 내용이 100퍼센트 똑같지는 않을 거예요. 이야기기가 전해지다 보니 조금 윤색이 되기도 했을 거예요."

이강호는 정미경의 말을 믿고 싶었다. 정미경과 헤어져 이향자를 다시 찾아갔다.

"데이비드 심프슨이라는 사람을 알고 계십니까?"

"회고담 때문이군요."

이향자가 손으로 입을 가리고 웃었다.

"데이비드 심프슨을 만난 일이 있습니까?"

"아니요, 내가 근무할 때가 아니에요."

"데이비드 심프슨의 회고담이 사실입니까?"

"사실이 아닌 이야기를 누가 그렇게 지어냈겠어요?"

이향자로부터는 데이비드 심프슨의 존재를 확인할 수 없었다. 이강호는 박정희 시대를 다시 더듬어 보기 시작했다.

* * *

　중앙정보부는 군정 2년 7개월 동안 혁명을 뒷받침하는 기반이 되었고 김종필의 치밀한 정치적 구상을 추진하는 모체가 되었다. 군정의 모든 기획은 중앙정보부에서 입안되어 추진되었고 최고회의는 겉돌았다. 물론 중앙정보부에는 김종필이 있었고 중요한 정책은 모두 그의 정책 브레인이라고 할 수 있는 중앙정보부 산하 연구 기관에서 나온 것이었다. 그러나 김종필이 의욕적으로 일을 추진하면 할수록 그를 견제하는 세력도 만만치 않게 등장했다. 김종필은 이러한 중요한 정책을 순수한 의도로 추진했으나 그의 적들은 김종필이 불순한 동기로 일을 추진했다고 주장했다.

　"사람들이 왜 그렇게 임자를 비난하는 거야?"

　나는 사람들이 김종필을 비난하는 것을 이해할 수 없었다.

　"화폐 개혁 등 여러 가지 의혹이 있기 때문입니다."

　김종필이 퉁명스럽게 대답했다. 김종필도 여론이 자신을 몰아세우자 짜증이 나 있었다.

　"화폐 개혁은 최고회의 재정분과위원회에서 기획되어 영국에서 화폐를 찍은 거잖아?"

　"홍콩에서부터 우리 중앙정보부가 경비 책임을 맡았습니다. 그런데 그것이 마치 중앙정보부가 화폐 개혁을 실시한 것처럼 비난을 하고 있는 것입니다."

　화폐 개혁은 화폐 단위를 환^圜에서 원^圓으로 바꾸며 10대 1로 화폐 가치를 높인 것이었다. 그러나 그것은 절차만 번거로웠지 경제적으로 아무런 도움도 되지 않는 실패한 정책이었다. 국민들의 여론이 비등하자 화폐 개혁에 관여했던 사람들이 중앙정보부가 시켜서 했다느니, 중앙정보부가 모든 계획을 입안하고 추진했다고 발뺌을 하기 시작한 것이다.

"4대 의혹 사건이라는 것은 뭐야?"

김종필은 그 외에도 여러 가지 의혹 사건에 연루돼 있었다.

"4대 의혹 사건이란 새나라자동차, 워커힐, 파친코, 증권 파동을 일컫는 것입니다."

"새나라자동차는 어떻게 됐어?"

"새나라자동차 사건은 최고회의에서 일본의 자동차 부품을 수입하여 조립하기로 했던 것입니다. 그 일을 중앙정보부의 석정선 국장이 맡아서 전담했는데 '새나라공업주식회사'를 설립하고 관광객 유치를 위해 면세로 완제품 250대를 수입했습니다. 이 과정에서 한 대당 13만 원에 수입한 것을 25만 원에 국내에 팔아 25억 원의 부당 이익을 취했다는 것입니다."

"이태리의 피아트가 값이 싸다는데 왜 일본 것을 도입했어?"

"이태리에서 한국까지 오는 운임을 따지면 싼 가격이 아니고 일본은 새나라자동차 2,000대를 수입하면 3년 안에 자동차 공장 시설을 한국으로 이전해 주겠다고 하여 완제품을 수입하게 되었던 것입니다."

나는 고개를 끄덕거렸다. 김종필은 확실하게 억울한 측면이 있었다.

"워커힐 사건은 뭐야?"

"워커힐은 외국 귀빈들을 맞이하고 외화를 벌어들이기 위해 교통부, 서울시, 상공부, 한국은행, 재무부의 관계자 회의를 연 후 국장급으로 건설추진위원회를 만들어 추진한 것입니다. 그런데 중앙정보부가 뒤에서 밀어 줄 것을 요구하여 개입했습니다. 교통부장관 박춘식, 관광공사 총재 신두영에게 정부 지주 5억 3,600만 주를 가불 형식으로 차용해 주어서 워커힐의 선설 자금으로 썼는데 막대한 공사 자금을 착복했다고 비난을 하고 있습니다."

"그래, 공사 비용을 착복한 거야?"

"아닙니다. 워커힐은 총공사비 220만 달러로 마무리되었습니다. 서울공대 교수나 외국 건축가들이 800만 달러에서 1,000만 달러가 소요된다는 워커힐 건축을 불과 200여만 달러로 완성한 것입니다. 그들이 저를 비난하는 것은 공화당 사전 조직 때문입니다."

나는 김종필의 말에 가슴이 타는 것 같았다. 민주공화당 사전 조직은 나와도 상의를 했던 일이었다. 나는 국가재건최고회의가 혁명 완수를 위해 어느 정도 일을 해내자 민정에 참여해야겠다는 생각이 들었다. 혁명을 하는 동안에 나름대로 부정부패를 척결했으나 경제 건설이나 조국 근대화는 장기적인 시간이 필요했다. 1, 2년 동안에 국가 재건을 할 수 없었다. 그러나 정권을 민간인들에게 넘기고 군대로 돌아가려고 생각하자 혁명을 통해 완성한 것이 아무것도 없다고 생각됐다.

'그래, 민정에 참여해서 강력한 조국을 만들어 나가야 돼.'

김종필도 나와 같은 생각이었다.

4대 의혹 사건으로 장안의 민심이 흉흉했던 1962년이 가고 1963년이 밝았다. 1962년 3월에 윤보선 대통령이 하야 성명을 발표하고 물러나자 나는 대통령권한대행직을 맡았다. 그때까지는 명목상으로 윤보선 대통령이 최고 통치자였으나 이제는 내가 명실상부한 최고 통치자였다. 나는 중장 진급에 이어 대장으로 진급했다. 국가를 통치하는 통수권자로서 육군의 낮은 계급에 머물러 있을 수 없었다.

　1월 1일, 최고회의는 정치 재개를 허용한다고 발표했다. 아울러 정정법으로 묶었던 구정치인들을 대부분 풀어 주었다.

　김종필은 민주공화당 창당 준비를 서둘렀다.

　"공직에 있는 사람이 정당을 창당하는 것은 엄연히 불법입니다. 김종필이가 그런 짓을 하지 못하게 해야 합니다."

　김재춘이 나에게 말했다.

　"불법은 무슨 불법? 혁명 상황인데 혁명 정부가 하는 일이 불법이란 말인가?"

　나는 김재춘에게 화를 냈다.

　"각하, 페어플레이를 해야 한다는 뜻입니다."

　김재춘이 머쓱한 표정으로 말했다. 김재춘은 최근에 김종필과 부쩍 대립하고 있었다.

　"너무 그러지 말고 서로 협조해서 잘해 봐."

　나는 김재춘을 설득했다. 김종필은 민주공화당 사전 창당이 불법이라는 것을 잘 알고 있었으나 혁명 이념을 실천하기 위해 비난받을 각오를 하고 창당 작업에 나섰다. 김종필은 민주공화당을 창당하기 위해 준장으로 진급하는 것과 동시에 예편하고 중앙정보부장 자리에서도 물러났다. 나는 김종필과 상의하여 중앙정보부장에 김형욱을 임명하려 했으나 김재춘이 강력히 반발하는 바람에 일단 김용순을 임명했다.

김재춘은 육사 5기로 방첩부대장직을 맡고 있었다. 방첩부대 역시 수사권을 갖고 있었기 때문에 김재춘도 김종필 못지않은 힘을 갖고 있었다. 최고회의 내의 알력도 점점 심화되었다. 나는 때때로 최고회의에서 최고위원들의 집중 포화를 받아야 했다. 그들은 김종필이 최고회의를 제쳐두고 모든 혁명 과업을 독단으로 처리한다고 맹공을 퍼부었다. 육군의 고위 장성들도 김종필 같은 젊은 장교가 혁명 정책을 요리하는 데 불만을 갖고 있었다.

내각 수반에서 물러난 송요찬은 기자 회견을 하면서 나를 비롯해 최고위원들이 민정에 참여해서는 안 된다고 강경하게 말했다. 아울러 군사 정부에서 최고위원을 지낸 공로를 인정해 최고위원들에게 연금을 주어야 한다고 말했다.

"내가 신세를 진 분이었기 때문에 3·15 부정 선거를 했는데도 내각 수반으로 모셨는데……."

나는 송요찬에게 실망하여 분통을 터뜨렸다. 그러나 최고회의도 나에 대해서 노골적으로 불만을 드러내고 있었다. 최고회의 위원들은 민주공화당 사전 조직으로 문제가 된 김종필을 흔들면서 나를 겨냥했다.

"저는 혁명 후에 공화당을 창당한 것이 아니라 사실상 혁명하기 전부터 기획하고 있었습니다. 군사혁명을 언제까지나 지탱할 수 없기 때문에 양심적인 사람들이 민정에 참여하여 국가를 재건해야 한다고 생각한 것입니다."

김종필은 때때로 나에게 그런 말을 했었다.

"혁명이 성공하기도 전에 정당부터 만들려고 하나?"

"우리나라는 현대적인 정당이 필요합니다."

"현대적인 정당이 어떤 건데?"

"국회의원 중심제의 정당이 아니라 사무처 중심의 정당을 말하는 것입니다."

"그래, 그럼 한번 좋은 기획을 만들어 봐."

나는 김종필을 격려했었다. 김종필은 사전 창당을 하면서 〈뉴욕타임스〉 서울 특파원 서인석, 국민대학 강사 이호범, 서울대 사회학 교수 황성모, 대학 강사 이용남 등을 끌어들였다. 엘리트 공무원들로는 김정렴, 김학렬, 최규하 등이 참여했다. 공화당 사전 조직에 참여한 교수들이나 학자들 중 상당수가 중앙정보부 부장인 김종필의 진지한 설득에 감동하여 가담했다. 그들은 군사혁명을 주도하고 중앙정보부장을 맡고 있는 미지의 인물 김종필이 상당히 날카롭고 차가운 인물일 것이라고 생각했었다. 그러나 막상 김종필을 만나 보니 그들이 생각했던 이미지와는 전혀 딴판이었다. 김종필은 우직한 이미지의 군인답지 않게 재기발랄했고 열정적이었다.

'이런 인물이라면 나라를 바르게 이끌 것이 틀림없어.'

중앙정보부와 민주공화당 사전 조직에 참여한 교수와 학자들은 김종필의 지성적인 이미지에 이끌려 참여했다고 나중에 털어놓았다.

"난 처음에 최고회의 정책이 김종필 한 사람에게서 나온다고 해서 상당히 거부감을 갖고 있었는데 막상 만나 보니 그럴 만하다고 생각되더군."

"좀 오만한 느낌이 있지 않아?"

"천재들의 특성이지."

김종필에 대한 소문은 여러 가지로 파다하게 나돌았다. 김종필이 공화당 사전 조직을 만든 것은 계엄하에서 일체의 정치 활동을 금지시킨 정책에 어긋났기 때문이었다. 김종필에 대한 정보는 곧바로 김재춘 합동수사본부장에게 보고되었다. 합동수사본부는 군, 검·경찰과 방첩대까지 지휘하고 있어서 중앙정보부 못지않은 막강한 파워를 갖고 있었다. 김재춘은 최고회의에서 이주일, 김동하 등은 물론 박병권 국방부장관, 김종오 참모총장, 유양수, 박태준 등과도 가까웠다.

"김종필이 겁 없이 날뛰는군."

김재춘은 수상한 사나이들이 김종필을 중심으로 정당을 조직하고 있다는 사실을 알게 되자 분개했다. 김종필이 혁명에서 가장 공이 큰 자신을 제쳐두고 비밀리에 일을 저질렀다고 생각하자 용납할 수 없는 일이라고 여겼다. 그리고 그는 이번 기회에 최고회의 안에서 나와 김종필 라인을 붕괴시켜야겠다고 결심했다. 김재춘은 비밀리에 김종필과 그의 추종자들을 제거하려는 계획을 세운 것이다.

"김종필이 증권 파동으로 막대한 자금을 조성하여 정당을 비밀리에 조직하고 있습니다. 특별한 조처가 있어야 합니다."

김재춘은 나에게 김종필을 조처해야 한다는 강력한 건의를 올렸다. 그러나 나는 김재춘의 건의를 번번이 묵살했다. 김재춘은 내가 김종필을 싸고돈다고 생각해 최고위원들과 여론에 공화당 사전 조작설, 황태성 간첩설을 흘리기 시작했다.

전국은 물 끓듯 했다. 때마침 화폐 개혁 사건까지 터지고 말았다. 최고회의는 1962년 6월 10일 긴급통화조치법을 통과시키고 화폐 단위를 10대 1로 절하하는 화폐 개혁을 단행했는데 이 개혁은 최고회의의 유원식, 그리고 박희범에 의해 실시된 것이었다. 그러나 화폐 개혁안은 나에게만 보고되고 극비리에 추진되어 송요찬 내각 수반, 이주일 최고회의 부의장, 김동하 재경분과위원장도 발표가 될 때까지 전혀 모르고 있었다. 이들은 자신들이 철저하게 무시되었다고 생각했고 화폐 개혁이 실패로 돌아가자 기다렸다는 듯이 나와 김종필을 비판하기 시작했다.

"송 내각 수반을 해임해!"

나는 최고위원들의 반발이 심해지자 송요찬 내각 수반과 그와 가까운 최고위원들을 해임해 버렸다. 그러자 위기감을 느낀 그들이 집단적으로 나와 대립할 움직임을 보이기 시작했다.

김종필은 중앙당 요원이 100명에 이르자 지방 조직에 착수, 지방 조직이 1,000여 명에 이르면 이를 공개하기로 했다. 그동안에도 이주일, 김동하 최고위원 등은 김종필을 중앙정보부장에서 밀어내고 김재춘을 중앙정보부장에 앉히려고 공작을 했으나 실패로 돌아갔고, 김재춘은 김종필의 조직을 급습하려고까지 했다.

"이것 봐, 꼭 김종필이와 대립을 해야 하나?"

나는 김재춘에게 또 한 번 역정을 냈다.

"각하, 각하에 대한 저의 충성심은 변함이 없습니다. 그러나 김종필은 도저히 방치할 수가 없습니다."

"목숨을 걸고 혁명을 한 사람들이 왜 그래? 왜 그렇게 서로 잡아먹지 못해 으르렁거려?"

"각하께서 김종필을 싸고돈다는 소문이 파다합니다."

"뭐야?"

나는 김재춘을 싸늘한 눈빛으로 노려보았다. 그러나 김재춘은 이미 내가 어떻게 할 수 없을 정도로 커져 있었다.

"종필이, 임자는 왜 그렇게 최고위원들과 대립을 하는 거야? 이러다가 무슨 일이 터지는 거 아니야?"

나는 김종필을 불러서 사태가 심상치 않다고 알려 주었다. 야당과 기성 정치인들은 민정이양을 서두르라고 혁명 정부를 공격하고 있었고 여론도 좋지 않았다. 김동하 소장까지 나를 공격하는 데는 나도 참고 있기가 어려웠다.

"죄송합니다, 제 불찰이 많습니다."

"공화당 사전 조직 때문이야?"

김종필도 여론이 악화되자 불안해하고 있었다.

"공화당 사전 조직 때문만은 아닙니다. 그들은 저를 제거하려고 하고 있습니다."

"왜 임자를 제거하려고 해?"

"권력 때문입니다. 제가 공화당을 사전 조직해서 자기들을 도태시키려는 것으로 생각하고 있습니다."

"그래, 이제 어떻게 할 거야? 저자들은 여차하면 군대를 동원할 눈치야."

"제가 설득해 보겠습니다."

1962년 12월 23일, 김종필과 이영근은 워커힐에 모인 최고위원들의 파티에서 공화당 사전 조직에 대해 브리핑하기 시작했다. 김종필과 가까운 몇몇 최고위원들은 공화당 사전 조직을 알고 있었기 때문에 고개를 끄덕거렸으나 이를 전혀 눈치채지 못했던 최고위원들은 깜짝 놀랐다.

"어떻게 최고위원들과 상의도 없이 중앙정보부에서 이런 일을 할 수 있는가?"

김동하 최고위원은 책상을 치며 이영근을 먼저 질책했다. 그러자 그것이 신호라도 되는 듯 김재춘, 오정근, 강상욱 등이 일제히 이영근과 김종필을 싸잡아 비판하기 시작했다.

"우리가 박수 부대인가? 저희들끼리 다 해놓고 어떻게 찬성을 하란 말이야?"

김재춘이 김종필과 가까운 이영근을 맹렬하게 비판했다.

"이건 말도 안 되는 일이야! 정치 활동을 금지해 놓고 정당을 만들었으니 구정치인들에게 창피한 짓이야!"

강상욱도 거칠게 비난을 퍼부었다.

"혁명 이념을 계승시키려면 어쩔 수 없는 일입니다."

이영근이 볼멘소리로 항의했다.

"이원 조직은 20만 유권자가 뽑은 국회의원을 바지저고리로 만들려는 거야."

"맞아, 최고위원들과 상의도 없이 일방적으로 이런 일을 하는 것은 저희들끼리 다 해먹으려는 수작이 아니고 뭐야?"

"말조심하시오! 우리끼리 해먹으려고 했으면 이 자리에서 브리핑까지 하고 있겠소?"

김종필계의 김형욱, 길재호, 옥창호, 홍종철 최고위원은 김종필을 옹호하고 나섰다.

"야! 너희들 하는 짓이 꼭 간첩 같잖아?"

"뭐? 간첩?"

"공화당인지 뭔지 하는 정당을 만들면서 밀봉 교육했다는 것은 천하가 다 알고 있는 사실이야!"

"인마! 말이면 다 말인 줄 알아?"

"이 새끼가 누구한테 덤벼들어?"

워커힐 파티는 순식간에 아수라장이 되었다. 재떨이가 날아다니고 서로 접시를 집어 던져 워커힐 파티는 김종필계와 반김종필계의 격렬한 육탄전으로 번졌다. 나는 워커힐 사건을 보고받고 매우 난처했다. 혁명을 같이한 동지들이 패를 갈라 싸웠다고 생각하니 불쾌했다.

"이것 봐, 아무리 좋은 취지로 일을 한다고 해도 적을 너무 많이 만들면 안 돼."

나는 김종필을 불러서 야단을 쳤다.

“각하, 면목이 없습니다.”

“김동하 최고위원을 설득해 봐.”

나는 김종필에게 김동하 최고의원을 먼저 만나라고 지시했다.

“장군님, 세상에서는 우리를 군인당이라고 부릅니다. 장군님께서 아시겠지만 군인들은 정치에 관여할 수 없지 않습니까? 그래서 공화당 창당 준비는 군인이 아닌 최고위원 일부만 참여시킨 것입니다. 그러나 창당준비위원회가 구성될 때는 최고위원들 전부를 일제히 예편하게 하여 참여시킬 계획이었습니다. 그런데 김재춘 합동수사본부장이 저를 오해하고 공격하고 있는 것입니다.”

김종필은 김동하 최고위원을 만나 진지하게 설득했다.

“이것 봐요, 김 부장! 당신은 4대 의혹 사건으로 막대한 자금을 긁어모았소! 특히 증권 파동은 이 나라 중산층에 증권 바람을 불어넣어 증권 투자에 실패한 사람들이 자살까지 하고 있소.”

김동하 최고위원은 완고했다.

“장군님! 증권 파동에 제 잘못도 있다는 것을 인정합니다. 하지만 공화당 사전 조직은 어쩔 수가 없는 일입니다. 우선 우리들끼리 소문이 안 나게 창당 준비를 한 뒤에 최고위원 여러분들에게 설명을 하려고 했습니다. 정치는 이상이 아니라 현실입니다.”

“이것 봐요, 혁명을 당신들만 했소?”

“장군님, 왜 이러십니까?”

“당신이 무슨 말을 해도 귀에 들어오지 않으니 물러가시오.”

김동하와 김종필의 회담은 결렬되었다. 나 또한 최고회의 전체회의를 열어 김재춘과 김종필의 반목을 조정하려 했으나 오히려 감정 대립만 더 커지게 되었다.

'혁명을 한 자들이 초심을 잃고 있어.'

나는 최고회의가 분열되자 실망했다. 그동안 나를 적극적으로 따르며 많은 호응을 해주었던 김재춘이 나를 반대한다고 생각하자 몹시 애석했다. 김재춘은 나나 김종필이 자신을 해칠지도 모른다고 생각하고 앞뒤에 기관총으로 무장한 호위병들까지 데리고 다녔다.

민주공화당 창당 발기인으로 위촉되었던 김동하 최고위원이 결국 최고위원과 공화당 발기인을 사퇴한다고 폭탄선언을 했다. 나는 점점 궁지에 몰리기 시작했다. 그러나 나는 김종필이 조직해 놓은 공화당을 버릴 수 없었다.

"각하, 제가 잠시 물러나겠습니다. 하지만 공화당을 버려서는 안 됩니다. 공화당은 가장 훌륭한 조직입니다."

김종필이 나를 찾아와서 말했다.

"알았어."

나는 김종필에게 사퇴를 하도록 하고 최고위원들은 정당 창당 발기인이 될 수 없도록 조치했다. 김종필은 마침내 공화당 발기위원장 직을 사퇴할 뜻을 표명했다. 그러나 김재춘은 이에 만족하지 않았다. 김재춘은 혈기왕성한 35세였고 김종필은 37세였다. 그는 5·16 군사혁명을 초기부터 기획하고 주도한 김종필의 치밀하고 정열적인 일처리 방식을 그대로 답습했다. 특히 장도영 반혁명음모사건을 처리하던 김종필의 눈부신 활동을 마음속 깊이 새겨 두고 있었다.

김재춘은 나를 찾아와서 공화당을 해체하고 민정이양을 원점에서 다시 시작해야 한다고 주장했다. 김종필이 조직해 놓은 공화당 조직으로는 자신들은 들러리밖에 되지 않는다고 판단했기 때문이었다. 나는 김형욱 등에게 김재춘을 감시하라고 지시했으나 김재춘은 오히려 방첩대와 헌병대를 동원하여 여차하면 나까지 몰아낼 준비를 하고 있었다. 김재춘은 자신의 영향력 아래 있는 부대에 출동 준비 명령을 내리고 있었고 각 군 참모총장까지 김재춘을 지원하고 있었다.

'김재춘이 나에게 이렇게 할 수 있는가?'

나는 김재춘을 불러들여 담판을 짓기로 결심했다.

"임자, 나는 임자에게 많은 신세를 졌네. 자네에게 진 신세는 내가 죽어서도 잊지 못할 것이네."

김재춘에게 착잡한 심정을 말했다.

"각하, 무슨 말씀이십니까?"

김재춘이 당황한 표정으로 나를 쳐다보았다.

"임자는 내가 사단장으로 있을 때부터 참모장으로서 나를 도와준 적이 한두 번이 아니었어. 결혼할 때도 자네가 도움을 주었고 쌀이 떨어지면 쌀까지 보내 주지 않았나? 그런데 임자가 나까지 몰아붙일 줄은 몰랐네."

"각하, 제가 어떻게 각하를 배신할 수 있겠습니까? 김종필은 많은 문제를 일으켜 각하에게 누를 끼치고 있습니다. 저도 각하께 이런 말씀을 드리는 것이 괴롭습니다. 그렇지만 김종필이 있는 이상 각하를 전처럼 모실 수가 없습니다. 각하께서 저를 총으로 쏘아 죽인다고 해도 김종필과는 혁명 과업을 같이할 수 없습니다."

"자네 혼자서 혁명을 했나?"

나는 김재춘과의 관계가 끝났다고 생각했다.

"각하, 무슨 말씀입니까?"

"자네가 원하는 것을 말해 보게."

"죄송합니다만 이것은 저 혼자만의 뜻이 아닙니다. 먼저 김종필을 외국으로 내보내시고 김종필이 저지른 4대 의혹 사건을 철저하게 규명하게 해주십시오."

"그것이 전부인가?"

"각하께서도 민정에 참여하지 마십시오."

"자네들의 뜻이 그렇다면 그렇게 하지."

나는 김재춘의 제안을 전략적 차원에서 받아들였다. 김재춘은 내가 의외로 순순히 받아들이자 놀란 표정이었다. 결국 김재춘은 제3대 중앙정보부장에 임명되었다. 김종필은 김재춘만은 중앙정보부장에 임명해서는 안 된다고 말했으나 어쩔 수가 없었다. 나는 김재춘의 요구대로 민정에 참여하지 않겠다는 2·18선언을 했다. 김종필은 일체의 공직에서 떠나 초야로 돌아가겠다고 발표했다.

김종필의 비참한 패배였다. 그러나 김재춘은 더욱 강하게 밀어붙였다. 김재춘은 중앙정보부장에 임명되자 4대 의혹 사건을 철저하게 수사했다. 그 과정에서 4대 의혹 사건은 김종필 혼자 저지른 죄악으로 윤색되었다. 화폐 개혁, 최고회의 실책도 모두 김종필에게 전가되었다.

김재춘의 압력에 부딪힌 김종필은 망명을 결심했다.

김종필은 1963년 2월 25일 마침내 '자의반타의반'이라는 명언을 남기고 외유의 길에 나섰다. 명목은 순회대사 자격이었다.

김종필이 외유를 떠나던 그날 민주공화당은 창당준비위원회 총회를 열고 창당 선언문을 발표했다. 김종필이 물러난 탓에 정구영이 준비위원장이 되었다. 정구영은 법조인 출신으로 대한변호사협회 회장을 하다가 김종필이 간곡하게 설득하여 민주공화당 창당준비위원을 맡았다. 김재춘은 김종필이 외유에 오른 지 열흘이 지난 3월 6일 증권 파동 혐의로 강성원, 정지원, 유원식 등 중앙정보부팀 12명을 구속하고 이영근, 오덕준 등 10명을 불구속 입건했다.

'김재춘이가 너무 날뛰고 있어.'

나는 관사에서 검을 들고 허공을 노려보았다. 혁명이 일어나기 전에도 나는 검을 들고 어둠을 벨 준비를 했었다. 나는 최고회의가 권력 쟁탈을 벌이는 것에 분노했다. 특히 김재춘을 중심으로 하는 세력은 여차하면 나까지 몰아내려 하고 있었다.

'이대로 두면 혁명은 물거품이 돼.'

나는 관사로 이후락을 불렀다.

"각하, 부르셨습니까?"

이후락 공보실장이 들어와 허리를 숙였다.

"이 실장, 나를 몰아내려는 놈들이 있어. 이놈들과는 혁명을 같이 할 수 없어."

나는 목검을 들고 어둠을 베었다. 이후락은 조조라는 별명을 갖고 있는 인물이었다. 박종규와 차지철이라는 지원 세력도 있었다.

"각하, 각하 말씀 알아듣겠습니다."

이후락이 고개를 숙이고 물러갔다. 이후락은 내가 무엇을 원하는지 알고 있었다.

나는 군정 연장 방안을 발표했다가 철회하고 범국민 정당이 필요하다는 발언을 했다. 민주공화당은 나의 발언에 즉각 환영을 표시하고 민주공화당을 해체할 것을 결의했다.

"민주공화당이 스스로 해체한다고?"

김재춘은 김종필이 외국으로 망명을 가고 민주공화당이 해체한다는 결의를 하자 입이 벌어질 정도로 만족해했다. 그는 김종필과의 헤게모니 쟁탈전에서 승리한 여세를 몰아 발 빠르게 범국민 정당 결성에 나섰다. 이후락은 공보실장이었으나 김재춘을 지원하는 말을 기자들에게 수시로 흘렸다. 김재춘은 중앙정보부장에 있으면서도 이후락이 흘리는 말을 범국민 정당이 출현하면 내가 범국민 정당을 등에 업고 민정에 참여하겠다는 의사로 알아듣고 빠르게 정당을 조직하기 시작한 것이다.

'종필이가 정당을 창당할 때는 사전 조직이라고 반발했으면서 자신도 정당을 조직해?'

나는 김재춘이 중앙정보부장이면서도 범국민 정당을 창당하려는 것을 보고 놀랐다.

김재춘 역시 막강한 자금력과 조직력을 갖고 있었다. 그는 나의 신임을 획득하기 위해 자유당·한민계·민주계를 망라하여 자유민주당 창당에 전력투구했다. 그러나 김재춘은 망각하고 있었다. 김종필은 비록 망명했지만 김종필 사단은 건재했다. 그들의 일부는 민주공화당을 철저하게 관리하고 있었고 김형욱 등은 김재춘 제거 준비를 착착 진행시키고 있었다.

"각하, 지난번에는 장도영 세력을 축출하는 것이었지만 이번에는 혁명 세력 내의 반대 세력을 완전하게 제거해야 합니다."

김형욱이 나에게 와서 보고했다.

"누구누구야?"

"주동 인물은 김재춘이고 뒤에 박임항 중장과 김동하 소장이 있습니다. 우선 박 중장과 김 소장을 쳐내야 합니다."

"뭘로 체포하지?"

"그들은 쿠데타를 모의하고 있습니다. 자신들이 정권을 잡으려고 하고 있습니다."

"실수 없이 처리해."

김형욱의 체포 작전은 김재춘이 중앙정보부장으로 임명된 지 불과 한 달밖에 안 된 3월 11일에 터졌다. 최고회의는 박임항 중장, 김동하 소장 등이 관여된 군 일부 쿠데타 음모 사건을 전격적으로 발표했다. 박임항 중장을 비롯하여 김동하 소장 등이 줄줄이 검거되었다.

'이자들이 나를 겨냥하고 있는 것이 아닌가?'

김재춘은 박임항과 김동하가 체포되자 긴장했다.

1962년 3월 12일, 군인들은 장충동 공관에 몰려가 '민정에 참여하거나 군정을 연장하라' 는 데모를 했다.

3월 13일, 같은 장소에서 박병권 국방부장관, 김재춘 중앙정보부장, 김형욱, 강기천, 김용순, 홍종철, 최고회의 의장 법률고문 신직수가 회합을 했다. 김형욱은 이 자리에서 계엄령을 선포할 것을 건의했고 박병권은 반대를 했다.

3월 14일, 무장 군인들이 최고회의 구내로 몰려들어와 박병권 국방부장관의 퇴진과 계엄령 선포, 군정 연장을 선언하라는 데모를 벌였다. 박병권은 군인들이 데모를 하자 국방부장관직을 사퇴해 버렸고 후임에 김성은 전 해병대 사령관이 임명되었다. 나는 3월 16일에 군정을 4년간 연장하자는 취지의 3·16 군정 연장 선언을 하였다.

김성은 국방부장관은 취임 4일째인 3월 20일, 국방부 회의실에서 차관 등 국장급 17명, 육군 사단장급을 포함하여 79명, 해군에서 16명, 공군에서 23명, 해병대에서 25명 등 전군 주요 지휘관 160명을 동원하여 3·16 군정 연장 선언을 강력히 지지한다는 성명서를 발표했다. 그러나 재야와 학생들, 미국이 원조를 중단하겠다는 위협까지 해오며 군정 연장에 반대하자 4·8 선언으로 나는 군정 연장 선언을 번복했고 김재춘도 도리 없이 정당을 새로 만들지 않으면 안 되었던 것이다.

김재춘은 전력투구하여 범국민 정당을 만들려고 했으나 그것은 생각처럼 용이하지 않았다.

"범국민 정당의 출현은 나의 신념이며 희망이다. 그러나 자유민주당은 범국민 정당이라고 볼 수 없으므로 참여 여부는 말할 수 없다."

나는 김재춘이 만들고 있는 자유민주당에 참여하지 않겠다는 뜻을 발표했다. 표현은 완곡했으나 참여하지 않겠다는 뜻이 너무나 강하게 내포되어 있었다. 당무회의에서 해체를 결의하고 재산청산위원까지 임명했던 민주공화당은 김재춘의 감시 속에서도 5월 10일 정당등록을 하고 총재에 정구영, 당의장에 윤치영을 선출했다. 그리고 대통령 후보를 내지 않겠다고 하여 김재춘을 안심시켰다. 그러나 5월 15일이 지나자 민주공화당 정구영 총재는 내가 민주공화당에서 대통령 후보로 지명되면 수락할 것으로 믿는다고 언론에 발표했다. 기자들은 이후락에게 벌 떼처럼 달려갔다.

"박 의장은 정말 대통령에 출마할 예정입니까?"

기자들은 이후락의 팔소매를 붙잡고 매달렸다.

"박 의장의 대통령 출마는 상식에 속하는 일이라고 봅니다. 혁명과업을 완수하려면 민정에 참여하는 수밖에 없지요."

이후락의 코멘트는 퉁명스럽기까지 했다.

"그럼 박 의장이 자유민주당으로 출마합니까?"

"글쎄요."

"중앙정보부는 범국민적인 정당을 희망하는 박 의장의 바람대로 자유민주당 창당을 추진하고 있지 않았습니까?"

"자유민주당은 범국민적인 정당이 아닙니다."

이후락은 분명하게 잘라 말했다. 기자들은 내가 김재춘이 추진하던 자유민주당으로는 출마하지 않을 것이라는 사실을 그때 깨달았다. 이후락의 발언이 기사화되자 김재춘은 마치 뒤통수를 한 대 얻어맞은 듯한 기분이었다. 김재춘은 향후 10년 동안의 정국 안정과 범국민적인 정당의 출현을 기대한다는 내 말에 범국민적인 정당을 창당하기 위해 자금과 조직을 쏟아부었던 자신이 어리석게 생각되었다.

'배신자……'

김재춘은 주먹을 불끈 움켜쥐고 어금니를 꽉 깨물었다. 민주공화당은 대통령 후보를 내지 않겠다는 태도를 바꾸어 5월 27일 전격적으로 대통령 후보에 나를 지명했다.

"6월 10일, 내가 전력을 기울이던 범국민 정당이 마침내 발기 준비 대회를 마쳤습니다. 나는 박정희 의장 각하께서 민주 세력의 대동 단결을 제창하신 후 이를 뒷받침하기 위해 범국민 정당을 지원해 왔으나 이제 내 할 일이 모두 끝났다고 생각합니다."

김재춘은 기자들에게 자신의 착잡한 심경을 토로했다.

"김 부장님은 범국민 정당에 참여하지 않으십니까?"

"나는 중앙정보부장의 임무에 충실할 생각입니다."

그러나 김재춘은 중앙정보부장직에도 계속 머무를 수 없었다. 김형욱은 치밀한 작전을 세워 김재춘이 만들고 있는 자유민주당을 무력화시킨 뒤에 그를 제거하기 위한 공작에 착수했다.

"이제는 김재춘을 숙청할 때가 되었습니다."

김형욱이 나에게 보고했다. 나는 김형욱에게 김재춘을 제거해도 좋다고 허락했다.

"형욱이가 중앙정보부를 맡아."

나는 김형욱을 중앙정보부장에 임명했다. 막강한 권력을 갖고 있는 중앙정보부장이 되기 위해 합동수사본부장을 포기한 것이 김재춘의 가장 큰 실책이었다. 중앙정보부장은 민간인이었고 군대를 지휘할 수 없었다. 결국 김재춘은 김형욱 중앙정보부장에 이끌려 장충동에 있는 우리 집을 방문한 후 가족도 만나지 못한 채 망명길에 올라야 했다. 김종필이 자의반타의반 외유를 떠난 지 6개월 만에 김재춘도 똑같은 전철을 밟게 된 것이다.

"각하, 그동안 제가 어리석었습니다. 제가 어리석게 항명을 했습니다."

김재춘은 내 앞에서 눈물을 흘렸다.

"이제 와서 후회를 하면 뭘 하나? 임자, 언젠가 다시 만날 수 있을 거야."

나 또한 김재춘을 보내면서 착잡했다. 김재춘은 나와 절친했으나 혁명 정부에서 권력을 장악하려다가 쫓겨 가게 된 것이다.

김재춘이 추방되면서 외국으로 망명 아닌 망명을 떠났던 김종필이 돌아왔다.

8월 14일, 나는 말썽 많은 민주공화당에 입당하여 대통령 선거에 출마했다. 그리고 10월 15일, 윤보선 전 대통령을 15만 표 차로 누르고 대통령에 당선됨으로써 파란의 제3공화국을 이끌게 되었다.

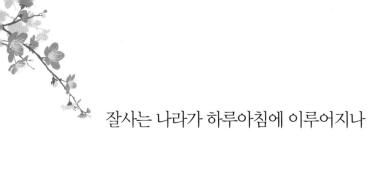

잘사는 나라가 하루아침에 이루어지나

대통령 선거를 생각하자 온갖 감회와 슬픔이 밀려온다. 나는 처음으로 대통령 선거를 하면서 전국 방방곡곡을 돌아다녔다. 혁명을 하고 경제 개발을 의욕적으로 추진했으나 군정은 너무 짧았다. 나는 경제 개발을 이룩해 조국을 근대화시키겠다는 나름대로의 열정에 사로잡혀 있었다. 당시의 많은 장교들이 그런 생각을 하고 있었겠지만 지식인들이나 정치인들보다 목숨 걸고 전쟁을 했던 장교들에게 그러한 열정은 더욱 뜨거웠다.

나는 당시에 독기와 같은 생각을 품고 있었다. 혁명에 대해 많은 사람들이 지지하고 있었으나 비난하는 사람들도 적지 않았다. 나는 대통령에 당선되자 의욕적으로 경제 개발을 추진했다. 국무총리에 〈동아일보〉 사장을 지낸 최두선을 임명 제청하고 외무부장관에는 정일권을 임명했다. 정일권은 나와 나이가 동갑이었으나 만주군관학교

선배였다. 나는 만주군관학교에 있을 때 술을 좋아했기 때문에 걸핏하면 그를 찾아가서 배급 술을 모조리 마셔 치우곤 했었다.

"정일권을 국방부장관에 임명하신다는 말씀을 들었습니다."

내가 대통령에 당선되고 얼마 되지 않았을 때 김형욱이 나를 찾아와서 말했다.

"그래, 무슨 문제가 있나?"

김형욱을 쳐다보면서 물었다.

"각하, 정일권 씨는 무서운 분입니다."

"뭐가 무서워?"

"정일권 씨가 국방부장관이 되면 우리 육사 8기들을 모조리 잡아 죽일 것입니다. 육사 8기들이 무서워하고 있습니다."

"그래?"

나는 김형욱의 말을 듣고 정일권에 대해 곰곰이 생각했다. 김형욱의 이야기는 지나친 노파심일지도 몰랐다. 그러나 많은 육사 8기생들이나 5기생들도 정일권을 두려워하고 있었다.

"미국 대사를 했으니까 오히려 외무부장관이 적임일지 몰라."

나는 육사 5기와 8기의 불안감도 해소하고 교착 상태에 빠진 한일회담을 타개하기 위해 정일권이 외무부를 맡는 것이 낫다고 생각했다. 정일권이 집으로 오자 나는 아내에게 생선찌개를 끓여 술상을 차리라고 말했다

"정 형이 나를 좀 도와주셔야겠습니다."

나는 정일권에게 정중하게 말했다.

"각하, 무슨 말씀이십니까?"

정일권이 나를 똑바로 쳐다보고 물었다.

"우리나라는 지금 너무 가난합니다. 얼마 전에 독일에 광부를 파견하는 데 4,000명이 응시했습니다. 그중에 대학을 졸업한 사람들이 절반이 넘습니다."

"일제 강점기부터 이어져 내려온 가난이 전쟁 후에도 마찬가지입니다."

"신문을 보니까 가난 때문에 버림받는 아기가 엄청나게 많답니다. 고아원이 버림받은 아이들로 넘치고 있답니다. 산모가 음식을 먹지 못해 영양실조에 걸려 젖이 나오지 않고 우유를 사 먹일 처지도 안 되니 버릴 수밖에 없다고 합니다. 그것만은 아니지요. 굶어 죽는 사람은 얼마나 많습니까? 멀건 죽 한 그릇으로 끼니를 대신하는 사람들이 대부분이지 않습니까?"

나는 정일권에게 술을 따랐다.

"찬바람이 부는 가을부터 겨울이 가난하고 무력한 사람들에게는 더욱 괴로운 계절입니다. 길거리에서 낙엽처럼 쓰러져 죽지요."

정일권이 어두운 표정을 지었다.

"지금 내 머릿속에는 어떻게 하면 굶주리지 않고 국민들을 배불리 먹게 할 수 있을까 하는 생각뿐입니다. 그래서 한일회담을 시작했습니다. 회담이 하도 지지부진하여 김종필을 특사로 보내 6억 달러를 받기로 결정됐습니다. 그런데 이걸 학생들과 야당이 반대하고 있습니다. 경제 부흥을 이룩하기 위해서는 반드시 대일청구권 자금이 필요합니다. 무리를 해서라도 대일청구권 대금을 받지 않으면 우리는 굶주림에서 벗어날 수가 없습니다."

나는 정일권에게 열변을 토했다.

"그렇다면 누가 외무장관을 맡아도 욕을 먹겠군요."

"아마 제2의 이완용이라는 욕을 먹게 될 것입니다. 일본의 사토 외상하고는 어떻게 지내십니까?"

"주미대사로 있을 때 몇 번 만났는데 큰 그릇이라는 생각을 했습니다."

"기시 전 수상의 동생이라던데 사실입니까?"

"예, 양자로 가는 바람에 다른 성을 쓰고 있습니다."

"지금은 이케다가 수상을 맡고 있지만 다음은 사토가 총리가 될 거라고 하더군요."

"예, 각하."

"정 형, 나하고 손을 잡고 우리 민족을 한번 일으켜 봅시다. 일본 과 국교 정상을 할 수 있도록 도와주십시오. 일본이 우리의 원수이기 는 하지만 경제 부흥을 위해서는 일본의 돈이 필요합니다."

"그럼 한번 해보겠습니다."

나는 정일권의 손을 굳게 잡았다. 그러나 일을 추진하기도 전에 국회의원 총선거가 실시되어 민주공화당 선거 유세를 지원하지 않으 면 안 되었다. 내가 한창 선거 유세를 하고 있을 때 미국의 케네디 대 통령이 텍사스 댈러스에서 암살되는 사건이 발생했다. 나는 미국을 방문하여 11월 24일에 거행된 케네디 대통령의 장례식에 참석했다.

'케네디는 젊은 미국을 지향한 사람이었는데 암살되다니 안타까운 일이군.'

나는 장례식에 참석하면서도 여러 나라의 국가원수들을 만나 한국의 경제 발전에 협조해 줄 것을 당부하고 귀국했다.

국회의원 총선거가 팽팽하게 진행 중이라 나는 김종필을 다시 투입시켰다.

김종필은 대통령 선거가 끝나고 곧바로 실시되는 국회의원 총선거에서 민주공화당 후보들을 대거 당선시키기 위해 전국을 누비며 선거 지원 유세를 했다. 김종필의 선거 유세에는 예전 4대 의혹 사건에도 불구하고 유권자들이 구름처럼 몰려들었다.

"JP의 연설에는 힘이 실려 있어. 톤은 낮지만 차분하고 설득력이 있거든."

국민들은 김종필을 열광적으로 좋아했다. 유권자들의 열렬한 환영 속에 전국을 누빈 유세가 끝나자 11월 23일 국회의원 투표가 실시되었다. 개표 결과 민주공화당이 86석(전국구 24석), 윤보선의 민정당이 27석(전국구 14석), 민주당이 8석(전국구 5석), 김재춘이 조직한 자유민주당이 6석(전국구 3석), 국민의당이 2석을 얻었다. 김종필은 부여에서 출마하여 전국 최고 득표율로 당선되었다.

나는 제3공화국이 시작되자 국정의 최대 지표를 경제개발 5개년계획에 두었다. 경제개발 5개년계획은 군사 정부에서도 추진하려 했던 국정 지표였다. 그러나 당시 재원을 마련할 수 없었다. 게다가 미국도 한일 관계의 개선을 요구하고 있어서 나는 1961년 9월에 중단

되었던 한일회담을 재개하기로 했다.

나는 대통령이 되어 첫 번째 새해를 맞았을 때 국민들에게 신년사를 발표했다.

> …… 친애하는 국민 여러분, 본인은 이 나라의 대통령으로서 오로지 경제 건설을 이룩하여 국민들을 잘살게 하기 위하여 노력할 것입니다. 우리가 할 일은 세 가지입니다. 그 첫 번째는 공산주의와 싸워서 통일을 이룩하는 것이고, 두 번째는 빈곤을 물리치는 것이고, 세 번째는 자주성을 확보하는 것입니다. 특히 경제를 살리기 위해서 나는 무슨 일이든지 다하여 보릿고개를 없앨 생각입니다 …….

나는 연두교서를 발표한 뒤에 한일회담에 박차를 가했다. 야당은 장외 투쟁에 나서서 한일회담 반대를 외쳤다. 〈동아일보〉에서는 가십에 김종필을 '매국노' '제2의 이완용'이라고 혹평했다. 4월이 되자 학생들도 술렁거리기 시작했다. 학생들은 '민족적 민주주의 장례식'을 치르고 일장기를 소각하는 등 시위를 점점 격화시켰다. 5월 21일에는 서울 시내 28개 대학교 학생 대표들이 서울법대에서 회합을 갖고 '난국타개 학생궐기대회'를 열었다. 6월 2일에는 서울의 각 대학과 고려대 학생 3,000여 명이 교정에서 '구국 선언문'과 '결의문'을 낭독한 뒤 '박 정권 물러가라'는 구호까지 외치며 시위에 들어갔다. 야당은 야당대로 '총칼로 정권을 잡은 쿠데타 세력'이라고 부르며 나의 퇴진 운동을 시작했다.

6월 3일, 학생들의 시위는 더욱 격화되었다. 학생들은 교정에서 김종필과 이케다 일본 수상의 화형식까지 치르고 시내로 진출했다. 이날 시위에 참여한 대학생들은 18개 대학 1만 5,000명으로 시위를 막으려는 경찰과 격렬한 육박전을 벌였다. 태평로의 국회의사당 앞과 청와대에 이르는 대로는 완전히 시위 물결로 뒤덮였으며 파출소가 불타고 경찰 차량이 시위대의 손에 넘어갔다.

"각하, 상황이 심각합니다."

중앙정보부장인 김형욱이 사색이 되어 나에게 알려왔다. 나는 학생들이 한일회담의 진정한 의미를 모르고 데모를 하고 있는 현실에 분개했다.

"알고 있네. 내가 대책을 세우도록 하지."

나는 김형욱을 물러가게 한 뒤에 김성은 국방장관과 김종오 육군참모총장을 청와대로 불렀다.

"각하, 계엄령을 선포하셔야 합니다."

김성은 국방장관이 말했다.

"계엄령을 선포해서 이 사태가 마무리 되겠습니까?"

나는 침중한 얼굴로 줄담배를 피우면서 물었다.

"제가 청와대로 올라올 때 보니까 시위 학생들이 중앙청을 경비하는 수도경비사령부 소속 군인들과 난투극을 벌인 후 차량을 탈취해 돌아다니고 있었습니다. 서울 시내는 자욱한 최루탄과 화염으로 무정부 상태나 마찬가지입니다."

"저들의 주장은 나더러 퇴진하라는 것입니다. 나에겐 지금 퇴진하느냐 계엄령을 선포하느냐, 두 가지 방법밖에 없습니다. 내가 어떻게 하는 것이 좋겠습니까? 내가 퇴진하는 것이 좋겠습니까?”

김성은 국방장관을 비롯하여 국무위원들은 입을 꽉 다물고 있었다.

“국방장관이 먼저 말씀해 보십시오.”

“각하께서는 지난 대통령 선거 때 부정 선거를 일체 하지 않았습니다. 오히려 군대에서 윤보선 표가 더 많이 나왔습니다. 이런 대통령이 이끄는 정부가 소수의 정치인들과 학생, 시민들의 폭력 시위로 무너지면 이 나라는 데모 천지가 되어서 어떤 정부도 국가를 이끌어 갈 수가 없을 것입니다.”

“그래서 어떻게 하는 것이 좋겠습니까?”

“계엄령을 선포하시면 우리가 시위를 진압하겠습니다.”

“그렇습니다. 계엄령을 선포해서 시위를 진압해야 합니다.”

국무위원들이 일제히 시위를 진압할 것을 요구했다.

“그러면 유엔군 사령관과 주한미국 대사에게 이 사실을 알려야 하지 않겠소?”

“작전 지휘권이 미군에게 있으니 통고하지 않을 수 없습니다.”

나는 미국 대사와 하우즈 미 8군 사령관 겸 유엔군 사령관을 청와대 집무실로 불렀다.

“국가안보회의에서 서울 일원에 비상계엄령을 내려 사태를 수습하기로 결론을 내렸소. 유엔군 사령관은 우리의 입장을 이해하고 한국군을 계엄군으로 동원, 서울로 진입시키는 것을 승인해 주기 바랍니다. 그리고 버거 대사께서는 이 사실을 본국에 통보해 주기 바랍니다.”

"각하, 질문이 있습니다."

버거 대사가 나에게 질문을 했다.

"뭡니까?"

"계엄은 언제까지 선포할 예정입니까?"

"시위만 진압되면 바로 해제하겠습니다."

"국회는 어떻게 하실 예정입니까?"

"국회는 해산하지 않을 것입니다."

"각하, 몇 개 사단을 동원하실 예정입니까?"

"28사단과 6사단입니다."

"우리는 전적으로 각하를 지지합니다."

나는 미국 대사와 하우즈 장군의 동의를 얻자 즉시 계엄령을 선포했다. 그리고 격렬한 시위를 하는 학생들을 체포하고 터무니없는 모략을 일삼는 정치인들을 구속했다. 나는 학생들의 데모에 대처하는 정부의 태도에도 불만을 갖게 되었다. 정부나 군의 고위 관계자들은 육사 8기가 정국을 주도하는 것을 마땅치 않게 보고 있었다.

혁명을 일으킬 때 누구보다도 적극적으로 움직였던 장경순 국회 부의장은 김종필과 갈등을 빚고 있었다. 나는 김종필과 친하게 지내고 있는 민주공화당 원내총무 김용태의 사표를 받았다. 김종필은 육사 8기인 김동환 의원을 후임 총무로 추천했다. 그러나 육사 8기 출신을 총무에 임명할 수 없었다. 김종필은 몹시 실망한 표정을 지었다.

이에 김종필과 장경순 국회 부의장은 담판을 지었다.

"현 정국을 돌파하려면 당신이 공직에서 물러나는 것이 가장 바람직하오."

장경순이 김종필을 노려보면서 말했다.

"제가 무슨 잘못을 저질렀다고 공직에서 물러납니까?"

"오히라·김 메모 사건으로 당신은 지금 제2의 이완용으로 불리고 있소."

"정말 너무들 하십니다. 제가 그 회담을 하고 싶어 했습니까? 저는 각하의 특명을 받고 한 일입니다. 그리고 대일청구권은 우리 국민들을 잘살게 하는 길입니다. 조금 부족하더라도 일본과 국교 정상화를 하지 않을 수 없습니다. 전 누구에게도 한일회담은 잘한 일이라고 말할 수 있습니다."

"그래도 결국 상황이 이렇게 되지 않았소?"

김종필은 장경순 부의장으로부터 사퇴하라는 말을 듣고 청와대로 올라왔다.

"각하, 저는 공화당 의장직에서 사퇴하겠습니다."

김종필이 잔뜩 화가 난 얼굴로 나에게 말했다.

"무슨 소리야? 왜 물러나겠다는 거야?"

"각하와 공화당에서 저를 물러나라고 한다면 물러나겠습니다. 그럼 가 보겠습니다."

"저녁이나 먹고 가게."

나는 김종필을 만류하기 위해 불렀으나 그는 고개 숙여 인사하고는 집무실을 나갔다. 홍종철 경호실장에게 김종필을 데리고 오라고 지시했다.

"대통령께서 부르십니다."

"됐어요."

김종필은 홍종철의 만류도 듣지 않고 돌아갔다. 김종필이 격렬하게 반발하고 있는 것을 알고는 씁쓸했다.

나는 정일권을 청와대로 불러 소주를 함께 마셨다.

"각하, 아직도 소주를 마십니까? 이제는 술을 좀 바꿔 보시지요?"

정일권이 나에게 술을 따르면서 말했다.

"소주가 어떻습니까?"

"속이 너무 헐지 않습니까?"

"그렇지 않습니다. 우리가 경제적으로 발전하여 국민들이 잘살게 되면 그때 양주를 마시지요."

"그런데 저를 부르신 것은……."

"정 형, 정 형께서 국무총리를 맡아 주셨으면 좋겠습니다."

나는 정일권을 응시하면서 말했다.

"각하, 무슨 말씀이십니까?"

"며칠 전에 최두선이 사의를 표명했습니다. 연로한 탓에 국정을 잘 이끌지 못하는 부분도 있었고…… 저는 좀 더 힘 있게 국정을 이끌어 나갈 총리를 원합니다."

"제가 총리를 맡는 것은 분명히 영광입니다. 그러나 저는 군 출신이라 행정에는 달인이 아닙니다. 또 공화당과 친밀하게 지내지 못했기 때문에 당정 갈등도 조율하기 어려울 것입니다. 국무총리마저 군인 출신이 맡으면 곤란하지 않겠습니까?"

"저는 정 형을 존경하고 있습니다. 6·25 때 인민군을 물리친 일등 공신이고 케네디 대통령을 설득하여 우리 군사 정부를 지지하게 한 분도 정 형이 아닙니까? 군인들도 정 형을 존경하고 있습니다."

"각하께서 그렇게 신임해 주신다면 열심히 해보겠습니다."

"그럼 당부 말씀드리겠습니다. 총리직을 맡으신 뒤에 군대의 지휘 관들이나 예비역 장성들을 자주 만나지 마십시오. 또 재벌이나 경제 계 인사들을 만나면 정치 자금을 모은다는 의심을 받을 테니 만나지 마십시오. 정 형은 이북 출신이라 그쪽 사람들이 여러 경로로 가까이 하려고 할 것이니 신중하게 만나십시오."

정일권이 무겁게 한숨을 내쉬었다.

"불쾌하십니까?"

나는 빙그레 웃으면서 정일권을 쳐다보았다. 내가 정일권에게 이 런 당부를 한 것은 그가 총리로 임명되었을 때 수많은 혁명 동지들이 그를 모함할 것을 방지하기 위해서였다. 그는 내가 청와대로 따로 불 러 우리 가족들과 함께 식사를 하며 술을 마실 수 있는 몇 안 되는 사 람 중 한 명이었다.

"아닙니다."

정일권이 고개를 흔들었다. 그러나 여전히 석연치 않은 표정을 짓 고 있었다. 나는 그에게 일일이 혁명 동지들 사이에서 벌어지는 알력 을 설명했다. 정일권은 그제야 내 말 뜻을 이해한 듯 술을 마시기 시 작했다.

나는 김종필을 퇴진시키기로 결심했다. 학생들의 격렬한 시위와 정치권의 반발을 잠재우기 위해서는 어쩔 수 없는 선택이었다. 정치는 때때로 선택을 하지 않으면 안 된다. 나는 김종필을 불러 외유를 권고했다.

김종필은 6월 8일, 또다시 외유에 올랐다. 나는 김종필을 퇴진시키고 개각을 단행하면서 혁명 세력에 대해 단호히 결심했다. 그들이 혁명 동지라는 이름으로 중상모략을 하고 권력 투쟁만 일삼는다면 결코 용납하지 않을 것이라 생각했다. 나는 경제 개발에 총력을 기울이기로 결심했다. 삼성의 이병철 회장에게는 전 재산을 헌납하는 대신 비료공장을 지어 국가에 헌납하게 했고 현대의 정주영에게는 발전소 건설과 시멘트공장 건설을 맡겼다. 박태준에게는 포항제철 건설을 맡겼다.

"포항제철을 건설하려면 자금이 없지 않습니까?"

박태준은 정치에는 관여하지 못하게 하고 제철공장 건설에만 전력을 기울이게 했다. 각종 공사와 공장을 짓기 위해서는 제철공장이 절대적으로 필요했다.

"차관을 교섭해 봐요."

나는 박태준을 미국을 비롯한 유럽 여러 나라의 특사로 파견했다. 박태준은 나의 명령을 받자 차관 도입에 적극적으로 매달렸다. 나 또한 경제 공부에 전력을 기울였다. 대학 교수들을 초청하여 강의를 듣는가 하면 기업가들로부터 실물 경제에 대해 배웠다. 무엇보다도 공장 건설에 많은 신경을 썼다. 공장 하나가 건설되면 수많은 일자리가 창출되고 제품을 수출할 수도 있어 경제에 막대한 영향을 미쳤다.

모내기철에는 농사짓는 농부들을 찾아가 같이 모를 내고 벼를 벨때는 같이 벼를 벴다. 들에서 그들과 함께 밥을 먹고 막걸리를 마셨다.

또 전 국민들에게 일을 해야 한다고 주장하기 시작했다. '올해는 일하는 해'라는 슬로건을 만들어 언론을 통해 대대적으로 홍보하고 〈잘살아 보세〉라는 노래를 만들어 방송하게 했다.

'국가를 일신해야 돼. 국민들을 개조하지 않으면 우리나라는 결코 잘살 수가 없어.'

나는 제3공화국 초대 대통령으로서 누구보다도 열심히 일을 했다. 군인 출신이었기 때문에 건강에는 자신이 있었다.

"각하, 차관이 여의치 않습니다."

차관 교섭을 위해 외국에 나가 있던 박태준이 돌아와서 보고했다.

"그 사람들이 무슨 이유로 우리에게 차관을 주지 않겠다는 것입니까?"

"우리가 포항에 엄청난 규모의 제철공장을 짓겠다고 하니까 불가능하다는 것입니다. 우리 기술로는 어림없다는 것이지요."

"그러면 다른 방법이 없겠습니까?"

"각하께서 굳이 포항제철을 지으실 요량이라면 대일청구권 자금을 쓸 수밖에 없습니다."

"합시다."

"예?"

"우리는 할 수 있어요. 사람이 하려고만 들면 안 되는 일이 어디 있습니까? 부지 선정하고 기공식부터 시작해요."

나는 박태준에게 기공식부터 하라고 한 뒤 전 내각에 포항제철을 지원하라고 지시했다. 포항제철과 같은 국책 사업을 시작할 때는 군대와 같은 추진력이 필요했다. 지나치게 추진력을 발휘하다 보면 무리수를 범할 수도 있겠으나 지금은 강한 추진력이 필요하다고 판단했다.

박태준은 포항에 내려가 살기 시작했다.

그런 다음 식량자급운동을 펼치기 시작했다. 군사혁명을 일으키고 정권을 잡았을 때 우리 국민들은 너무나 못살고 있었다. 나는 빈곤으로부터의 해방을 위해 모든 노력을 경주해야 한다고 생각했다. 그래서 패배주의에 빠져 있는 국민들에게 열정을 불러일으키기 시작했다. 방송 작가 한운사에게 부탁하여 〈잘살아 보세〉라는 노래도 만들었다. 작곡은 김희조가 했다.

케네디 대통령이 죽고 얼마 되지 않아 미국은 월남전에 깊숙이 개입하기 시작했다. 미국은 월남에 지상군을 파견하면서 한국에도 비전투부대 파견을 요청했다. 미국과 상호방위동맹을 맺고 있었기 때문에 나는 쾌히 승낙했다. 대신 이면 협의를 통해 미국으로부터 많은 원조와 차관 도입을 받아냈다. 미국의 원조와 차관은 공장 건설에 투입됐다.

나는 1965년 5월에 다시 미국을 방문하여 존슨 대통령과 한미 정상회담을 가졌다. 미국은 그 자리에서 주월한국군 전투부대의 파병을 요구했다. 나는 전투부대의 파병을 수락하는 대신, 경제적인 면과 한국군의 전투력 향상을 요구했다. 미국은 나의 제안을 받아들였다.

한국군은 1개 사단 규모의 전투부대를 월남에 파견하기로 결정했다. 육군 1개 사단에서 1개 연대를 떼어내고 해병 1개 여단을 넣었다. 전투부대의 사단 이름은 '맹호부대', 해병여단의 이름은 '청룡부대'였다. 국군의 월남 파병은 고귀한 젊은이들의 피를 이국땅에 뿌리게 된 안타까운 면도 없지 않았으나 한국의 국제적 지위를 크게 높이는 계기가 되었고 월남 특수는 경제 발전의 밑거름이 되었다.

1965년의 국내 정치는 한일회담의 국회 비준으로 또 한바탕 홍역을 치렀다. 나는 위수령을 발동하고 대학교에 휴교령을 내림으로써 겨우 시위를 진정시킬 수 있었다. '올해는 일하는 해' '올해는 더 일하는 해' '재건국민운동' '식량자급자족운동' 등의 캐치프레이즈를 내걸고 일하는 분위기를 만들어 갔다. 그러는 동안 4년이 번개처럼 지나갔다.

'벌써 선거를 치를 때가 되었는가?'

1967년은 선거의 해였다. 야당은 이합집산을 거듭하며 1967년 5월과 6월에 있을 대선과 총선을 준비했고 민주공화당은 안정과 경제 발전을 공약으로 선거 준비를 해나갔다.

이즈음 두 번째 외유에서 돌아온 김종필이 너무나 빠르게 성장해 가는 것을 보고 불쾌감을 느끼기 시작했다. 여러 채널을 통해 그가 대통령에 야망이 있다는 사실을 감지했다.

'어떻게 벌써 대통령을 꿈꾼다는 말인가?'

김종필이 민주공화당 당의장에 복귀하면서 행보가 심상치 않다는 보고를 받고 화가 났다. 나는 제3공화국을 만든 뒤, 아직 임기도 채

우지 않았던 것이다. 제3공화국 헌법은 대통령의 재임을 허락하고 있었으므로, 나는 1967년 대통령 선거에 출마하여 경제 개발을 지속적으로 추진하려는 야심을 갖고 있었다.

김종필이 청구동 자택으로 나를 초청했다.

내가 집무를 마치고 청구동 김종필의 집에 도착하자 엄민영 내무장관과 박상길 청와대 대변인이 있었고 김종필과 친하게 지내는 공화당 의원들 여럿이 있었다.

"각하, 오셨습니까?"

상희 형의 딸인 영옥이 나와서 인사를 하고 김종필의 딸 예리와 아들 진이 나와서 인사할 때 나는 기분이 좋아져서 그 아이들의 머리를 쓰다듬어 주기까지 했다. 진이는 김종필이 첫 번째 외유, 자의반 타의반이라는 말을 남기면서 외국으로 떠난 뒤에 낳은 아들이었다.

화제는 대통령 선거에서 국정으로, 학생들의 데모로 오가다가 내가 고위 공무원들에게 내린 요정 출입금지 조치로 옮아갔다.

"요정 출입, 그거 뭐 강제로 막을 필요가 있습니까?"

취기가 오르자 김종필의 옆에 앉아 있던 누군가가 요정을 화제로 입을 열었다.

"왜, 김 의원이 요정 출입을 하지 못하게 돼서 그러나?"

나는 웃으면서 김 의원을 쳐다보았다. 그러자 와자하게 웃음이 터졌다. 나는 술자리에서는 대통령이라는 격식을 버리고 술을 마셔 왔기 때문에 사람들은 비교적 자유롭게 발언하고 있었다. 사람들이 나를 근엄하다고 말하는 것은 사진을 늘 무표정하게 찍기 때문이었다.

"각하, 그게 아닙니다."

"뭐가 그게 아니야?"

"무조건 금지하고 처벌한다고 없어지는 것은 아니지 않습니까? 정부에서는 왜 그렇게 일을 하는지 모르겠습니다."

"맞습니다, 요정에 출입하는 것이 뭐가 나쁩니까? 정치는 정치대로 하고 국사는 국사대로 보고 밤에 요정을 가지 않습니까? 이런 걸 단속하는 것이 무슨 정치입니까? 대한민국에서는 술도 마음대로 마시지 못합니까?"

"지금이 술을 마시고 흥청망청할 때인가? 국민들에게 잘살아 보자고, 허리띠 졸라매자고 해놓고 지도자들이 요정 출입을 하면 되겠는가?"

나는 화가 나서 그들의 말을 반박했다. 취기가 와락 올라오는 것 같았다. 그들도 술이 취했는지 내가 대통령이라는 것도 잊고 거칠게 논쟁을 벌이기 시작했다.

"각하, 그런 뜻은 아니지 않습니까?"

"정부가 요정 출입을 금지한 것은 고위 공무원들이야. 국민들에게 모범을 보여야 할 고위 공무원들이라고."

내 말에 김종필 쪽 의원들이 일제히 반박했다. 나는 그들이 반박하는 것에 화를 낼 수가 없어서 연거푸 술잔만 들이켰다.

"각하께서 지시를 내려 단속한다고 하지만 그러면 뭘 합니까? 요정을 단속하면 비밀 요정을 합니다. 그러니 만날 도로아미타불이 되는 거지요."

한 의원의 말에 김종필 쪽 의원들이 왁자하게 웃음을 터뜨렸다. 나는 얼굴이 화끈거렸다.

"공무원들의 요정 출입금지 조치는 대통령 각하의 특명으로 이루어지는 것입니다. 여러분들의 말씀에도 일리가 있겠지만 단속을 하지 않을 수는 없습니다."

박상길이 김종필 쪽 의원들의 무례한 발언을 중지시키려고 했으나 그들은 이미 술에 취해 도를 넘어서고 있었다. 그들은 내 얼굴빛이 변하고 있다는 것을 눈치채지 못하고 정부를 비난하기에 바빴다. 김종필이 박상길에게 다가와 뭐라고 속삭이는 것이 보였다.

"각하, 자정이 지났는데 그만 돌아가셔야지요."

박상길이 나에게 다가와서 낮게 속삭였다. 나는 김종필 쪽 의원들을 노려보고 있었다.

"아니오, 나는 저자들의 말을 더 들어봐야겠소."

나는 얼굴이 붉어져 왁자하게 떠드는 그들을 노려보았다. 그들은 이제 자기들끼리 이야기에 열중해 있었다.

"각하, 일어나셔야 합니다."

박상길이 나를 안아 일으키려고 했다.

"그냥 놔두라고 하지 않소? 이 집에 닛뽄도가 있다고 들었는데 그걸 좀 가져오시오."

나는 화가 치밀어 박상길에게 내쏘았다. 그러자 박상길이 나를 강제로 끌어안고 밖으로 나가기 시작했다. 김종필 쪽 의원들이 그제야 놀라서 나를 쳐다보았다.

"이 자식들이 뭐하는 짓들이야? 아직 나의 임기도 끝나지 않았는데 대통령이 어쩌고저쩌고 해? 내가 닛뽄도로 이 쓸개 빠진 놈들의 모가지를 댕강댕강 잘라 버릴 거야!"

나는 눈을 부릅뜨고 소리를 질렀다. 박상길의 손짓에 경호관들이 달려와 나를 부축하여 승용차에 태웠다. 나는 그들에게 끌려 나오지 않으려고 발버둥을 쳤다. 그러나 생각보다 훨씬 취해 있었다. 간신히 승용차에 올라탔지만 화를 삭일 수가 없었다. 나를 끌어안고 있는 박상길의 머리통에 박치기를 해대며 놈들을 용서하지 않겠다고 고래고래 소리를 질렀다.

청와대로 돌아오자 아내가 현관에서 기다리고 있었다.

"대체 이게 무슨 일이에요? 일국의 대통령이 몸도 가누지 못하면 어떻게 해요?"

아내가 나를 향해 소리를 질렀다. 그때야 정신이 번쩍 들었으나 몸을 가눌 수 없었다. 나는 아내와 박상길의 부축을 받고 침실로 들어갔다. 비서관이 나가자 아내가 옷을 벗기기 시작했다. 나는 그때 갑자기 화가 치밀어 1층으로 뛰어 내려갔다. 멀리 박상길이 취한 걸음으로 돌아가는 것이 보였다.

"내 권총 어디 있어? 내 권총 가지고 와!"

나는 고래고래 소리를 질렀다.

"이 새끼들! 대통령병 환자 놈들을 내 총으로 모조리 쏘아 죽이기 전에는 잠을 잘 수 없어!"

그날 나는 제정신이 아니었다.

이튿날, 아내로부터 10분 동안이나 대통령으로서의 체면을 잃었다고 잔소리를 들어야 했다. 어젯밤 일이 자세하게 기억나지 않았으나 한바탕 난리를 피운 것은 분명했다.

"내가 잘못 했소. 그런데 콩나물국이 왜 이렇게 맛있는 거야?"

나는 쑥스러운 표정을 짓고 묵묵히 콩나물국을 먹을 수밖에 없었다. 아내도 어처구니없는지 피식 웃고 말았다.

세상은 어수선했으나 정국은 선거를 향해 빠르게 치달렸다. 1967년의 대통령 선거에는 민주공화당을 대표해 내가 나가고 신민당에서는 또다시 윤보선이 입후보했다. 제3공화국 4년 동안의 치적을 평가받는 대통령 선거였다.

김종필은 민주공화당 당의장에 복귀하여 대통령 선거 지원 유세에 적극적으로 참여했다. 나는 비장한 각오로 선거에 임했다. 대통령 선거는 내가 이끈 4년 동안의 경제 발전을 심판받는 것이었다. 경제 건설이 이제 겨우 걸음마 단계에 있고 경제개발 5개년계획을 성공하려면 나를 다시 선택해 주어야 한다고 주장했다.

1967년 5월 3일, 마침내 선거가 실시되어 나는 100여만 표 차이로 윤보선 후보를 따돌리고 대통령에 다시 당선되었다. 국회의원 선거는 민주공화당이 103석, 신민당이 27석, 대중당이 1석을 차지하여 민주공화당이 압승을 거두었다.

나는 더욱 의욕적으로 경제 개발 건설에 박차를 가했다. 내가 전쟁을 벌이다시피 경제 개발을 독촉했기 때문에 한국 경제는 눈이 부시게 발전하고 있었다. 야당은 대통령 선거와 국회의원 선거에 패하자 부정 선거라고 일제히 규탄했다.

나는 가능하면 부정 선거 없이 승리하고 싶었으나 신문을 통해서 부정 선거가 광범위하게 진행되었다는 사실을 알고 매우 씁쓸했다.

신민당은 국회가 개원을 했는데도 등원을 거부하고 정일권 국무총리, 김종필 공화당 의장, 김형욱 중앙정보부장, 엄민영 내무장관 등 부정 선거 관련자들을 문책하고 처벌할 것을 요구했다.

"부정 선거가 너무 심했던 거 아냐?"

나는 김종필과 정일권을 불러 대책을 상의했다. 정일권이나 김종필 모두 물러나야 할 정도로 책임이 있다고 생각하지는 않았다. 선거에 부정은 항상 있다고 생각했다. 민주공화당은 단독 국회를 강행했다. 부정 선거를 규탄하는 학생들의 시위는 더욱 격렬해졌다. 6월 13일 서울대 법대, 문리대, 고려대학교, 성균관대학교 학생들은 교정에서 6·8 부정 선거 성토대회를 열어 정국을 초긴장 상태로 몰아넣었다.

그때 김형욱 중앙정보부장이 동백림 거점 북한 지하 공작단을 검거했다고 보고했다. 1967년 7월 5일의 일이었다. 이 사건에는 대학교수, 언론인, 예술가, 유학생, 저명한 음악가인 윤이상까지 연루되어 국내외에 커다란 충격을 주었다.

선거의 해인 1967년이 가고 1968년이 밝아왔다. 비록 1967년이 부정 선거로 얼룩지긴 했으나 경제는 월남전 특수와 식량 자급자족 덕분에 비약적인 발전을 이루었다. 나는 새마을운동을 시작하고 경부고속도로 건설을 추진했다.

그리고 제2차 경제개발 5개년계획을 발표했다. 무서운 집념으로 곳곳에 공장을 건설하고 식량 증산에 박차를 가했다. 30, 40대의 관료들은 행정 경험이 없어서 무리한 일을 벌이기도 했으나 신념을 가지고 경제 건설을 추진했다. 제3공화국은 황무지에 경제 개발을 이루어 가고 있었다. 그러나 도로는 여전히 낙후되어 서울에서 부산으로 물건을 운반하는 데 며칠씩 걸리는 일이 발생했다. 나는 세계은행의 제안으로 고속도로 건설을 생각했다. 그러나 한국에는 고속도로에 대해 아는 사람이 거의 없었다. 그때 마침 태국에서 고속도로를 건설하고 있던 현대건설의 정주영 사장을 청와대로 불렀다.

"임자, 임자네 회사가 태국에서 고속도로를 건설하고 있지요? 잘 되어 가고 있습니까?"

나는 정주영의 투박한 얼굴을 살피면서 물었다.

"예, 잘 건설하고 있습니다."

정주영이 긴장한 표정으로 대답했다.

"임자는 초등학교밖에 안 나왔다고 하던데 어떻게 해서 그렇게 많은 돈을 벌고 있소?"

"저는 매일 신문을 봅니다. 신문이 제 스승입니다."

정주영의 말에 나는 피식 웃었다. 정주영은 현장에서 일을 한 사람답게 말투가 소박하고 꾸밈이 없었다.

"이리 좀 와서 이것 좀 보시오."

나는 정주영을 집무실 책상 가까이 불렀다. 정주영이 머뭇거리면서 책상 앞으로 와서 지도를 살폈다.

"옛날에 내가 독일을 방문했을 때 독일의 고속도로를 달린 일이 있소. 아무래도 우리나라에도 독일과 같은 고속도로를 만들어야 할 것 같소."

"각하, 고속도로를 어디에 건설하실 예정입니까?"

"서울과 부산을 연결하는 고속도로를 건설할 작정이오. 해낼 수 있겠소?"

"할 수는 있습니다만 공사비가 많이 들어갑니다."

"우리나라 국고는 뻔하지 않소? 최소한의 경비로 고속도로를 건설해야 하오."

나는 건설부와 현대건설에 공사비를 뽑아 보라고 지시했다. 그리고는 헬리콥터를 타고 직접 고속도로 노선을 확정하기 위해 답사했다.

1968년 새해가 되어 고속도로를 건설하겠다고 발표하자 정국은 또다시 들끓었다. 1968년은 시련의 해나 다를 바 없었다. 1·21 무장공비 침투 사건은 전국을 뒤흔들어 놓았다. 북한이 나를 암살하기 위해 무장공비를 남파했다는 사실에 분노했다. 북한군 특수부대인 124 군부대에서 남파 훈련을 받은 31명의 무장공비들은 김일성의 지령을 받고 휴전선을 넘어 남하하다가 나무꾼들에게 발견되었다. 이들은 나무꾼을 살해하면 경찰의 추적이 있을 것을 우려하여 나무꾼들에게 특수 훈련을 받고 있는 국군이라며 군사 비밀이니 아무에게도 말하지 말라고 당부한 뒤, 자신들은 신속히 남하하기 시작했다. 그러나 이들 나무꾼들은 즉시 파출소에 무장공비가 침투했다는 사실을 알려 전국에 삼엄한 비상경계령이 내려졌고 청와대 뒷산인 세검정을 통해 청와대로 넘어오다가 종로경찰서 최규식 서장에게 발각되었던 것이다.

생포된 무장공비 김신조는 홍은동 파출소로 연행되었다.

"이름은 김신조. 소속은 인민군 124군부대. 청와대를 까러 왔다. 31명의 특공대와 함께 왔다. 목적은 미 제국주의자들의 괴뢰인 박정희의 모가지를 따러 왔다."

김신조는 기자들의 질문에 당당하게 외쳤다. 나는 1·21 무장공비 사건과 푸에블로호 납치 사건이 발생하자 향토예비군을 창설했다.

국민복지회 사건이 터진 것은 그 무렵의 어느 날이었다. 국민복지회는 김종필과 친하게 지내는 김용태가 만들었는데 김종필을 차기 대통령으로 밀고 3선 개헌을 저지한다는 내용을 시국 판단서에 넣고 있었다. 나는 중앙정보부장 김형욱의 보고를 받고 격노했다. 그래서 철저하게 수사를 하라는 지시를 내렸다. 김형욱은 국민복지회 회장인 김용태 의원을 중앙정보부로 연행하여 철저히 조사했다. 이 과정에서 임신 중이던 김용태 의원의 부인은 낙태를 했고 김용태 의원은 모진 고문을 당했다.

"나는 시국 판단서를 본 일도 없어. 게다가 복지회 회장이라는 것도 잘 몰랐어. 그저 농촌을 돕는 단체라기에 좋은 일을 하는 단체니까 이름을 걸어도 좋다고 했을 뿐이야."

김용태는 김형욱의 의심을 부인했다.

"김용태! 너 똑바로 불지 않으면 나한테 죽어!"

김형욱은 유들유들 빈정대며 김용태를 위협했다.

"마음대로 해! 죽이고 싶으면 죽이고 살리고 싶으면 살리고……."

"김용태! 너 배짱 한번 좋구나!"

"흥!"

"네 밑에 있는 놈들이 다 불었어! 김종필이를 대통령 시키려고 그랬지?"

"허튼수작하지 마!"

"불지 않으면 살아서 못 나가! 네 여편네도 여기 끌려와 있어. 만나게 해줄까?"

"야 인마! 집사람이 무슨 죄를 지었다고 잡아와? 당장 풀어 주지 못해?"

"나도 내가 좋아서 혁명 동지 때려잡고 있는 거 아니야. 위에 있는 어른이 철저하게 수사하라고 했어. 너희들 때려잡으라고 말씀하셨단 말이야!"

"뭐야?"

"이제 알겠어?"

"그래 좋다! 그러면 네 마음대로 진술서 작성해! 그러면 내가 사인해 줄게."

"그럼 나중에 허튼소리 하지 마?"

김용태 의원은 모진 고문을 받고 진술서에 사인을 한 뒤에야 중앙정보부에서 풀려 나왔다. 그는 부인이 고문을 받다가 유산한 사실을 알고 가슴을 치면서 울었다.

나는 나중에야 김용태가 고문을 받았다는 사실을 알았다.

제3공화국 헌법에 의하면 이번이 마지막 임기였다. 3년 후인

1971년의 대통령 선거에는 민주공화당에서 새로운 후보를 뽑아 선거에 나서야 했고 김종필이 후보로 나서는 것을 누구나 인정하고 있었다. 그러나 공화당은 나에게 3선 개헌을 요구했고 나는 경제 건설을 이룩할 때까지 개헌을 해서라도 대통령을 하겠다고 결심했다.

나는 김종필을 청와대로 불러 면전에서 마구 호통을 쳤다.

"도대체 당의장이라는 사람이 뒷전에서 나를 손가락질할 수 있는 거야? 왜 이따위 수작들을 해?"

"죄송합니다."

"부정 선거를 내가 했어? 정세 보고서인지 시국 판단서인지 그 유인물에 차기 대통령은 임자가 해야 한다고 되어 있다며? 아니 대통령이 그렇게 하고 싶어?"

"저는 금시초문입니다. 그러한 시국 판단서가 만들어졌는지도 모르고 있었을 뿐 아니라 그런 단체도 처음 들어봅니다. 각하도 아시다시피 공화당 안에도 저를 음해하는 세력이 적지 않습니다."

"변명을 하려면 똑바로 해! 누가 그따위 말을 믿어?"

김종필은 얼굴을 붉혔다. 김용태 의원은 농민들을 지원하는 단체인 줄 알고 그저 회장으로 추대된 데 불과하다고 해명했다. 그러나 나의 화는 풀리지 않고 있었다. 김종필이 해명을 하면 할수록 나는 더욱 화가 치밀었다.

"김용태를 제명해!"

"각하! 김용태는 혁명 동지입니다."

"나를 다시 보지 않으려면 마음대로 해!"

"각하! 각하도 김용태 의원이 어떤 사람인지 아시지 않습니까? 그 사람은 소신이 뚜렷하고 정의감이 투철한 사람입니다!"

"그래, 자네하고도 제일 가까운 사람이지. 그만 물러가."

"물러가겠습니다."

김종필은 고개를 숙이고 청와대를 나갔다. 나는 김종필을 믿지 않았다. 누가 보더라도 김종필은 민주공화당의 2인자였고 나의 후계자였다. 그러나 3선 개헌을 추진한다면 강력한 후계자는 오히려 위험스러운 존재가 아닐 수 없었다.

1968년 5월 24일 김종필은 민주공화당 긴급 당기위원회를 소집하여 김용태 의원, 최영두 중앙상무위원, 송상남 중앙위원을 제명했다. 그리고 김용태 의원의 제명을 확정하는 의원총회에 참석하여 짤막하게 입을 열었다.

"김용태 의원이 용서받을 수 없는 일을 저질렀습니다. 차기 대통령에는 모씨가 되어야 한다고 했는데 이는 용납할 수 없는 일입니다. 제명해야 합니다."

김종필은 침통한 표정으로 말했다.

김용태 의원이 당기위원회에서 제명되자 김용태 의원과 가깝게 지내던 신윤창, 이원엽, 서상린 의원은 김용태 의원의 집으로 달려가 눈물을 흘리며 위로했다.

"어떻게 해서든지 나를 옭아매려고 하니 버틸 수가 있어야지. 김형욱에게 네 마음대로 조서 쓰라고 했더니 두들겨 패고 뺨을 때리고…… 정말 짐승 같은 놈이더군."

김용태 의원의 눈에도 눈물이 글썽거렸다.

"JP가 김 의원을 제명했소. 우리는 JP에게 실망했소."

"다 나를 위해서 그렇게 한 거라고 생각합니다."

"김 의원을 위해서 그렇게 한 것이라고요?"

"나를 김형욱의 손에서 빼내려고 한 것이겠지요. 김형욱이야 못할 짓이 없는 놈 아닙니까?"

"하긴 그렇겠군요."

"김형욱이에게 조사를 받으면서 김형욱 뒤에는 각하가 있다는 느낌을 받았어요. 각하는 3선 개헌 성공을 위해서 아무것도 아닌 사건을 크게 만들어 공화당을 더욱 강하게 장악하려는 것 같았소."

"그럼 기어이 3선 개헌을……."

"그렇소, 우리는 어떻게 하든지 3선 개헌을 막아야 하오."

3선 개헌을 저지하겠다는 김용태 의원의 의지는 단호했다. 김용태를 제명한 김종필도 나에게 실망하여 공화당을 탈당하기로 결정했다. 내가 김종필에게 실망하고 있었듯이 김종필도 나에게 실망하고 있었다. 마침내 김종필의 탈당계가 공화당에 접수되었다. 반김종필계의 원내총무 김진만 의원이 김종필의 탈당 배경을 이렇게 설명했다.

"우리들은 총재 각하에게 김 당의장이 탈당하는 것은, 자금면에서 극히 부자유스럽고 각료 이동 등 인사 문제에 있어서 소원해져 당의장으로서 구실을 다할 수 없는 형편이며, 아울러 1971년의 문제와 관련하여 총재 각하와 당의장의 관계가 명백하게 정립되어 있지 않기 때문입니다, 하고 아뢰었습니다. 총재 각하께서는 김 당의장이 2차

외유에서 돌아왔을 때 약속하기를 총재는 자금면과 인사면에서 손을 떼기로 했으며 인사 문제는 정일권 총리와 김 당의장에게 협의하지 않은 일이 없었다고 말씀하셨습니다. 1971년의 문제에 있어서는 대권을 쥔다는 것이 억지로 되는 것이 아니며 천심天心이 따라야 하는 것이고 김 당의장이 당을 조용히 이끌어 나가면 자연히 민심民心도 따를 것이 아니냐고 말씀하셨다고 합니다."

1971년의 문제에 있어서라는 것은 아직은 김종필이 대통령을 할 때가 아니니 성급하게 굴지 말라는 뜻이었다. 거기에는 3선 개헌을 할 테니 대권에 연연하지 말라는 뜻도 함축되어 있었다. 그러나 김종필계는 시큰둥한 반응을 보였고 김종필계의 핵심 인물 중 하나인 김달수 의원은 신주류가 독단으로 당을 운영하고 있는데 의원들이 무슨 필요가 있느냐고 비난했다.

나는 조국에 목숨을 바칠 것이다

박정희는 '왜 그렇게 3선 개헌을 하고 유신헌법까지 만들어 장기 독재를 하려고 했던 것일까'. 이강호는 중임제에 대한 대선 후보들의 기사를 쓰다가 문득 그런 생각에 잠겼다. 중임제는 미국처럼 4년 연임을 하는 것이다. 소위 대통령이 4년 동안 국정을 잘 수행하면 선거로 4년을 더 할 수 있게 하고 국정을 잘 수행하지 못하면 선거로 새로운 대통령을 선출하는 것이다. 그동안 5년 단임제가 불합리하다면서 많은 사람들이 중임제를 주장했으나, 개헌 문제는 항상 뜨거운 감자여서 제대로 논의조차 못하고 있었다. 박정희는 자신이 3선 개헌을 한 이유에 대해 이미 자서전을 통해 피력했다.

'우리나라의 경제 개발은 이제 걸음마 단계에 지나지 않는다. 제2차 경제개발 5개년계획을 완수하려면 개헌은 어쩔 수 없다.'

박정희는 3선 개헌을 하는 이유를 그렇게 설명했다. 경제 발전을

위해 자신이 4년을 더 해야 한다고 말한 것이다. 자서전은 박정희의
회상으로 이어졌다.

* * *

내가 3선 개헌이라는 말을 처음 들은 것도 비가 오던 날이었다.

"각하, 각하께서는 이제 후계자를 지목하셔야 합니다."

공화당 당의장인 정구영은 나를 만날 때마다 그런 이야기를 했
다. 나도 후계자 문제에 대해 골똘하게 생각하지 않을 수 없었다. 후
계자라면 자타가 인정하는 김종필이 있었으나 선뜻 결정을 내릴 수
없었다.

"각하, 대학 헌법학 교수입니다."

어느 비 오는 저녁에 중앙정보부장을 맡고 있던 김형욱이 바바리
코트를 입은 초로의 사내를 나에게 데리고 와서 말했다. 김형욱이 교
수를 데리고 온 이유를 알 수 없었다.

"그래, 무슨 일이오?"

"개헌에 대한 말씀을 드리려고 왔습니다."

"개헌이라니? 우리 헌법을 고쳐야 한다는 말이오?"

"각하께서 조국 근대화를 위해 노심초사하고 계시는 것을 저희들
은 잘 알고 있습니다. 제2차 경제개발 5개년계획이 시작되어 전 국
민들이 경제 건설에 나서고 있습니다. 이러한 때에는 강력한 지도자
가 나라를 이끌어야 합니다. 그러나 제3공화국 대통령은 연임밖에

할 수 없으므로 1971년이 되면 물러나지 않을 수 없습니다."

나는 김형욱을 쳐다보았다. 교수는 침묵을 지키고 앉아 있었다. 1971년이면 2년밖에 남지 않았다. 2년 후에 정권 교체가 이루어져 야당이 대통령을 한다고 생각하자 어쩐지 불안했다.

"각하께서는 우리나라기 자주국방을 이루고 경제 건설을 완성할 때까지 이끌어 주셔야 합니다."

김형욱이 말했다.

"그게 무슨 소리야?"

"3선 개헌을 하자고 말씀드리는 것입니다."

"3선 개헌?"

"그렇습니다, 3선 개헌은 지금부터 시작하지 않으면 늦습니다."

"사람들이 뭐라고 하겠어? 내가 이승만처럼 노망을 부린다고 하지 않겠어?"

"각하는 혁명을 하신 분입니다."

나는 김형욱과 교수를 그냥 돌려보냈으나 많은 생각을 하게 되었다. 대통령 임기는 2년밖에 남아 있지 않았다. 2년이 지나면 대통령에서 물러나 야인으로 돌아가야 했다. 내가 벌여 놓은 수많은 일들을 마무리하지 않고 물러나야 한다고 생각하자 아쉬웠다. 어쩌면 그것이 인간의 본성인지도 몰랐다. 그러나 3선 개헌을 하게 되면 사람들이 나를 독재자로 몰아세울 것이 분명했다. 독재자라는 말은 듣고 싶지 않았다.

여름이었다. 빗줄기는 더욱 굵어지고 있었다. 나는 창밖을 내다보면서 담배를 피워 물었다.

'3선 개헌을 해서 대통령에 또 출마하라고?'

나는 김형욱의 말이 귓전에서 자꾸 맴도는 것을 느꼈다.

"아부지, 엄마가 올라오시래요."

지만이 집무실로 들어와 말했다. 나는 벽에 걸린 낡은 시계를 보고 6시가 지났다는 것을 알았다. 근무 시간이 끝난 것이다.

"그래, 같이 가자."

나는 지만의 손을 잡고 2층으로 올라갔다. 아내는 식탁에 빈대떡을 차려 놓고 소주까지 한 병 마련해 두었다.

"비가 많이 올 것 같아요."

아내가 식탁에 앉으면서 말했다. 식탁에는 근혜와 근영이도 앉아 있었다.

"그런가? 그러면 관계 부처에 연락해서 수해 대책을 세우라고 해야겠군."

나는 아내가 따르는 술을 마시고 빈대떡을 먹으면서 낮게 중얼거렸다.

"큰비가 안 왔으면 좋겠어요. 기껏 모내기를 해놓았는데 다 떠내려가면 농민들이 얼마나 상심하겠어요?"

근혜와 근영이는 자기들끼리 뭔가 속삭이면서 웃고 있었다.

"너희들은 뭐가 좋아서 웃는 거야?"

근혜는 벌써 고등학생이었다.

"지만이가 학교에서 산수 시험을 봤는데 60점을 받았대요. 엄마한테 혼났어요."

근영이가 냉큼 대답했다. 나는 옆에 앉아 있는 지만을 보았다. 지만은 누나들의 말에 불만인 듯 볼이 잔뜩 부어 있었다.

"누나들이 좀 가르쳐 주지 그랬어?"

"우리도 공부하느라고 바빠요."

"너희들이 가르쳐 주지 않아도 된다. 엄마가 가르치면 되니까."

아내가 상을 치우면서 말했다.

"엄마는 아들이라고 지만이만 위하는 것 같애."

"그럼 너희들이 조상 제사를 지내냐? 제사를 지내는 아들이니까 위해 줄 수밖에 없는 거야."

아내의 말에 아이들이 일제히 입술을 삐죽거렸다. 비는 밤에도 계속 내렸다. 나는 침대에 누웠으나 잠이 제대로 오지 않았다.

"무슨 생각을 그렇게 해요?"

아내가 나를 쳐다보고 물었다.

나는 김형욱이 교수를 데리고 왔던 이야기를 했다.

"천천히 생각해 보세요. 당장 급한 일도 아닌데……."

아내가 길게 하품을 하면서 말했다.

김형욱이 교수를 데리고 왔다가 간 뒤에, 언론에 보도되지는 않았으나 공화당과 청와대에서 은밀하게 3선 개헌에 대한 논의가 이루어지기 시작했다. 나는 그들이 내가 진정한 지도자이기 때문에 3선 개헌을 하여 나를 다시 대통령에 출마하게 하려는 것인지 알았으나, 그들은 내가 대통령에서 물러나면 자신들도 물러나야 하기 때문에 3선 개헌을 추진하고 있었다. 나는 그 사실을 뒤늦게 깨달았다.

3선 개헌에 대한 일을 생각하자 가슴이 타는 듯이 아팠다. 내가 독재자라는 이름으로 불리게 된 것은 3선 개헌 때부터였다. 나는 제3공화국의 두 번째 임기가 시작되자 행복했다. 아이들도 무럭무럭 자라고 있었고 국민들은 나를 믿고 경제 활동에 전념하고 있었다. 비록 대일청구권 자금과 월남전에 파병한 대가로 벌어들인 달러로 추진되고 있는 경제 개발이었으나 우리나라는 하루가 다르게 발전하고 있었다.

'3선 개헌을 할 수밖에 없다. 우리는 아직 자주국방을 이루지 못했고 경제 발전도 이루지 않았다.'

1968년에 경부고속도로 공사 기공식을 한 후 속도를 내어 본격적인 공사에 들어갔다. 언제나 그렇듯 경부고속도로 건설은 야당들이 일제히 반대를 했다. 대학 교수들도 우리 경제 규모에 비해 시기상조라는 논지로 비난을 퍼부었다. 그러나 우리나라 경제는 월남 특수로 인해 비약적인 발전을 하고 있는 데 반해 수송 체계는 너무나 허술했다. 현대건설에 지시하여 조선소 건설, 자동차 공장 설립을 하게 하고, 기타 다른 회사들에도 발전소와 비료공장을 건설하게 하는 한편, 포항제철 공사에도 박차를 가했다. 식량 증산에 힘쓴 결과 불과 몇 년 후면 자급자족이 가능했다. 나는 식량의 자급자족과 자주국방을 이루고 싶었다.

나는 3선 개헌 문제를 심각하게 고민했다. 당의장에서 고문으로 바뀐 정구영 고문은 나에게 이번에 임기가 끝나니 후계자를 지목하는 것이 좋을 것 같다고 계속 말했다. 나는 그때 김종필을 떠올렸으나 선뜻 승낙을 하고 싶지 않았다. 그는 많은 적을 갖고 있었다. 그 또한 내 주위에 있는 모든 사람을 비난하고 있었다. 특히 그가 김형욱이나 이후락을 비난하는 것은 이해할 수 없었다. 그들에 대한 비난은 곧 나에 대한 비난이있디.

'식량의 자급자족과 자주국방을 이룩할 때까지는 독재자라는 말을 들어도 내가 해야 돼.'

나는 그렇게 생각했다. 나 아니면 안 된다는 생각이 결코 오만이라고 여기지 않았다. 3선 개헌을 하고 유신헌법을 제정한 것도 후회하지 않는다.

나는 경제가 점점 발전하면서 국민들의 지지를 받고 있었다. 학생들과 지식인들은 나에 대한 비난을 퍼부었으나 일반 국민들은 나를 좋아했다. 특히 농촌으로 갈수록 인기가 있었다.

"각하, 각하께서 한 번 더 대통령을 하지 않으면 안 됩니다."

공화당의 4인방들이 마침내 3선 개헌을 주도하기 시작했다.

"내가 3선 개헌을 하여 출마해야 합니까?"

나는 그들을 청와대로 불러 물었다.

"예, 우리는 JP가 대통령을 맡을 역량을 갖고 있지 않다고 생각합니다. JP는 보기보다 냉정한 사람입니다."

"그럼 내가 JP 대안으로 3선 개헌을 하여 대통령에 출마해야 한다는 말이오?"

"아닙니다, 우리는 각하를 받들고 조국의 근대화를 달성하기 위해

3선 개헌을 하려는 것입니다."

"그래, 앞으로 어떻게 할 작정이오?"

"JP계열을 당에서 축출한 뒤에 3선 개헌을 실시할 것입니다."

김종필계를 정비해 나가는 선봉에 선 것은 김성곤, 김진만, 길재호, 백남억 의원의 4인 체제였다. 길재호는 5·16 군사혁명 주체 세력으로 김재춘과 대항할 때는 김종필 라인에 속해 있었다. 그러나 김형욱이 중앙정보부장을 맡고 김종필 라인에서 떨어져 나갔듯이 길재호도 김종필 라인에서 떨어져 나와 있었다. 백남억은 1963년 공화당 정책의장이 되었으나 자유당 때 참의원을 지낸 구정치인이었다. 김진만은 1964년에 당무위원으로 입당했으나 역시 자유당 때 국회의원을 지낸 인물이었다. 별명이 대사^{大蛇}일 정도로 정치적 수완이 능수능란했고 경제에도 뛰어나 동부그룹을 창업했다.

김성곤은 경북 출신으로 선이 굵은 인물이었다. 금성방직회사를 설립하여 치부한 뒤에 통신사도 소유했고 공화당에서는 재정위원장을 지내고 있었다. 성격이 호탕한 데다 포용력이 뛰어나 그를 따르는 사람이 많았다. 게다가 재정위원장을 맡아 정치 자금을 주무르게 되면서 막강한 금권 정치의 실세가 되었다.

1969년이 되자 수면 밑에서 진행되던 개헌 논의가 수면 위로 부상하기 시작했다. 1969년의 시무식이 끝나자 길재호 사무총장은 유력지 기자들과 비공식적으로 만난 자리에서 '현행 헌법을 개정하는 문제가 여당 내에서 검토되고 있다'는 말을 흘렸다. 일단 애드벌룬을 띄우기 시작한 것이다.

다음 날엔 윤치영 당의장이 사견이라는 전제를 달고 '나라를 위해 헌법이 있는 것이지 헌법을 위해 나라가 있는 것이 아니다. 개헌이라는 말만 나오면 자유당 때를 생각하는데 그때와는 사정이 전혀 다르다. 조국을 근대화시키기 위해서는 보다 강력한 리더십을 갖춘 지도자가 이 나라를 이끌어야 한다' 고 말했다.

1월 8일에는 공화당 정책위원회 의장단 비공식 회의를 열어 3선 개헌을 공식적으로 연구, 검토하고 5월에 발의한다는 일정까지 합의했다. 1월 13일에는 김형욱 중앙정보부장의 삼청동 개인 사무실에서 이후락 비서실장, 정일권 국무총리, 윤치영 당의장, 백남억 정책위 의장, 길재호 사무총장, 김성곤 재정위원장 등이 참여하여 3선 개헌을 밀어붙일 것을 결의하고 이를 위해 당직을 사퇴하기로 했다. 나는 그들이 3선 개헌을 추진하는 것을 보면서 사태의 추이를 주시했다. 이때는 이미 내 생각도 3선 개헌을 추진한다는 것으로 결정이 나 있었다.

친김종필계의 의원들은 개헌 논의가 본격화되자 실력으로 저지하기 시작했다. 야인으로 돌아간 김종필의 청구동 자택에는 여전히 그를 따르는 의원들의 출입이 잦았고 공화당에서 추진하는 개헌 문제를 거론하며 개탄하기도 했고 비통해하기도 했다. 이들은 김종필에게 공화당이 국회에서 개헌을 발의하면 반대할 것을 요구했고 김종필은 생명을 내걸고 반대하겠다고 다짐했다. 특히 양순직, 박종태, 예춘호, 신윤창, 김택수 의원 등은 결사적으로 반대하기로 했다. 김종필 쪽의 움직임은 시시각각 나에게 보고되었다.

1969년 2월 3일, 민주공화당에서는 나주 보궐 선거 지원을 위한 의원총회가 열렸다. 이때 친김종필계의 박종태 의원은 개헌 추진파를 맹렬하게 공격했다.

　"나주 보궐 선거가 시작되면 야당에서는 반드시 개헌 문제를 비판하고 나올 것이오. 선거 지원을 하려면 개헌을 하는 것인지 안 하는 것인지 알아야 할 것이 아닌가? 당론도 없는 상태에서 야당의 비난을 무엇으로 막는가? 김진만 총무, 김성곤 재정위원장, 당신네들은 자유당 출신이 아닌가? 개헌해서 이 박사 망치고 자유당 망치지 않았는가?"

　박종태 의원의 발언에 개헌파 의원들은 꿀 먹은 벙어리가 될 수밖에 없었다. 그러자 윤치영 당의장이 3선 개헌의 필요성을 강변했다.

　"북괴의 도발을 막고 경제 개발을 이룩하기 위해서는 박 대통령 각하처럼 강력한 지도력을 갖춘 인물이 필요한데, 우리 당내에 그런 인물이 어디 있는가?"

　개헌 반대파 의원들은 한층 기세를 올렸다.

　"나는 대통령 각하를 위해서라면 목숨을 바칠 용의도 있는 사람이다. 그러나 3선 개헌은 오히려 대통령 각하를 욕되게 하는 일이다."

　"박 대통령이 집권을 하는 것은 찬성하지만 개헌은 분명히 반대한다."

　"5·16때 목숨을 걸고 혁명을 했다. 3선 개헌을 하기 위해서 혁명을 한 것이 아니라 나라를 위해서 했다!"

　"나는 박정희 대통령 각하의 은총을 두텁게 입은 사람이다. 박 대통령 각하에 대한 은혜는 무슨 짓을 해도 갚을 길이 없다. 그러나 개헌을 하지 말아야 하는 것은 대의^{大義}다. 대의는 개인의 의리를 초월한다! 박 대통령을 욕되게 하는 3선 개헌에는 찬성할 수 없다!"

양순직, 신윤창, 이만섭 의원 등 개헌 반대파 의원들은 당당하게 개헌에 반대한다는 입장을 밝혔다. 이들은 다음 날인 2월 4일 이태원에 있는 양순직 의원 집에서 다시 회동했다. 그날은 양순직 의원의 생일이었다. 향긋한 쑥국을 곁들여 저녁을 먹고 술까지 마신 이들은 의기투합하여 탈당서를 쓰고 그 탈당서를 양순직 의원에게 맡겼다. 그때 참석한 의원들은 모두 20명이나 되었다.

'공화당에서 이렇게 개헌을 반대하는 사람이 많았는가?'

나는 이후락의 보고를 받고 매우 놀랐다.

'이들이 아무리 반대를 해도 강하게 밀어붙여야 한다.'

나는 반대하는 사람들이 있으면 더욱 강하게 나가려는 성격을 갖고 있었다.

3선 개헌을 반대하는 사람들은 3월이 되자 신민당에서 국회에 낸 권오병 문교부장관 해임 건의안에 동조하기로 결의했다. 권오병 장관은 사학^{私學} 문제로 국회에서 폭언을 하여 물의를 빚었기 때문에 신민당이 해임 건의안을 제출한 것이다. 이때 김종필은 일본에 있었다. 부인 박영옥이 아파서 일본에 체류하고 있었는데 양순직 의원이 월남에서 파월 장병 위문을 마치고 돌아오다가 일본에 들러 김종필을 만났다.

양순직이 친김종필계 의원들이 권오병 장관 해임 건의안에 동조하기로 했다고 하자 김종필은 깜짝 놀라 반대했다. 실력 행사는 꼭 필요할 때 하는 것이지 아무 때나 했다가는 엉뚱한 데 힘을 소비해 정작 필요할 때는 힘을 쓸 수 없다는 것이었다.

양순직은 김종필의 말에 찬성하고 귀국했다. 그러나 돌아와 보니 친김종필계의 권오병 장관 해임 건의안 동조는 너무나 완강하여 도저히 손을 쓸 수가 없었다. 그들은 이 기회에 권 장관을 몰아내고 4인 체제에 본때를 보이자고 열을 올리고 있었다.

"권 장관 해임안을 반드시 부결시키도록 하시오."

나는 윤치영 당의장을 청와대로 불러 지시했다.

"최선을 다하겠습니다, 각하."

"이것 봐요, 최선을 다해 가지고는 안 됩니다. 해임안을 가결시키는 것은 나에 대한 도전입니다."

다시 한 번 단호하게 말했다. 나는 그들이 해임안을 가결시키려고 하는 이유가 3선 개헌을 저지시키려는 의도라는 것을 알고 있었다.

4월 8일, 해임 건의안의 표결에 앞서 공화당은 의원총회를 열었다. 이 자리에서 윤치영 당의장은 해임 건의안을 부결시키라는 나의 지시가 있었다면서 행동을 통일해 내일 표결 때 부결시키라고 요구했다. 이에 김종필계의 의원들은 이구동성으로 '이것은 우리가 반대하는 개헌 문제와는 다르다. 대통령 각하의 명령이라면 더욱 행동을 통일하여 가결시키자' 하고 표결에 참여하여 가결시키겠다고 말했다.

"어떻소? 해임안을 부결시킬 수 있겠소?"

나는 김성곤에게 전화를 걸어 물었다.

"예, 안심하셔도 괜찮습니다."

공화당 지도부와 4인 체제는 안심하고 있는 것 같았다. 나는 해군 사관학교 졸업식에 참석하기 위해 아침 일찍 진해로 출발했다. 그러나 국회에서 실시된 권오병 문교부장관 해임 건의안은 재석 의원 152명 중 찬성 89표, 반대 57표, 기권 3표로 가결이 되고 말았다. 야당인 신민당은 가결이 선포되는 그 순간 환호성을 질렀고 공화당 지도부와 4인 체제는 얼굴이 파랗게 질렸다. 반면 친김종필계의 개헌 반대파 의원들의 얼굴은 득의만면했다.

"무슨 소리야? 어떻게 해임안이 통과될 수 있어? 우리 공화당 의원들이 반대표를 던졌다는 말이야?"

진해에서 해군사관학교 졸업식에 참석하고 있던 나는 해임 건의안이 통과되었다는 보고를 받자 피가 역류하는 듯한 기분이었다.

"이게 대체 뭣들 하는 짓이야? 이거 항명 아니야? 정보부는 대체 뭘 했어?"

나는 청와대에 도착하자마자 윤치영 당의장을 불러 보고를 받은 뒤 김형욱 중앙정보부장을 불러 호되게 질책했다.

"죄송합니다, 각하."

김형욱은 얼굴도 들지 못하고 벌벌 떨었다.

"중정은 무슨 일을 이따위로 처리해? 어떤 놈들이 항명을 했는지 당장 조사해서 보고해!"

정일권 국무총리와 이후락 비서실장은 아이젠하워 조문 사절로 미국에 가 있었다. 나는 그들에게도 급히 귀국하라는 지시를 내렸다.

청와대는 비상이 걸리고 공화당은 바짝 얼어붙었다. 정일권과 이후락이 귀국하자 나는 즉시 확대간부회의를 열었다.

"누가 입이 있으면 말을 해봐요. 나는 공화당 총재로서 분명히 해임안을 국회에서 통과시키지 말라고 했는데 어떻게 이런 일이 일어난 거요? 당신들이 야당이오? 이런 일이 공화당에서 일어난 것은 나를 우습게 생각하는 거 아니오? 그래, 대통령이 허수아비로 보이는 거요?"

나는 손을 부르르 떨면서 줄담배를 피워댔다. 분위기는 살벌하기까지 했다.

"공화당은 이런 짓을 하고도 잠자코 있는 거요? 불평분자들이 조직적으로 나에게 저항을 하는데도 그냥 방치하고 있을 거냐는 말이오? 왜들 말이 없소?"

확대간부회의 분위기는 숨조차 쉴 수 없었다.

"예 총장! 당신은 누가 불평불만이 많은지 누가 이런 짓을 하는지 알고 있을 테니 말해 보시오."

나는 예춘호를 노려보며 무섭게 질책했다. 내가 예춘호에게 총장이라고 부르는 것은 그가 공화당 사무총장을 지낸 일이 있기 때문이었다.

"……."

예춘호는 내 지시에 얼굴을 숙인 채 대답하지 않았다. 나는 범인을 찾듯이 예춘호를 추궁했다.

"내가 묻는데 대답을 하지 않을 거요? 내 말이 말 같지 않소?"

"죄송합니다, 말씀드릴 수가 없습니다."

"뭐요? 그럼 양 의원이 말해 보시오!"

나는 양순직 의원을 쏘아보았다. 그러나 양순직 의원도 대답을 하지 않고 있었다. 나는 신경질적으로 담배를 비벼 껐다.

"말하기 싫으면 관두시오! 당기위원회는 1주일 이내에 반당분자를 철저하게 색출하여 숫자가 몇십 명이 되더라도 가차 없이 처단하시오. 만일 당기위원 중에 반당 행위에 관련했거나 그에 동정하는 자가 있으면 내가 총재직을 걸고서라도 용납하지 않겠소."

나는 엄중하게 지시했다. 공화당은 내 지시가 떨어지자 중앙정보부에서 마련한 자료를 바탕으로 조사에 착수했다. 그리하여 열한 명의 반당 행위자를 가려낸 뒤 양순직, 예춘호, 박종태, 정태성, 김달수 의원, 이렇게 다섯 명을 제명하겠다고 보고했다.

"왜 다섯 명이오?"

윤치영 당의장이 청와대로 보고하러 올라오자 나는 신경질적으로 내뱉었다.

"다섯 명도 적지 않은 숫자이고 충분히 경고가 됩니다."

나는 고개를 끄덕거렸다. 강하게 밀고 나가지 않으면 3선 개헌을 추진할 수 없었다.

나는 의원들을 청와대로 불러다가 설득과 회유를 하기 시작했다. 김형욱 중앙정보부장은 권총과 돈을 앞세워 의원들을 협박했다. 그는 밤이면 밤마다 국회의원들을 찾아다녔다. 어떤 국회의원에게는 20만 원을 주고 어떤 의원에게는 10만 원을 주기도 했다. 돈을 주어도 받지 않으면 권총으로 죽이겠다고 위협을 했다. 김용태 의원은 비록 제명을 당했지만 김형욱으로부터 권총으로 죽이겠다는 협박을 몇 번이나 받았다. 이후락 비서실장도 의원들을 설득하는 데 가세했고 김성곤 의원은 요릿집이나 요정의 마담 집에 숨어 버린 국회의원들을 찾아다니며 돈과 당위성을 들어 회유하고 설득했다. 정부의 문서에는 '중단 없는 전진'이라는 표어가 반드시 나붙었다.

나는 예춘호를 청와대로 불렀다.

"임자, 3선 개헌이 왜 그렇게 나빠? 내가 3선 개헌을 하겠다는데 임자가 굳이 반대를 해야 돼?"

나는 예춘호를 설득하려고 했다.

"각하, 각하의 은혜는 평생 잊을 수 없으나 개헌만은 찬성할 수 없습니다."

예춘호가 비감한 표정으로 대답했다. 예춘호는 내가 몇 번이나 설득을 하는데도 고집을 꺾지 않았다.

"누가 임자보고 그런 말이나 하라고 부른 줄 알아? 싫으면 어서 나가 봐."

나는 예춘호에게 버럭 화를 내고 내쫓았다. 예춘호는 참을 수 없는 모욕감을 느끼며 청와대를 나왔다고 나중에 술회했다. 나는 공화당에서 제명한 김용태를 청와대로 불렀다.

"고생 많았지? 미안하구먼. 두목한테 내가 못할 짓을 했어."

나는 김용태의 얼굴을 보자 착잡한 생각이 들었으나 그를 설득하지 않을 수 없었다.

"무엇 때문에 부르셨습니까?"

김용태 의원은 뻣뻣하게 서서 말했다. 그는 나에게 불만이 가득 찬 표정을 숨기려 하지 않았다.

"앉아."

순간 김용태를 설득하기는 틀렸다고 직감했다.

"3선 개헌 때문에 부르셨습니까?"

"그래."

내 목소리도 퉁명스러웠다.

"개헌은 안 한다고 하지 않으셨습니까?"

"상황이 달라졌어. 이제 겨우 경제 개발을 이룩하려고 하는데 여기서 내가 그만두어야 하겠어? 두목도 내가 독재하기 위해서 개헌하려는 것이 아니라는 걸 알고 있잖아? 게다가 북한을 봐. 그자들은 청와대까지 무장공비를 보내고 있어. 울진, 삼척엔 무장공비가 60명이나 들어왔어. 나라가 위태로우니 자주국방과 경제 건설을 이루기 위해 3선 개헌을 하겠다는 거야."

"꼭 개헌을 하시겠다면 김형욱이 같은 놈부터 자르십시오. 그러면 개헌에 찬성하겠습니다."

"뭐야?"

"맨날 권총이나 뽑아 드는 그런 놈을 데리고 어떻게 정치를 하실 작정입니까? 이 나라가 미국의 텍사스입니까? 툭하면 권총을 뽑아 들고 설치니 창피해 죽겠습니다. 그런 놈과 무슨 정치를 합니까?"

"알았어, 그럼 개헌에 찬성하는 거지?"

"꼭 원하신다면 찬성하겠습니다."

"고마워, 우리 술이나 한잔하세."

나는 김용태에게 술이나 한잔하고 가라고 권했다. 김용태는 내가 술을 권하는데도 뿌리치고 집무실을 나갔다. 창밖으로 김용태가 걸어 나가는 것을 지켜보았다. 김형욱이가 시켰는지 비서관이 김용태에게 달려가 개헌을 찬성한다는 기자 회견을 하라고 청하는 것이 보였다. 그러나 김용태는 냉정하게 거절하고 있었다.

"야! 김용태!"

그때 청와대 2층 계단에서 김형욱 중앙정보부장이 달려 내려오면서 소리를 버럭 질렀다.

"뭐야?"

김용태 의원은 눈살을 찌푸렸다.

"야! 이 새끼야! 기자 회견하라면 하는 거지, 무슨 말이 그렇게 많아? 너 죽을래?"

김형욱 중앙정보부장이 권총을 김용태의 머리에 들이댔다. 나는 집무실의 창에서 내다보면서 혀를 찼다.

"어, 김형욱이 너로구나. 그래, 쏴 이 새끼야! 너 같은 새끼 때문에 우리 마누라가 유산까지 했어! 쏴 봐! 쏘란 말이야!"

"어, 어?"

김용태 의원이 세차게 나오자 김형욱이 오히려 당황하기 시작했다.

"쏘란 말이야! 이 새끼야!"

"이, 이 자식이……."

김형욱은 쩔쩔매면서 계단으로 밀려갔다.

"김 부장, 무슨 짓이오?"

그때 이후락 비서실장이 나와서 두 사람을 말렸다. 나는 창으로 그들이 하는 짓거리를 보면서 고개를 절레절레 흔들었다.

이영근이 청와대로 들어왔을 때는 협박조로 윽박질렀다. 이영근은 6·25가 일어나기 전에 육군본부 정보국에서 나와 함께 근무하면서 하루가 멀다 하고 술을 마셨었다.

"자네가 도와줘도 하고 도와주지 않아도 할 거야."

나의 싸늘한 말에 이영근은 기가 질린 표정이었다.

김성곤 의원은 1969년 7월 초순, 개헌 찬성 의원 90명의 명단을 김택수 총무에게 넘겨주며 '이 이상은 나로서는 힘이 드니 나머지는 총무가 알아서 하시오' 하고 서명 작업을 김택수 총무에게 떠넘겼다. 3선 개헌에 찬성을 하지 않은 국회의원들은 골수 김종필계의 20여 명뿐이었다.

"김 총무, 종필이에게 전해. 내가 원하지 않아도 3선 개헌은 하게 되어 있어. 평화적으로 3선 개헌을 하게 하라고."

나는 김택수 총무를 위협했다.

"각하, 무슨 말씀입니까?"

"지금 싹쓸이를 하자는 사람까지 있어. 그러니 알아서 해."

김택수 총무는 참담한 심경에 잠겨 있다가 7월 20일경 깊은 밤에 청구동으로 김종필을 찾아갔다.

"아무래도 개헌을 저지하는 것은 불가능할 것 같습니다."

"민주주의를 하기 위해 개헌을 반대하는 건데?"

"헌법 119조에는 50만 명의 국민들 서명을 받으면 발의를 할 수 있다고 되어 있습니다. 그러니까 제 생각은 저들이 하려고만 든다면 얼마든지 할 수 있다는 겁니다."

김종필은 묵묵히 고개를 끄덕거렸다. 김종필도 내심 그 점을 우려하고 있었다.

"국회를 해산하고 판을 싹 쓸어 버리면 이 나라의 민주주의는 끝장입니다."

"옳은 말씀이오."

"냉정하게 생각하십시오."

"저들이 정말 판을 쓸어 버릴 것 같습니까?"

"국회에서 권총까지 휘두르는 자들입니다. 무슨 짓인들 못하겠습니까?"

"그 문제는 김 총무가 제일 잘 알 거라고 생각합니다. 딴 방법의 도입을 막기 위해서는 개헌을 밀어줄 수밖에 없겠군요."

"다행히 임기 조항이 3선이니 4선은 못합니다."

"그렇지요."

김종필은 허탈한 표정이었다. 그는 지난밤 정구영 고문이 청구동을 찾아왔을 때 3선 개헌을 끝내 반대하겠다고 다짐했던 것이다. 그러나 3선 개헌을 찬성하는 입장으로 돌아서려니 참담하기까지 했다. 며칠 전에는 윤필용 수경사령관의 방문을 받은 일도 있었다.

"김형욱이가 당의장님을 암살하려고 합니다."

김종필은 공화당 의장을 지냈기 때문에 아직도 당의장이라고 부르는 사람들이 많았다.

"설마?"

김종필은 너무나 어이가 없는 말이라 자신의 귀를 의심했다. 김형욱은 혁명을 같이한 동지였기 때문에 비록 자신의 집을 감시하고 미행은 하지만 암살까지 계획했다는 것은 믿을 수 없었다.

"오늘 전과자 한 사람이 저희 수경사령부를 찾아왔습니다. 김형욱이가 권총을 주면서 뒷일은 자기가 모두 책임질 테니 해치우라고 했다고 합니다."

"그럴 리가 없소. 어떻게 그런 일이 있을 수 있겠소?"

"제가 무엇 때문에 거짓을 말씀드리겠습니까? 아무래도 윗분의 지시를 받은 것이 아닌가 하고 여겨집니다. 김형욱이 혼자서 그런 엄청난 음모를 꾸밀 수는 없지 않습니까?"

"나를 암살하려 한 자는 어디 있소?"

"제가 보호하고 있습니다."

"이 일은 아무에게도 발설하지 마시오."

"알겠습니다."

김종필은 윤필용 수경사령관이 돌아가자 창밖을 내다보며 골똘히 생각에 잠겼다. 어처구니없는 일이었다. 김형욱이 자신을 암살하려 한 것은 반드시 암살을 목표로 한 것이 아니라 하나의 협박일 수도 있었다. 그러나 하려고 든다면 얼마든지 해치울 수도 있는 것이 김형욱이었다.

김종필은 온몸에 소름이 돋는 기분이었다.

'3선으로 끝난다면 찬성 못할 것도 없어.'

김종필은 부인에게 술을 내오라고 부탁했다. 술을 마시지 않고서는 견딜 수가 없었다.

7월 25일이 왔다. 나는 마침내 특별 담화문을 통해 개헌을 하겠다는 뜻을 피력했다.

…… 본인 개인의 영화를 위한 독재란 생각도 못해 본 일이며 더군다나 국민 경제를 파탄으로 몰고 간다는 야당의 주장은 놀라운 사실이 아닐 수 없습니다. 따라서 본인은 경제 발전을 이룩해 온 제3공화국의 치적에 대한 신임을 개헌 문제를 통해서 물어보아야 하겠다는 결심을 하게 되었습니다. 개헌 문제가 국민들의 찬성을 받지 못하면 본인은 저에 대한 불신임으로 간주하여 물러날 것입니다…….

개헌을 통과시켜 주지 않으면 대통령에서 물러나겠다는 위협이 내포되어 있는 말이었다. 정국은 내가 개헌을 하겠다고 공식적으로 발표하자 물 끓듯 했다. 나는 그날 밤에 이후락 비서실장을 청구동으로 보내 김종필을 청와대로 불렀다. 김종필은 내가 몇 번이나 불러도 청와대로 들어오지 않다가 이후락을 보내자 마지못해 청와대로 들어왔다.

나는 김종필의 얼굴을 보자 가슴이 답답해져 왔다. 김종필은 3선 개헌을 반대하고 있었다. 나는 그에게 민주공화당을 만들고 외유를 한 일과 한일회담 관계로 외유를 한 일 때문에 마음의 짐을 갖고 있었다. 그러나 3선 개헌은 기필코 관철시켜야 했다.

"임자가 3선 개헌을 반대하고 있다는 말을 들었어. 나하고 굳이 등을 지겠다면 어쩔 수 없는 일이지. 그래, 반대하는 것은 좋아. 반대하는 이유가 뭔지나 들어보자고."

김종필은 내 말에 대꾸를 하지 않았다. 여전히 불만에 가득 찬 표정이었다.

"나하고 아예 말도 안 하고 지낼 거야? 한번 올라오라는데 왜 그렇게 말을 안 들었어?"

"각하가 더 잘 알고 계시지 않습니까?"

"진이도 많이 컸지?"

진이는 김종필의 아들이었다.

"예."

"그럴 거야. 요즘은 아이들이 자라는 것을 보면서 내가 나이를 먹고 있다는 것을 느낀다니까. 임자도 오늘 특별 담화문을 들었겠지만 나는 반드시 3선 개헌을 할 거야. 개헌을 하겠다는 결단을 내리기까지는 혁명을 할 때처럼 어려웠어. 내가 이승만이 되는 게 아닌가 하고 걱정도 했고. 그렇지만 우리가 혁명을 했을 때 내세운 공약인 조국 근대화를 이루기 위해서는 한 번만 더 해야겠다는 결론을 내렸어. 임자니까 까놓고 얘기하는 거야."

"……"

"국회에서 반대하면 다른 방법도 있어."

내 말에 김종필이 고개를 번쩍 치켜들었다.

"내가 물러난 뒤에 임자가 하는 것은 상관하지 않겠어. 임자가 도와 달라면 도와줄 수도 있어. 임자는 내가 말하는 뜻을 알아들을 수 있을 거야. 공화당에서 반대를 하는 의원들이 적지 않다고 들었어. 반대를 하려면 당에서 나가든가 제명해 줄 테니 명단을 제출해. 국회에서 반대를 하면 나는 국민의 심판을 받겠어. 임자! 나에게 할 말 있으면 툭 터놓고 얘기해 봐! 사내답게 말이야."

"각하, 꼭 3선 개헌을 하셔야 하겠습니까?"

김종필이 비로소 고개를 들고 나를 쳐다보았다.

"몇 번이나 말해야 알아들어?"

"까놓고 말하라고 하시니까 말씀드리겠습니다. 3선 개헌은 옳지 않습니다. 3선 개헌을 하게 되면 각하는 독재자로 낙인찍힐 것입니다. 그래도 상관이 없다면 저도 찬성하겠습니다."

"독재자? 그래, 독재자라고 불러도 좋아."

나는 독기를 품듯이 김종필에게 말했다. 내가 3선 개헌을 하려는 것은 내 개인을 위한 것이 아니었다.

"각하, 한 가지 더 여쭙겠습니다. 3선 개헌으로 끝내실 작정이십니까?"

"그걸 지금 말이라고 해? 3선 개헌도 이렇게 말이 많은데 또 무슨 일을 해?"

나는 3선 개헌을 추진하면서 많은 비난을 받고 있었다. 3선 개헌을 하고 또다시 4선 개헌을 할 순 없었다. 4년에 한 번씩 대통령 선거를 하는 일도 지겨웠다.

"그러시다면 저도 각하를 지지하겠습니다."

"진심이야?"

"예, 대신에 개헌에 반대한 의원들의 신분을 보장해 주십시오. 그들의 공천, 현재의 직위 등. 그렇게 해주시면 반대하는 의원들을 설득하겠습니다."

"개헌에 찬성한다는데 내가 왜 보복을 해?"

나는 김종필과 약속했다. 김종필은 나와 약속을 하고 돌아가자 즉시 양순직, 김용태, 예춘호, 김달수 의원 등 친김종필계 핵심 의원들을 자택으로 불렀다. 막상 그들을 부르긴 했으나 설득하려고 하자 입이 떨어지지 않았다.

그들은 처음엔 묵묵히 술잔만 주고받았다. 한창 취기가 오르자 김종필은 청와대에서 나를 만난 얘기를 한 뒤에, 개헌에 찬성하자며 설득했다.

"개헌에 찬성을 하자고요? 그게 무슨 말씀이오?"

양순직이 분개한 표정으로 김종필을 쳐다보았다.

"아니, 어떻게 하루 만에 뒤집어엎는단 말이오. 당의장이 우리에게 이럴 수 있소?"

김달수도 손을 부르르 떨면서 김종필을 쳐다보았다.

"각하는 우리를 단단히 벼르고 있습니다. 일이 이쯤 되었으니 협력할 수밖에 없지 않겠습니까? 여러분을 설득하는 내 가슴도 찢어지는 것 같습니다."

김종필이 참담한 표정으로 말했다.

"그럼 당의장은 개헌에 찬성하기로 한 거요?"

"어쩔 수 없이 각하와 약속을 했습니다."

"이보시오, 우리가 누구 때문에 공화당에서 제명되었는데 개헌을 찬성하다는 말이오? 당의장은 쓸개도 없소?"

"무슨 말씀을 그렇게 하십니까? 끝까지 개헌을 반대하면 나는 괜찮지만 여러분이 다칩니다. 지금 내가 나를 위해서 찬성하는지 아십니까?"

"더러운 세상이구만. 우리는 오로지 당의장을 믿고 개헌을 반대하고 있는데 어떻게 그런 결정을 내릴 수 있소? 이건 우리에 대한 배신이오!"

친김종필계 핵심 의원들은 김종필이 개헌에 찬성하자고 하자 비난을 하다가 통곡하며 울었다. 김종필에게 배신자라고 언성을 높이는 의원도 있었고 다시는 당신을 만나지 않겠다고 결별을 선언한 의원도 있었다. 술자리는 엉망진창이 되었다. 김종필은 다음 날 정구영, 최희송, 김우영, 이진용 의원을 만나 설득을 계속했다. 그러나 이들도 강경하게 3선 개헌에 반대했다.

나는 김종필이 자파의 의원들을 설득하는 것을 주시했다. 김형욱을 비롯하여 김성곤, 길재호, 백남억, 이후락 등도 그들을 설득하기 위해 총력을 기울였다. 김종필은 자파의 핵심 의원들을 모아 놓고 최종 담판을 벌이기 시작했다. 김형욱은 그들이 만나는 자리에 도청 장치를 설치했다.

"여러분, 이런 설득을 하는 제 마음도 무척 아픕니다. 각하께서는 여러분들이 개헌만 찬성한다면 지금까지 있었던 일을 모두 불문에 붙이겠다고 약속하셨습니다. 이번 개헌이 3선 개헌이니 더 이상은 못합니다."

김종필이 진지하게 그들을 설득했다.

"당의장이 그렇게 말을 하니 눈앞이 캄캄합니다."

"정말 뭐라고 드릴 말씀이 없습니다. 기왕에 개헌에 찬성할 바에 야 적극적으로 찬성합시다."

"나는 찬성하지 않겠습니다. 나를 위해서가 아니라 당의장을 위해 서입니다. 당의장은 1971년을 준비해야 합니다. 우리가 공화당에 입당한 것도 민주주의를 하겠다는 당의장의 설득을 받았기 때문입니다. 대통령이 협박을 한다고 해서 신념을 꺾고 지조를 굽히면 변절자가 됩니다. 장차 큰일을 할 계획이라면 절대로 신념과 지조를 버리면안 됩니다. 또 하나, 당의장과 대통령이 인척 관계라지만 그건 사적인 관계입니다. 사적 관계 때문에 대의를 버려서는 안 됩니다."

예춘호는 강경하게 반대했다.

"저도 지조를 지키고 싶고 신념을 버리고 싶지 않습니다. 그러나 우리가 끝까지 반대를 하면 싹 쓸어버릴 기세입니다. 대통령이 그런 일을 하고 싶지 않아도 밑에 있는 놈들이 군대를 동원하려고 할 것입니다. 친위 쿠데타가 일어날지도 모릅니다."

"당의장! 저놈들이 탱크를 몰고 나온다면 맘대로 하라고 하십시오. 싹 쓸어버리려면 쓸어버리라고 하십시오. 당의장은 죽음이 두렵습니까?"

"나는 죽지 않습니다. 다치는 것은 오히려 여러분입니다. 내 진정을 알아주십시오."

"정 그러면 우리를 다 데려갈 생각은 하지 마십시오. 우리들 핵심 멤버 열 명은 남겨 주십시오. 언젠가 당의장께 기회가 돌아온다면 우리가 징검다리를 놓도록 하겠습니다."

예춘호는 김종필의 변절에 눈물을 흘리기까지 했다. 김종필의 눈도 젖기 시작했다.

"예 의원이나 양 의원이 저를 생각하는 것은 죽어서도 잊지 않을 것입니다. 이번에는 저를 위해 여러분들의 소신을 접어 주십시오."

"당의장을 생각하는 마음에는 변함이 없습니다. 그러나 분명한 것은 정치인이라면 목적과 신념이 있어야 한다는 사실입니다. 당의장도 소신을 접으면 안 됩니다. 이 기회에 대통령과 결별하십시오."

"각하와 결별을 하고 무엇을 하라는 말씀입니까? 내가 야당을 할 수는 없지 않습니까?"

"왜 야당을 못합니까?"

"대통령과 함께 혁명을 한 사람입니다. 내가 그분과 결별을 한다면 혁명 이념도 모두 거짓이 되고 맙니다. 그렇게 단순한 것이 아닙니다. 여러분, 저를 믿어 주십시오."

"우리는 죽어도 신념을 버릴 수 없습니다."

김종필은 술을 마시면서 밤새도록 설득했으나 그들은 완강하게 거절했다. 공화당은 7월 29일 아침 10시 30분부터 영빈관에서 의원 총회를 열었다.

"내가 3선 개헌을 하려는 것은 내 사리사욕 때문이 아닙니다. 우리는 조국 근대화를 이루기 위해 목숨을 걸고 혁명을 했습니다. 수백 년 내려온 가난을 타파하고 자주국방을 이루고 공장을 건설하고 식량 자급자족을 위해 매진하고 있습니다. 전국이 건설을 부르짖는 망치 소리로 뜨겁습니다. 그런데 여기서 중단해야 하겠습니까? 조국 근대화가 가까워지고 있는데 포기해야 합니까? 정권 교체도 좋고 민주주의도 좋습니다. 야당이 정권을 인수하면 우리보다 잘할 수 있다고 생각하십니까?"

나는 의원총회에 나가서 직접 연설을 했다. 개헌에 대한 우리의 집요한 설득과 회유, 중앙정보부까지 동원된 협박으로 개헌에 찬성한다는 서명 의원은 97명에 이르렀다. 공화당 의원 86명, 무소속 정우회 11명이었다. 그때까지 개헌을 반대하고 있는 여당 계열의 의원들은 김종필계의 23명과 정우회 3명 등 26명이었다.

공화당 의원총회는 밤을 새우며 18시간이나 계속되었다.

먼저 개헌 찬성 발언을 한 의원들은 윤치영 당의장, 백남억 정책위 의장, 김성곤 재정위원장, 백두진, 이병희, 이병옥, 김봉환, 김용순 의원 등이었다. 반대 발언은 정구영, 신윤창, 오학진, 김성희, 윤천주, 김우영 의원 등이었다.

공화당의 원로인 정구영 의원은 '몸이 아파 더 이상 말을 할 수가 없다. 개헌 문제의 찬반에는 완전한 자유가 보장되어야 한다'며 반대 발언을 할 수 있도록 유도한 뒤에 퇴장해 버렸다. 그리하여 개헌을 찬성하는 의원들과 반대하는 의원들 간에 열띤 논쟁이 벌어졌다. 이들의 격렬한 논쟁이 점심때를 지나 저녁때에 이르자 곰탕을 시켜 먹으면서까지 의원총회를 계속했다. 당 간부들은 개헌 반대파 의원들 사이를 부지런히 오가며 이제 그만 좀 하자고 사정하는 촌극도 벌어졌다.

이때 대변인인 김재순이 미리 준비한 결의문을 낭독하려고 하자 이만섭 의원이 제지하고 나섰다.

"3선 개헌에 찬성을 하는 것은 좋다. 당론이 그렇게 결정되었으니 그렇게 따르겠다. 그런데 3선 개헌은 왜 하는가? 부정부패를 일소하고 조국 근대화를 위해 박 총재께서 한 번 더 해야 하겠다는 것이 아닌가? 그렇다면 정치 사찰로 원성이 자자한 김형욱 중앙정보부장과 이후락 비서실장이 월권을 하고 있으니 이들을 먼저 사퇴시켜야 한다. 그렇지 않으면 개헌에 찬성할 수 없다."

평소에도 직언을 잘하는 이만섭 의원이었다. 이만섭 의원이 물꼬를 트자 김형욱 중앙정보부장과 이후락 비서실장에 대한 불만이 폭포처럼 쏟아져 나오기 시작했다.

"아니, 이만섭이가 미쳤나? 내가 이 새끼를 죽이지 않으면 사람이 아니지."

공화당 의원총회가 열리는 영빈관에 도청 장치를 해둔 김형욱 중앙정보부장은 이만섭 의원이 자신과 이후락 비서실장을 사퇴시켜야 한다고 발언하자 펄펄 뛰었다.

나도 영빈관에 마이크 설치를 해서 의원들의 찬반 토론을 청와대 집무실에서 듣고 있었다. 나는 이만섭 의원의 발언에 얼굴이 흙빛이 되었다.

결국 개헌 반대파 의원들의 주도로 공화당 의원총회는 5개항을 결의했다.

1. 정부 여당의 과감한 개편으로 창당 이념을 구현하라.
2. 부정부패를 발본색원하라.
3. 정보 기관의 임무를 대공 업무에 국한시키고 정치 사찰의 가능성을 배제하라.
4. 국민투표의 공정한 관리를 기하라.
5. 제명한 5명의 의원을 복당시켜라.

개헌 반대파 의원들이 이러한 요구 조건이 관철되지 않으면 찬성할 수 없다고 하자 찬성파는 어쩔 수 없이 잠시 정회를 하고 청와대로 올라왔다. 나는 몹시 불쾌한 표정으로 김성곤 재정위원장과 장경순 국회 부의장을 접견했다. 시간은 이미 밤 11시 30분이 되어 있었다. 그러나 개헌을 하려면 어쩔 수 없었다.

"그 사람들이 원하면 그렇게 해야지."

나는 개헌 반대파 의원들의 요구 조건을 수락하기로 결정하고 장경순 국회 부의장을 먼저 영빈관으로 돌려보냈다.

"김 의원 고생이 많소. 개헌 한 번 하기가 이렇게 어려워서야 어떻게 정치를 하겠소?"

나는 개헌 같은 것은 다시는 하고 싶지 않았다. 매일같이 공장 기공식, 준공식, 도로 건설 현장에 나가서 격려도 하고 독려도 해야 했으나 개헌 문제 때문에 국사를 볼 수가 없었다. 나는 김성곤에게 10분 남짓 개헌의 어려움을 토로했다.

"국회만 통과되면 큰 걱정은 없을 것입니다."

김성곤이 피로한 표정으로 말했다.

"늦었는데 그만 돌아가 보시오."

"예."

그런데 김성곤은 청와대에서 나오다가 김형욱 중앙정보부장과 마주쳤다.

"아이고, 이거 김 의원이 아니시오? 공화당 의총에서 나를 내쫓으라고 결의를 했다면서요? 당신 배에는 총알이 안 들어간답니까?"

김형욱은 김성곤을 무서운 눈으로 쏘아보면서 빈정거렸다.

"왜, 왜 이러는 겁니까?"

"김 의원, 나하고 전생에 무슨 원수라도 졌나? 왜 내 목을 자르려는 거야?"

"김 부장, 나는 그런 말 한 일 없습니다. 왜 이러는 겁니까?"

김성곤은 혼비백산하여 얼굴이 파랗게 변했다.

"무슨 개소리야? 내가 다 들었단 말이야!"

김형욱 중앙정보부장이 권총을 뽑아 들고 김성곤의 배를 쿡쿡 찔러댔다. 김성곤 의원이 간신히 청와대에서 나와 영빈관으로 돌아왔으나 그때까지도 의총은 계속되고 있었다.

"장 부의장의 말씀대로 각하께서 우리의 요구 조건을 수락하셨습니다. 여러분들은 만장일치의 박수로 결의문을 채택하시기 바랍니다."

김택수 총무의 말에 의해 5개항의 결의문이 박수 소리 속에 낭독되었다. 이어서 개헌안에 대한 축조심의가 있었다. 가장 중요한 대목은 헌법 제69조 3항의 '1次에 한하여 重任할 수 있다'를 '2次에 한하여 重任할 수 있다'로 바꾸는 것이었다. 공화당의 개헌파는 축조심의가 끝나자 새로운 서명을 받겠다고 말했다. 그때 한쪽에서 책상을 두드리면서 비통해하던 이승춘 의원이 발언대로 뛰어나갔다.

"여러분, 개헌안을 국회에 제출하는 발의 서명과 찬성 서명은 다른 것입니다. 발의에는 비록 찬성했지만 국회에서 부표를 던져도 됩니다. 우리는 끝까지 반대해야 합니다."

이승춘 의원의 절규하는 듯한 발언에 공화당 의총장은 일시에 소란스러워졌다.

"이제 와서 무슨 소리야?"

김성곤이 발언대를 향해 소리를 질렀다.

"의총은 의총이고 국회는 국회라는 말입니다."

"쓸데없는 소리 그만하고 내려와."

시간은 벌써 새벽 3시를 넘어서고 있었다. 개헌을 반대하는 공화당 의원들은 처절할 정도로 집요하게 반대를 주장했다. 신윤창, 김용채, 장영순, 김성희, 윤천주, 김우영, 오학진 의원 등은 뒷자리로 몰려가 부둥켜안고 울음을 터뜨렸다. 장내는 그들의 울음소리로 소연

해졌다.

"아니, 누가 죽기라도 했어? 찬성 서명을 하는 것이 뭐가 어렵다고 난리 법석이야?"

김진만이 버럭 소리를 질렀다.

"그래, 민주주의가 죽었다."

오학진이 김진만을 향해 삿대질을 하면서 소리를 질렀다. 그러나 개헌 찬성파 의원들의 성화가 빗발치자 그들은 마지못해 눈물을 흘리며 서명했다.

나는 김형욱으로부터 개헌 반대파 의원들의 동정을 전해 듣고 놀랐다.

'참으로 무서운 사람들이로구나. 나를 반대하고 있지만 존경할 만한 사람들이야.'

나는 적이 강할수록 더욱 강해져야 하는 군인의 생리에 젖어 있는 사람이었다. 개헌 반대에 대한 여론이 비등하면서 개헌을 반드시 통과시키겠다는 오기로 몸을 떨었다. 나는 김성곤을 통해 기업가들로부터 정치 자금까지 받아서 국회의원들을 회유했다.

3선 개헌안을 국회에서 변칙 통과시키지 않을 수 없었다. 야당이 국회의사당을 점거하고 농성을 벌이는 상황에서는 통과시키기가 어려웠다. 공화당은 결국 국회 별관에서 야당 몰래 기습적으로 개헌안을 통과시켰다.

'국회를 통과시키기가 이렇게 어렵다는 말인가?'

나는 신민당이 국회에서 농성을 시작하자 고통스러웠다. 그러나 국회에서 개헌안이 통과되었어도 국민투표가 남아 있었다. 국민투표일은 10월 17일로 공고되었다. 국민투표 전에 찬반 연설회를 할 수 있게 규정되어 있었기 때문에 이제는 국민들을 상대로 치열한 설득을 하지 않으면 안 되었다.

'이것은 국력의 낭비다.'

나는 국민들이 3선 개헌안을 통과시켜 줄 것이라는 사실을 믿고 있었다. 국회에서 농성을 하던 신민당은 유진오 당수를 비롯해 소속 의원 전원이 3선 개헌 반대를 홍보하기 위해 전국을 누비며 연설회를 열었다. 공화당도 전국에서 3선 개헌 지지 연설회를 열었다. 전국은 개헌 반대와 찬성의 열기로 들끓었다. 그러나 공화당의 연설회는 신민당의 연설회만큼 군중들이 몰려들지 않았다.

"어떻게 개헌을 지지하는 연설회에 사람이 없어?"

나는 공화당 지도부를 불러 질책했다.

"죄송합니다, 아무래도 연설회를 하는 사람들의 대중적 지지도에 문제가 있는 것 같습니다."

"대중적인 지지도라니?"

김성곤이 머리를 숙이고 대답했다.

"각하께서 직접 연설을 하셔야 대중들이 몰려올 것 같습니다."

"이것 봐요. 나는 이 나라 대통령이오. 대통령이 어떻게 개헌 지지 연설을 하고 다닌다는 말이오?"

"각하, 그러시면 김종필 전 당의장을 부르십시오."

이후락 비서실장이 뒤에 서 있다가 말했다. 나는 이후락을 힐끗 쳐다보았다. 이후락은 김종필이 자신을 싫어하는데도 전혀 내색을 하지 않고 있었다.

"어떻게 생각해요?"

나는 백남억을 보고 물었다.

"그건 좀…… 그 사람은 개헌을 반대하던 사람입니다."

백남억이 낯빛을 흐리면서 말했다.

나는 4인 체제가 달가워하지 않는데도 불구하고 이후락을 시켜 김종필을 청와대로 불렀다. 아내에게는 술상을 차리라고 말했다. 아내는 내가 김종필을 멀리하고 있다며, 항상 주의를 주고 있던 참이어서 청와대 요리사에게 시장까지 봐오게 하여 저녁을 준비했다.

"아이들은 잘 크고 있지요? 예리 엄마랑 청와대에 좀 올려 보내고 그러세요."

아내는 김종필이 식탁에 앉자 손수 식탁을 차리면서 말했다. 아이들도 모두 나와서 김종필에게 인사를 했다.

"집사람이 잘 오려고 하지 않습니다."

"왜요? 예리 엄마가 서운한 일이라도 있어요?"

아내가 놀란 표정으로 김종필을 쳐다보았다. 김종필은 아내의 말에 대답을 하지 않았다.

"또 비서실에서 이런저런 핑계를 대고 막고 있군요. 내가 그렇게 말했는데도 인의 장벽을 치고 있으니……."

아내가 냉랭한 눈빛으로 나를 쳐다보았다.

"나는 그런 지시를 한 적 없어. 비서실이나 경호실에서 독단적으로 그렇게 했는지는 몰라도."

나는 아내의 냉랭한 눈빛에 공연히 움츠러들었다.

"당신이 지시를 하고 안 하고의 문제가 아니에요. 그런 말을 듣고도 아무 조치를 취하지 않으니까 그 사람들이 당신 뜻이라고 생각하는 거예요. 예리 아빠, 그렇지 않아요?"

"저는 드릴 말씀이 없습니다."

"3선 개헌으로 예리 아빠도 서운할 거예요. 이 술 드시고 화난 일이 있으면 푸세요."

아내가 김종필에게 술을 따라 주었다. 나는 아내가 하는 것이 마땅치 않았으나 김종필은 오히려 아내에 의해 기분이 풀어지고 있었다.

"감사합니다, 숙모님. 솔직히 말씀드리면 지난번 의총에서 김형욱과 이후락을 교체시켜 달라고 각하께 보고를 올렸는데 각하는 아직도 그 일을 처리하지 않고 계십니다. 각하께서 손수 약속하신 일인데 말입니다."

김종필의 말에 나는 김형욱과 이후락을 교체하지 않으면 안 되겠다고 생각했다.

"그렇지 않아. 김형욱과 이후락을 교체하려고 지금 후임을 물색하고 있어."

"그럼, 예리 아빠에게 이 자리에서 약속을 하세요. 언제까지 교체할 거예요?"

"아니, 이 사람이 빚이라도 받으러 왔나? 그리고 여자가 국사에 관여해선 안 돼."

"다른 일은 몰라도 예리 아빠 앞에서 이번 일은 확실하게 말씀하세요."

나는 김종필을 쳐다보았다. 그는 일부러 내 시선을 피하고 있었다.

"국민투표가 끝나면 사흘 안에 교체하도록 하지."

나는 아내와 김종필 앞에서 약속을 했다. 아내가 나를 다그친 일은 내가 강제로 김종필을 개헌 지지 연설회에 나와 달라고 하는 것보다 훨씬 효과가 있었다. 나는 저녁을 마치고 집무실에서 김종필을 따로 만났다.

"담배 피워."

소파에 앉아 김종필에게 담배를 권했다. 김종필은 그 무렵 건강 때문에 담배를 끊고 있었다.

"담배 끊었습니다."

"끊었어? 임자 혼자만 오래 살려고 담배를 끊은 거야?"

"그렇지 않습니다. 건강이 나빠져서……."

"잔말 말고 피워!"

나는 억지로 김종필에게 담배를 피우게 했다. 김종필은 어쩔 수 없이 담배를 피워 물었다.

"길게 말하지 않을 테니까 임자가 나를 위해서 애를 좀 써야겠어. 이 담엔 임자 차례 아니야? 내가 벌여 놓은 일을 마무리할 수 있도록 한 번만 더 하게 해줘."

"알겠습니다."

김종필이 미소를 짓고 말했다.

"그리고 말이야, 임자들만 요정에 가는 거야? 나도 언제 한번 데려가고."

나는 웃으면서 김종필의 어깨를 툭 쳤다.

"핫핫핫! 국민투표가 끝나면 각하를 모시고 가겠습니다."

김종필이 유쾌하게 웃음을 터뜨렸다.

공화당은 김종필을 내세워 3선 개헌 지지 연설회를 열었다. 김종필의 대중적 인기를 바탕으로 군중들의 마음을 개헌 찬성으로 돌리기 위해서였다. 김종필이 개헌 지지 연설을 하면서 전국을 누비기 시작하자 예상했던 대로 군중들이 구름처럼 모여들기 시작했다.

'역시 김종필이군.'

나는 지지도가 점점 상승하고 있다는 보고를 받자 매우 만족스러웠다.

혁명가는 혁명가답게 죽어야 한다

우수수. 밖에서 나뭇잎이 떨어지고 있다. 나는 자서전을 쓰다가 말고 밖을 내다본다. 청와대 집무실 창 앞의 은행나무에서 은행잎이 우수수 떨어져 바람에 날리고 있다. 나는 넋을 잃고 바람에 날리는 은행잎을 본다. 문득 경쾌한 음악 소리가 들린다. 누군가 〈새마을 노래〉를 콧노래로 부르고 있다. 〈새마을 노래〉를 생각하자 나도 모르게 어깨가 들썩거려진다.

새벽종이 울렸네 새아침이 밝았네
너도 나도 일어나 새마을을 가꾸세
살기 좋은 내 마을 우리 힘으로 만드세

나는 이 노래를 직접 작사했으며, 곡은 둘째 딸 근영이와 함께 만들었다. 근영이는 그 무렵 대학에 입학하여 음악을 전공하고 있었기 때문에 내가 가사를 만든 뒤에 근영이에게 피아노로 멜로디를 치게 하면서 작곡을 했다. 내가 허밍을 하면 근영이가 멜로디를 만들어 오선지에 옮겼다.

〈새마을 노래〉가 완성된 것은 제2차 경제개발 5개년계획이 마무리되어 가던 1970년 초였다. 김종필의 도움으로 나는 3선 개헌에 성공했다. 3선 개헌 후 곧바로 대통령 선거가 있었으나 국민들은 여전히 가난하게 살고 있었다. 나는 나태하고 무기력하게 살아가는 국민들의 의식을 바꾸고 싶었다.

60년대 말부터 수출 100억 달러 달성이라는 목표를 세우고 한 달에도 몇 번씩 수출진흥확대회의를 열면서 관계자들을 몰아세우고 있었다. 경부고속도로 건설, 조선소와 자동차 공장 건설, 섬유 산업, 건설 등 산업 전반은 비약적인 발전을 했으나 농촌은 여전히 가난했다. 나는 이스라엘이나 덴마크, 네덜란드의 농촌을 본받아야 한다고 생각해, 농한기에 노름이나 하고 술만 마시는 우리나라의 농민들에게도 뭔가 획기적인 대책을 마련할 준비를 했다.

'일제시대에는 지식인들이 브 나로드(v narod, 러시아의 민중 운동. 우리나라에서는 1930년대 〈동아일보〉가 주도하여 많은 학생들이 농민 계몽 활동을 벌였고, 심훈의 소설 《상록수》에 이 과정이 자세하게 설명되어 있다) 운동을 전개했어. 농민들이 잘살지 않으면 근대화 운동도 아무 소용이 없어.'

그래서 새마을운동을 일으키기로 결심했다. 봄 가뭄 대책을 논의하기 위해 소집된 시도지사회의에서 농촌 재건 운동에 착수하기 위하여 자조·자립정신을 바탕으로 한 새마을 가꾸기 사업을 제창했다.

"내가 조사를 하니 전국에 약 3만 3267개 행정리동行政里洞이 있소. 그래서 모든 마을과 동에 시멘트 335포대씩을 무상으로 지원할 것이오. 각 마을은 하고 싶은 사업을 자율적으로 하도록 하시오."

나는 전국의 모든 마을에 시멘트를 무상으로 지급하고 〈새마을 노래〉를 보급했다. 전국의 마을들은 대통령 지시라고 하여 새마을 깃발을 꽂고 노래를 부르면서 마을 도로를 포장하기 시작했다. 전국이 새마을운동으로 몸살을 앓았다. 그러자 농촌은 점점 바뀌어 갔다. 초가집들이 기와나 슬레이트로 바뀌고 농로가 확장되었다.

나는 새마을운동을 농촌의 도로 포장에만 그치지 않게 했다. 새마을운동은 그야말로 농촌을 부흥시키는 사업이 되어야 했다.

"농민들을 잘살게 해야 합니다. 농민들이 소득 증대를 할 수 있도록 대대적인 지원을 하시오."

나는 정부의 관계 장관들을 다그쳤다. 정부의 지원에 힘입어 농민들은 농한기에도 소득 증대 사업을 벌이기 시작했다. 절미 운동도 하고 농한기에 농수로를 만들거나 시설 채소를 재배하여 소득을 올리기도 했다. 농촌은 확실히 변모되기 시작했다. 소득 증대만이 아니라 공장, 도시 등 한국 사회 전체의 운동으로 확대되었다. 새마을운동은 지금 한국의 경이적인 경제 발전을 뒤에서 받쳐 준 정신적인 힘이 되었다.

"한국의 경제 발전이 대통령의 힘으로 되었나? 이 시기에는 누가 대통령을 해도 경제가 발전하게 되어 있었어."

누군가 그런 말을 했다. 나는 그 말을 듣고 코웃음을 쳤다. 지금 다른 누가 대통령이 되어도 한국이 경제 발전을 이룰 수 있었다는 것은 그야말로 엄청난 말장난에 지나지 않는다.

초가집도 없애고 마을길도 넓히고
푸른 동산 만들어 알뜰살뜰 다듬세
살기 좋은 내 마을 우리 힘으로 만드세

서로서로 도와서 땀 흘려서 일하고
소득증대 힘써서 부자 마을 만드세
살기 좋은 내 마을 우리 힘으로 만드세

우리 모두 굳세게 싸우면서 일하고
일하면서 싸워서 새 조국을 만드세
살기 좋은 내 마을 우리 힘으로 만드세

조국 근대화를 부르짖는 나에게는 적이 많았다. 야당과 지식인들, 학생들이 치열하게 반대를 했으나 국민투표에서 65.1퍼센트의 찬성을 얻어 통과되었다. 3선 개헌안이 통과되자, 나는 개헌 반대파가 조건으로 내세웠던 중앙정보부장 김형욱과 비서실장 이후락을 즉시 교체했다. 김형욱으로서는 청천벽력과 같은 일이었다. 그는 나에게 배신감을 느끼고 몸을 떨었다.

'나는 3선 개헌을 위해서 온갖 나쁜 짓을 다 했다. 그런데 어떻게 대통령이 나를 자를 수 있단 말인가?'

김형욱은 나에게 이런 식의 불만을 품기 시작했다. 김형욱은 정보부장을 하면서 많은 적을 만든 사람이었다. 그의 저돌적인 돌파력이 필요했으나 국민투표가 끝난 이상 수많은 사람들의 원성을 사고 있는 그를 정부 요직에 남아 있게 할 수 없었다. 김종필과의 약속도 지키지 않으면 안 되었다.

나는 전국을 돌면서 개헌 지지 연설을 한 김종필을 총재 상임고문으로 공화당에 복귀시켰다. 그러나 실권은 없고 상징성만 있는 자리였다. 3선 개헌에 대한 논공행상의 의미도 있었으나 3선 개헌을 하면서 갑자기 부상한 공화당의 김성곤, 백남억 등 4인 체제를 견제할 필요도 있었다.

'통치도 용병을 하듯 해야 하다니……'

대통령으로서 국정을 다스리는 일도 용병을 하듯 해야 한다는 사실이 불만스러웠다. 나는 국민들에게 희망의 정치를 해야 한다고 피력했으나 현실은 그렇지가 않았다. 현실은 언제나 쓰레기더미처럼 악취가 풍기고 있었다.

1970년은 3선 개헌의 여진으로 정국이 뒤숭숭한 가운데 1971년도에 있을 대통령 선거와 국회의원 총선거로 연초부터 정가가 후끈 달아올랐다. 그러나 선거보다 더욱 세인들의 관심을 끈 것은 한 호스티스의 죽음이었다.

1970년 3월 17일 11시. 마포구 서교동 서교의원 앞에 있는 강변 도로에 콜걸 정인숙이 살해된 채로 발견되어 세상을 발칵 뒤집어 놓았다. 정인숙이 세간의 관심을 불러일으킨 것은 그녀가 유력한 정치인들과 염문을 뿌렸고 특히, '나의 아들을 낳았다'는 터무니없는 소문이 퍼졌기 때문이었다.

"대통령이라는 사람이 도대체 어떻게 하고 다녔기에 이런 소문이 퍼지는 거예요?"

아내는 정인숙의 아들이 내 아들이라는 소문이 퍼지자 화를 벌컥 냈다.

"무슨 소리야? 내가 뭘 어쨌기에 나에게 화를 내는 거야?"

나는 아내가 바가지를 긁는다고 생각했다.

"그 여자가 키우고 있는 아들이 당신 아들이라잖아요?"

"무슨 말도 안 되는 소리를 하는 거야? 아무려면 대통령인 내가 그런 짓을 하고 다니겠어?"

"정인숙이 어떤 여자인데 이런 소문이 퍼지는 거예요?"

"조사를 시켰더니 일류 요정 출신의 콜걸이래. 미모와 사교술로 정계 인사들을 휘어잡아 국무총리, 경호실장, 대기업 회장 등 쟁쟁한 인사들과 관계를 갖고 있었던 모양이야."

"국무총리와 경호실장까지 관계를 가졌다는 말이에요?"

아내는 놀라서 입을 다물지 못했다.

"일류 요정 출신이니까 이 사람 저 사람과 관계를 가질 수 있었겠지 뭐."

나는 아내의 눈총에서 벗어난 것만 해도 다행이라고 생각했다. 그러나 아내는 쉽게 나를 믿으려 하지 않았다.

나는 1971년의 대통령 선거를 앞두고 바짝 긴장해 있었다. 불과 10년 만에 경제·사회 분야는 눈부신 발전을 하고 있었다. 그러나 자주국방이나 식량 자급은 아직도 이루지 못하고 있었다. 일을 하려고 하면 선거에 신경을 써야 했고 야당이나 여론이 반대하는 일도 적지 않았다. 나는 우리나라의 국가 운영 체제가 근본적으로 잘못되었다고 생각했다.

'우리는 빈곤과 혼란에서 떨쳐 일어나야 한다. 헌법에 규정된 복지 사회는 언제나 공문화^{公文化}된 채로, 국민은 최저 생활마저 위협받고 있는 것이 현실 아닌가? 경제 발전이야말로 민주주의 정착을 포함한 국가 경영의 기반이다.'

나는 민주주의에 대한 우리나라 국민들의 사고가 근본적으로 바뀌어야 한다고 생각했다. 사람들은 자유 없는 빵은 소용이 없다고 말한다. 그러나 나는 빵이 없는 자유도 자유가 아니라고 생각했다.

'우리나라에는 한국적인 민주주의가 필요하다. 외국에서 들어오는 이념, 사상, 정치 제도를 우리 체질과 체격에 맞추어 우리에 알맞은 한국적 민주주의를 실시해야 돼.'

나는 정치 제도를 근본적으로 바꾸어야 한다는 생각에 골몰하기 시작했다.

70년대가 되면서 한국을 둘러싼 정세 또한 급변하고 있었다. 미국의 닉슨 대통령이 닉슨 독트린을 발표하자 국가 안보를 미국에 의존하고 있던 한국은 위기의식을 느끼지 않을 수 없었다. 나는 자주국방을 더욱 빨리 이루어야 한다고 생각했고 지난 10여 년의 제3공화국통치 기간 동안에 체험한 3선 개헌, 대통령 및 국회의원 선거, 항명파동抗命波動, 사법 파동, 각종 사회적 저항으로 경제 발전을 추진하기가 어려웠다. 대통령의 통치권을 절대적으로 강화시키는 방법이 필요하다고 생각했다. 나는 이를 프랑스의 '드골헌법'에서 찾았다.

나는 비밀리에 청와대 법률보좌관팀을 프랑스에 보내 드골헌법을 연구해 오게 했다. 신직수 법무부장관에게도 헌법을 연구하게 했다. 그러나 71년이 되면서 또다시 대통령 선거가 실시되었기 때문에 선거에 전념하지 않을 수 없었다. 야당인 신민당도 본격적으로 1971년의 대통령 선거 준비에 들어갔다. 신민당은 1969년 말부터 김영삼 원내총무가 야당에 새바람을 불어넣겠다며 대통령 후보로 나설 것을 천명해 여야 정치인들에게 비상한 관심을 불러일으키고 있었다.

'김영삼이가 대통령 후보로 나올 참인가?'

나는 김영삼에 대해 깊은 관심을 기울였다. 신민당은 3선 개헌을 반대하기 위해 유진오 고려대 교수를 당수로 추대했으나 그는 국민투표가 끝나자 학교로 돌아갔다.

"임자, 야당은 어때?"

나는 이후락 중앙정보부장에게 물었다. 이후락은 김형욱 대신 중앙정보부장으로 활약했던 김계원의 뒤를 이어 70년 12월 21일부터 중앙정보부장에 임명되었다.

"3파전이 벌어질 것 같습니다."

이후락이 대답했다.

"3파전이라니?"

"김영삼이 40대 기수론을 내세우자 김대중과 이철승도 신민당에 입당하면서 대통령 후보에 출마하겠다고 공식적으로 선언했습니다."

"아니, 대통령이 아무나 하는 거야?"

나는 이후락의 말에 어이가 없었다. 신민당이 40대 소장 정치인들로 대권 도전에 나서겠다고 선언한 것은 신익희와 조병옥 같은 야당의 대통령 후보들이 선거 기간 중에 병으로 사망한 일이 있었기 때문이었다.

"그래, 세 사람 중에 누가 가장 유력해?"

"세 사람 모두 비슷하지만 김영삼 쪽이 우세할 것 같습니다."

"우리한테는 누가 유리해?"

"누가 나서도 상관이 없습니다."

"아무튼 신민당 지도부도 면밀하게 감시를 해."

나는 이후락에게 지시하고 신민당의 40대 의원들의 동정을 예의 주시했다. 40대들의 공세에 밀려 유진산 당수는 대통령 후보 출마 포기를 선언하는 대신, 40대 후보 세 사람이 자신에게 백지 위임을 하면 자신이 한 사람을 지명하고 전당대회에서 박수로 그 사람을 추대해 대통령 후보로 뽑는 방식을 요구했다. 대통령 후보 지명권을 유진산 당수가 갖겠다는 것이었다. 이에 대해 비주류인 김대중은 즉시 거부했고 김영삼과 이철승은 찬성했다. 김영삼은 범주류계였고 이철승은 오래전부터 유진산 당수와 친교가 있었다. 그러나 김대중의 경우는 비주류였기 때문에 지명을 받을 가능성이 거의 없었다.

"표 대결을 하십시오. 질 때 지더라도 대결해야 합니다."

김대중의 참모들은 모두 표 대결에 나설 것을 요구했다. 그리하여 유진산 당수는 지명대회에서 김영삼과 이철승에게만 지명권을 행사하기로 했다.

신민당의 대통령 후보 지명대회는 9월 29일 열렸다. 유진산 당수는 자신이 행사하는 지명권으로 김영삼을 지명한다고 발표했다. 이철승 쪽은 파랗게 질렸고 여기저기서 속았다는 함성이 터졌다. 지명대회는 서울 시민회관에서 열렸다. 1차 투표 결과 김영삼 421표, 김대중 382표, 백지 78표, 기타 4표로 김영삼은 1위를 했으나 과반수에서 61표나 모자랐다.

"이게 어떻게 된 거야?"

나는 김대중의 표가 예상외로 많이 나오자 깜짝 놀라 이후락에게 물었다.

"아직 2차 투표가 남아 있습니다."

이후락도 예상외라는 표정으로 대답했다. 신민당 지명대회는 곧바로 2차 투표를 실시했고 김대중이 458표를 얻어 신민당의 대통령 후보로 지명되었다.

"김대중이가 어떤 인물인지 자세히 조사해서 보고해."

나는 새로운 정적으로 떠오른 김대중에게 깊은 관심을 갖지 않을 수 없었다. 대통령 선거에서 이제 김대중과 치열한 접전을 벌여야 하는 것이었다. 이렇게 본격적인 선거전의 막이 올랐다.

대통령 선거가 실시되자 김대중은 유권자들의 열렬한 환영을 받기 시작했다. 김대중의 선거 연설에는 수많은 유권자들이 집결했고 대학 교수들이 김대중을 지원하면서 여론은 박빙의 승부가 될 것이라고 예고했다. 나는 김대중의 인기가 올라가자 불안해지기 시작했다. 중앙정보부를 비롯하여 정부의 각 부처에서도 선거를 지원했으나 국민들의 관심은 김대중에게 쏠리고 있었다. 중앙정보부는 바짝 긴장하여 김대중에 대한 비리를 조사하기 시작했다.

김대중의 장충단공원 유세는 4월의 세 번째 일요일에 열렸다. 날씨는 화창했고 햇살은 따뜻했다. 장충단공원은 아침부터 사람들이 몰려들기 시작해 오후 2시가 되자 공원 전체를 가득 메우고 을지로 6가까지 사람들이 몰려 교통이 두절될 정도였다. 매스컴에서는 이날 유세에 100만 청중이 몰려들었을 것이라 말했다.

안암동의 대광고등학교 유세는 밤 8시에 열렸다. 대광고등학교 교정도 청중들로 가득 찼고 그의 연설이 시작되자 박수갈채가 쏟아졌다.

"친애하는 국민 여러분, 박정희 대통령이 총통제를 만들어 영구집권을 하려고 음모를 꾸미고 있습니다. 이번에 막지 못하면 여러분은 독재자의 노예가 될 것입니다."

김대중이 총통제라는 말을 하자 깜짝 놀랐다. 내가 비밀리에 추진하고 있는 프랑스식 헌법 개정을 야당 후보가 미리 알고 있는 듯해 경악스러웠다.

"국민 여러분, 국민 여러분이 이번에 야당을 뽑지 않으면 박정희 대통령은 종신토록 대통령을 하게 될 것입니다. 그렇게 되면 우리의 민주주의는 죽고 여러분들도 노예가 될 것입니다."

나는 김대중의 '영구 집권 음모'라는 말에 일체 대항하지 않았다. 그 대신 김대중이 향토예비군을 폐지하겠다고 선언한 것을 맹렬하게 비판하고 조국 근대화를 중단해서는 안 된다고 역설했다.

김대중의 '영구 집권 음모론'은 상당한 설득력을 가지고 지식인과 학생들 사이에 파고들었다. 나는 투표가 임박해지자 71년 이후엔 결코 대통령에 출마하는 일이 없을 것이라고 영구 집권론에 맞서 불출마 선언을 했다.

4월 27일 마침내 투표가 실시되었다. 나는 신민당의 김대중을 90여만 표 차로 누르고 제7대 대통령에 간신히 당선되었다. 그러나 71년도 대통령 선거는 나에게 많은 생각을 하게 했다. 나는 무질서와 혼란한 국정을 바로잡겠다고 결심했다. 대통령 선거가 끝나자 바로 국회의원 선거가 실시되었다. 나는 공화당 현역 의원들 61명을 공천에서 탈락시켰다. 나는 원내총무인 김택수를 공천에서 탈락시키고 박종태, 신윤창, 배길도, 이진용, 김우영, 오원순, 유범수, 이현재, 이호범, 이원우 의원 등 친김종필계 의원들도 가차 없이 탈락시켰다.

'정치보다 국정이다.'

나는 김종필을 국무총리에 임명하고 각료들도 JP와 가까운 인물로 임명했다. 공화당에는 3선 개헌에 공을 세운 4인 체제를 포진시켰다. 내각은 김종필 국무총리가, 당은 4인 체제가 이끄는 기묘한 형태의 당정 개편이었다.

"각하께서 무슨 생각으로 김종필을 총리에 임명한 거야? 내무부 장관도 김종필과 가까운 오치성이 아니야?"

김성곤을 비롯하여 4인 체제는 김종필이 총리에 임명되자 반발했다. 나는 그들의 반발을 일축하고 유신헌법을 제정하는 일에 전력을 기울였다. 그때 야당이 오치성 내무부장관을 비롯한 국무위원 불신임안을 국회에 제출했다.

김학렬 경제기획원장관은 대통령 선거와 국회의원 선거로 인한 물가 상승으로 국민 경제가 파탄에 이르렀다는 이유로, 신직수 법무장관은 사법 파동으로, 오치성 내무장관은 실미도 특수 부대의 난동 사건을 이유로 해임안을 낸 것이었다. 오치성 내무장관의 해임 건의안은 오치성 장관이 4인 체제가 심어 놓은 시장, 군수, 경찰서장을 모조리 교체했기 때문이었고 그가 김종필 계열이기 때문이었다.

"신민당에서 국무위원 해임 건의안을 냈는데 공화당에서는 이를 부결시키시오."

나는 공화당에 지시했다. 그러나 나의 지시에도 불구하고 오치성 내무장관의 해임 건의안은 가표 107표, 부표가 90표로 재석 의원 절반인 101표를 넘어 가결되고 말았다. 나는 공화당에 김성곤과 길재호를 제명하라는 지시를 내리고 중앙정보부에 이들을 잡아다가 조사하게 했다. 김성곤을 비롯하여 4인 체제는 중앙정보부에 연행되어 혹독한 고문과 조사를 받았다.

'유신헌법을 개정하기 위해서는 강하게 밀어붙여야 한다.'

1972년이 되자 나는 정국의 새로운 틀을 짜야겠다고 생각했다. 50년대는 전쟁과 굶주림의 시대였고 60년대는 군사혁명의 시대였다. 나는 60년대를 질풍노도처럼 달려왔다. 나에 대한 비난이 점점 거세지고 있었으나 나는 경제 발전을 이루어가고 있었다. 이제는 자주국방의 시대를 열어가야 했다. 나는 좀 더 강력한 정부가 필요하다고 생각했다. 북한의 위협에 맞서서 나라를 이끌어야 할 사람은 나 자신밖에 없다고 확신했다. 김정렴 청와대 비서실장, 홍종철 정무수석비서관, 유혁인 정무비서관, 김성진 공보수석, 신직수 법무부장관, 한태연, 갈봉근 교수 등이 참여하여 유신헌법을 궁정동의 안가에서 만들기 시작했다.

마침내 헌법이 만들어졌다. 나는 헌법에 대한 조항을 꼼꼼히 읽었다. 대통령이 필요할 때는 긴급 조치를 선포할 수 있게 되어 있어서 흡족했다.

나는 지난 10년 동안 급변하는 국제 정치 환경 속에서 우리 스스로의 힘으로 국가의 운명을 개척해 나가야 한다고 생각해 왔다. 나는 안정과 번영을 추구해 나가면서 평화적인 통일의 기반을 조성해 나가기 위해 모든 정력을 쏟았다. 10월 유신은 강력한 국가와 민주주의를 토착화시킨다는 나의 의도가 숨어 있었다. 대중적인 인기로 여론을 조작하여 대통령에 당선되면 나라가 혼란에 빠진다. 나는 유신헌법에 의해 나라가 강해지면 평화적으로 정권을 이양할 생각이었다.

"각하, 대한민국은 10월 유신이 정착되면 아시아의 강국으로 등장하게 될 것입니다."

"그렇습니다, 각하! 5천 년 역사에 빛나는 영광의 시대를 창조할 것입니다."

유신헌법을 만드는 사람이 다투어 말했다.

"각하, 이제 후계자를 양성해야 하지 않습니까?"

나와 친한 사람이 후계자 문제를 거론했다. 외신 기자들도 평화적 정권 교체에 대한 질문을 했다.

"평화적 정권 교체는 이루어져야 합니다. 그러나 후진국에서 정권이 평화적으로 교체되려면 바탕이 튼튼해야 합니다. 그렇지 않으면 정권이 바뀐 뒤에 오히려 불안과 혼란만 가중됩니다. 사람들이 잘 모르고 총통제 운운하지만 한국의 현실에서 유신헌법은 평화적 정권 교체를 가능하게 만들려는 제도입니다. 내가 후계자를 양성하지 않는다고 하는데 민주 국가에서는 어느 특정인을 후계자로 지정하고 키우는 일이 없습니다. 후계자는 그 사회에서 스스로 성장하는 것입니다. 후계자를 양성하는 것은 독재자들뿐입니다."

나는 그동안 경제 건설에 총력을 기울여 왔었다. 내가 군사혁명을 일으켰을 때는 외화가 30만 달러밖에 없었고 연간 수출액도 5,000만 달러에 지나지 않았으나, 10년 만에 10억 달러 수출에 성공했다. 앞으로 몇 년 안에 100억 달러 수출 목표를 달성할 것이다. 그러기 위해서는 가차 없이 앞만 보고 달려야 했다.

1972년 10월 17일 하오 7시.

나는 마침내 비상계엄을 선포하고 헌법을 중지시키는 중대 선언을 발표했다. 폭탄과 같은 선언이었다. 정치인들이나 국민들이 놀랄 사이도 없이 정부 각 기관과 언론 기관에 무장한 탱크와 군대가 포진했고 국회는 해산되었다. 각 정당의 사무실은 착검을 한 군인들에 의해 점령되고 사무원들은 쫓겨났다. 이어서 반정부 인사들과 야당 의원들, 공화당 의원 중에도 유신헌법에 비판적인 의원들에 대한 검거 선풍이 일어났다.

10월 유신은 이렇게 탱크와 중무장한 군인들이 삼엄한 눈을 번뜩이는 가운데 선포되어 국민투표를 거쳐 유신헌법을 확정, 통일주체 대의원에 의한 체육관 선거로 대통령을 선출했다. 대통령의 임기는 6년, 중임에 대한 제한 조항이 없어서 평생 동안 할 수도 있었고, 국회의원의 3분의 1에 달하는 유정회 의원을 대통령이 직접 선출하게 되어 있었다.

계엄령이 해제되고 대학교의 휴교령이 해제되자 학생들과 재야인사들이 서서히 유신에 대해 저항하기 시작했다.

"박정희 대통령은 영구 집권을 하려고 하고 있다. 한국의 민주주의는 죽었다."

1972년에 김대중은 일본에 있다가 10월 유신이 선포되자마자 나를 향해 직격탄을 날렸다.

"김대중이는 귀국하지 않을 모양이지? 밖에서 저렇게 나라를 욕하면 어떻게 하려고 그래?"

김대중에 대한 보고가 들어오기 시작했다. 나는 그런 보고를 받을 때마다 짜증이 났다. 내가 가장 싫어하는 사람들이 주체성 없이 우리나라를 헐뜯는 이들이었다.

"각하, 김대중에게 무슨 조치를 취해야 하지 않습니까?"

"무슨 조치를 취해?"

"김대중의 가족들이 한국에 있습니다."

"이상한 생각들 하지 말아. 가족들이 무슨 죄가 있다고 그런 소리를 해?"

나는 중앙정보부의 보고를 일축했다. 김대중은 일본에 있으면서 더욱 세차게 나를 비난했다. 김대중의 영향을 받았는지 국내에서도 유신헌법에 대한 저항이 일기 시작했다. 나는 그 무렵 지하철 1호선 건설에 총력을 기울이고 있었다. 서울은 이미 1,000만을 육박하는 시민들로 인해 교통이 지옥처럼 변해 가고 있었다. 나는 이러한 교통 문제를 해결하는 해법이 지하철이라고 생각했다. 그러나 지하철은 천문학적인 자금이 들어가는 공사였다. 야당과 지식인들은 일제히 반대했다. 그러나 나는 그들의 반대를 무릅쓰고 밀어붙였다. 자주국방에도 박차를 가했다. 미사일을 개발하고 총기와 포탄을 방위산업체에서 생산하게 했다.

유신헌법에 대한 저항은 더욱 심해졌다. 시인 김지하가 구속되어 사형을 선고받았다. 그러자 그를 구명하기 위해 문인들이 자유실천문인협회를 결성하고 개헌청원서명운동이 일어났다. 이 무렵 신민당 대통령 후보였던 김대중 납치 사건이 발생했다. 그 문제로 일본과 한국은 외교적 마찰이 일어났다. 나는 일본과 외국이 맹렬하게 비난하자 중앙정보부 이후락 부장을 불러 질책했다. 그가 나의 허락도 받지 않고 김대중을 납치한 것이다.

"각하, 김대중이 일본에서 돌아왔습니다."

중앙정보부에서 보고했다.

"무슨 소리야? 김대중이가 어떻게 한국에 돌아와?"

"실은 저희 중앙정보부에서 강제로 서울로 데리고 왔습니다."

나는 눈앞이 캄캄했다. 김대중은 서울에 도착하자마자 연금 상태에 놓였고 일본에서 강제로 끌고 왔기 때문에 전국이 발칵 뒤집혔다. 신문이나 방송은 '구국청년단'이 애국 충정에 의해 그를 데리고 왔다고 발표했으나 그것은 정체불명의 유령 단체였고 중앙정보부의 소행이라는 것은 누구나 알고 있었다. 전 세계 여론이 나를 일제히 비난했고 일본은 한국에 사과를 요청했다.

나는 김종필을 일본에 보내 사과하게 하지 않을 수 없었다. 일본은 김종필 총리가 하네다 공항에 도착하자 '진사사절 도착'이라고 대대적으로 보도했고, 김종필이 국무총리 자격으로 김대중 납치 사건을 철저히 수사하고 앞으로 이런 일이 재발하지 않도록 하겠다고 약속함으로써 한일 간의 외교적 마찰은 해소되었다.

"일본이 이후락을 해임할 것을 요구하고 있습니다."

김종필이 돌아와 나에게 보고했다. 나는 엄청난 문제를 일으킨 이후락을 해임했다. 김대중 납치 사건에 이어 개헌청원서명운동까지 본격적으로 일어나 사회가 어지러워지기 시작했다. 유신 2년째로 접어든 1974년 학원가를 몰아친 반유신 바람은 재야, 문인들, 종교계, 노동계로 몰아쳤고 야당까지 불어 닥쳤다.

나는 1월 8일 반유신 바람을 잠재우기 위해 긴급 조치 1·2·3·4

호를 잇따라 선포했다. 이때 신민당 당수 유진산이 타계하여 신민당에는 당권 경쟁 바람이 휘몰아쳤고 40대 기수론을 부르짖던 김영삼 의원과 이철승 의원이 대결하게 되었다.

1974년은 내게 잊을 수 없는 해였다. 8월 15일, 나는 아내와 함께 광복절 29주년 행사에 참석하고 서울시청 앞에서 열리는 지하철 개통식에 참석할 예정이었다. 그날은 마지막 더위가 기승을 부리고 있었다. 아내는 언제나 그렇듯이 엷은 화장을 하고 한복을 입었다. 아내와 함께 기념식에 참석하기 위해 서울 장충동 국립극장으로 들어갔다. 국민의례가 끝나자 나는 경축사를 읽기 시작했다. 연단 좌우에는 3부 요인과 외교 사절, 독립 유공자들이 나란히 앉고 아내도 그들 앞에 앉아 있었다.

"오늘은 어째 떨리는걸."

나는 아내에게 웃으면서 말했다.

"잘하세요. 한두 번 하는 것도 아니잖아요."

아내가 내 손을 살며시 쥐었다가 놓으면서 말했다.

"친애하는 국민 여러분. 오늘 우리는 뜻 깊은 광복 29주년을 맞이했습니다."

나는 경축사를 읽으면서 틈틈이 고개를 들어 극장에 앉아 있는 사람들의 얼굴을 살폈다. 언제나 그렇지만 사람들의 얼굴이 뚜렷이 보이지는 않았다.

"조국 통일은 반드시 평화적 방법으로 이룩되어야 합니다⋯⋯."

경축사를 여기까지 읽었을 때 갑자기 총소리가 들려왔다. 나도 모르게 총소리가 들리는 방향을 쳐다보았다. 비명 소리가 울려 퍼지는 가운데 젊은 사내 하나가 나를 향해 총구를 겨눈 채 다리를 끌면서 달려오고 있었다. 범인은 첫 번째 방아쇠를 잘못 건드리는 바람에 첫 탄환으로 자신의 허벅지를 쏘았다. 그 와중에도 그는 다리를 끌면서 통로를 따라 연단을 향해 달려온 것이다.

'탕!'

두 번째 총성이 울리면서 내가 서 있던 연단 왼쪽에 박혔다. 나는 거의 무의식적으로 연단 아래로 몸을 낮추었다. '누구야, 대통령이 맞났나? 저기 저놈이다, 저놈 잡아라!' 하는 소리와 함께 비명 소리가 극장 안을 뒤흔들었다. 세 번째는 불발탄으로 탄환이 발사되지 않았다. 나는 연단 뒤 귀빈석에 있던 경호원들을 쳐다보았다. 경호원들이 어쩔 줄을 모르고 뛰어나오는 것이 보였다. 다시 총성이 울렸다. 네 번째 탄환이 아내의 머리 오른쪽을 관통했다. 범인이 연단을 향해 달리고 있을 때 누군가 범인의 발을 걸었다. 범인은 비틀거리면서도 다시 총을 쏘았다. 탄환은 연단 뒤에 있는 태극기에 박혔다. 이 모든 일들은 순식간에 일어났다.

경호원과 경찰관들은 그때야 정신을 차리고 범인의 머리를 권총으로 내리치며 덮쳤다. 범인은 현장에서 검거되었다. 나는 연단에서 일어나 청중석을 응시했다. 여기저기서 비명 소리가 들리고 아내가 머리를 뒤로 젖힌 채 피를 흘리고 있는 것이 보였다.

'여보⋯⋯.'

나는 피를 흘리는 아내를 보자 목이 꽉 메어 왔다. 연단은 경호원들로 발 디딜 틈이 없었다.

"왜들 이리 소란한 거요? 조용히들 하시오."

나는 바닥에 납작 엎드려 있는 정일권 국회의장, 김정렴 비서실장, 조상호 의전수석비서관에게 소리를 질렀다.

"각하, 영부인께서 총에 맞으셨습니다. 즉시 병원으로 후송하겠습니다."

박종규 경호실장이 사색이 되어 나에게 보고했다. 나는 잠시 망설였다. 8·15 경축 기념식은 텔레비전으로 생중계되고 있었다. 내가 경축사를 멈추면 국민들이 놀랄 것이다.

"알았네."

나는 연단 앞에 다시 섰다. 연설문 원고를 펼치고 연단의 마이크 앞에 섰다. 그러자 누가 시키지도 않았는데 참석자들도 자리에 앉았다. 극장 안에 비장한 기운이 감돌았다.

"경축사를 다시 하겠습니다. 우리는 광복 이후에 혼란과 무질서를 경험했습니다. 빈곤은 누대에 걸쳐 이어져 왔으나 우리는 오로지 구국의 일념으로 경제 개발을 추진했습니다."

청중석에서도 누가 죽었는지 여학생들의 흐느껴 우는 소리가 들리고 범인을 끌고 나가는 경호원들과 경찰, 그리고 여학생을 안고 나가는 사람들이 보였다. 연설을 하는 내 뒤에서는 경호원들이 아내를 업고 뛰어나가느라 소란스러웠다. 나는 연설문을 읽고 있었으나 머릿속에선 여러 가지 생각이 떠올랐다.

'침착하자. 이럴 때일수록 내가 흔들리지 말아야 된다.'

오로지 그 생각만 했다. 총에 맞은 아내가 어찌되었을지는 애써 생각하지 않으려 했다. 나는 긴장 속에서 경축사를 모두 마쳤다. 연설대 뒤의 분위기는 여전히 어수선하기 짝이 없었다. 아내가 앉아 있던 자리에는 아내가 신고 있던 신발 한 짝과 핸드백이 떨어져 있었다. 나는 아내의 핸드백과 신발을 집어 들었다. 갑자기 불안감과 슬픔이 밀려왔다.

"각하, 아무래도 서울 지하철 개통식 행사를 취소하는 것이 좋겠습니다."

박종규가 넋을 잃고 서 있는 나에게 보고했다.

"범인은 검거했나?"

박종규를 향해 물었다. 박종규는 경호에 실패하여 저격자가 극장까지 들어왔기 때문에 얼굴조차 들지 못하고 있었다.

"예, 속히 이 자리를 피하시는 것이……."

"지하철 개통식을 취소할 수는 없어. 국무총리에게 행사를 대행하도록 하게."

나는 박종규에게 지시하고 서울대병원으로 갔다. 침통한 표정으로 오른쪽 바지 주머니에 손을 깊숙이 넣은 채 대통령 전용 병실인 301호를 향해 계단을 올라갔다. 그동안 아내가 잘못되었을까 봐 걱정이 되었다.

"어떻습니까?"

301호 앞에 도착하자 서울대의 심보성 박사와 간호사들이 마중을 나왔다.

"최선을 다해 수술을 했습니다만 위중합니다."

심보성 박사가 고개를 숙이고 말했다. 나는 심보성 박사 및 간호사들과 일일이 악수를 나누었다. 아내는 수술실에서 1차 수술을 마치고 수혈 중에 있었다. 병실에 들어가 아내의 손을 가만히 쥐었다. 아내의 손에는 아직도 온기가 남아 있었다. 나는 아내가 회복하기 어려울 것이라는 사실을 눈치채고 있었다. 그러나 생과 사의 처절한 사투를 벌이고 있는 아내에게 아무 말도 할 수 없었다.

'여보, 어떤 일이 있어도 회복되어야 해.'

손을 잡은 채 나를 위해 대신 죽어 가고 있는 아내에게 속으로 절규했다.

"수고 많았소, 고맙소."

병실을 나와 심보성 박사에게 다시 인사를 하고 청와대로 돌아왔다. 북한의 동정도 살펴야 했고 국내 치안도 살펴야 했다. 대통령 저격은 간단한 일이 아니었다. 나는 우울하여 아무 말도 할 수 없었다. 통곡을 하고 싶었으나 사람들이 있어서 눈물을 흘릴 수 없었다. 범인에 대한 조사는 신속하게 이루어지고 있었다. 일본 여권을 가지고 있는 재일 교포로 이름은 문세광이라고 중앙정보부가 보고해 왔다.

'범인이 나를 죽이지 못하니까 아내를 향해 총을 쏜 거야.'

나는 국립극장에서의 상황을 다시 떠올려 보았다. 범인은 분명하게 나를 겨누고 있었다. 그러나 연설대가 방탄으로 되어 있었기 때문에 총에 맞지 않았을 뿐이다. 그러자 범인이 아내를 향해 총을 쏜 것이다.

'놈은 북한에서 파견한 암살자인가?'

나는 범인의 희미한 얼굴을 떠올리고 우울했다. 그때 MBC 사장이 청와대로 들어와 면담을 신청했다.

"각하, 오늘 있었던 일을 미국 CBS가 전체적으로 찍었습니다. 각하께는 송구스럽지만 우리 MBC에서 그 필름을 방송하고 싶습니다. 허락해 주십시오."

문세광이 총을 쏘았을 때 방송이 잠깐 중단되었었다. MBC 사장은 범인이 나에게 총을 쏘고 아내가 총에 맞는 모습을 방송하고 싶다는 것이었다.

"CBS가 모조리 찍었다는 말이오?"

"예."

"그러면 우리 집사람이 총을 맞는 장면까지 나올 거 아니오? 집사람이 쓰러지는 모습이 나오면 흉하지 않을까?"

나는 남산이 보이는 창밖을 물끄러미 쳐다보면서 크게 한숨을 내쉬었다.

"각하, 이것은 북한이 저지른 짓이 분명합니다. 북한이 저지른 일을 국민들에게 보여 주어야 합니다."

박종규 경호실장이 옆에서 거들었다.

"영부인께서 쓰러지시는 장면은 저희가 편집해서 내보낼 수 있습니다."

나는 MBC 사장의 말에 가슴이 타는 것 같았다.

"당신들이 그렇게 생각한다면 내보내시오. 우리 집사람이 쓰러지는 모습도 편집하지 말고 그대로 보여 주시오. 국민들도 진실을 알아야 할 거요."

나는 방송을 허락했다. 내가 총탄을 피하기 위해 연단 아래로 몸을 숙이고 아내가 총에 맞아 쓰러지는 모습을 텔레비전으로 보는 것은 비참했다.

아내가 병원에서 사투를 벌이고 있는 동안 아무 일도 손에 잡히지 않았다. 아내는 다시 수술에 들어가 있었다. 심보성 박사를 비롯해 서울대 의료진들은 아내를 살리기 위해 혼신의 노력을 기울이고 있었다.

오후 4시가 되자 갑자기 서쪽 하늘이 캄캄하게 어두워지면서 소나기가 쏟아지기 시작했다. 나는 침울하게 비가 쏟아지는 밖을 내다보았다.

'아아, 이 비가 아내가 흘리는 눈물인가.'

소나기가 그치고 나자 갑자기 무지개가 떠오르고 서쪽 하늘이 환해지면서 타는 듯 붉은 노을이 졌다.

'아내가 떠나는구나.'

나는 노을을 보며 아내가 운명하고 있다는 것을 예감했다. 그리고 내 예감대로 아내는 서울대병원에서 9시간의 사투를 벌이다가 오후 7시에 운명했다. 청와대에 빈소가 준비되고 아내의 유해가 운구되어 왔다.

나는 아내의 유해가 도착하자 끌어안고 통곡했다.

"엄마는 내 대신 저승에 간 거다."

나는 지만의 손을 잡고 눈물을 흘렸다. 아들도 두 손으로 눈물을 훔치면서 울었다.

문상은 16일부터 시작되었다. 청와대에 빈소가 마련되자 나는 분향부터 하고 손님들을 맞이했다. 아직도 아내가 죽었다는 사실이 실감나지 않았다. 마치 꿈을 꾸고 있는 것 같은 기분이었다. 지금이라도 집사람이 어느 행사에 참석했다가 돌아오면서 나에게 환하게 미소를 지을 것만 같았다. 나는 문상객들이 뜸할 때면 빈소에 가서 혼자 울었다.

아내는 국민장으로 국립묘지에 묻혔다. 나는 아내의 운구가 하얀 국화꽃에 덮여 청와대 본관을 나가는 것을 집무실에서 내다보았다.

아내는 죽었다. 한동안 아내가 죽은 충격에서 벗어날 수가 없었다. 매일같이 아내의 얼굴을 대하고 아내가 차려 주는 밥을 먹던 나는 식탁에 아내가 없고 잠자리에 아내가 없다는 현실이 그렇게 썰렁할 수가 없었다.

아내의 공백은 너무나 컸다.

정국은 다시 긴장 상태에 들어가 있었다. 일본은 문세광의 일로 진사사절을 보내 사죄했다. 우리가 김대중 납치 사건 때 김종필이 가서 사죄를 했던 것과 똑같았다.

김대중이 연금 상태에 있었기 때문에 신민당에서는 김영삼과 이철승이 치열하게 당권 투쟁을 벌였다. 결국 김영삼이 선명 야당과 강력한 단일 지도 체제를 주장하고 나서서 이철승을 꺾고 총재에 당선되었다. 김영삼은 총재에 당선되자 국회에서의 대정부 질문을 통해 민주주의를 위한 헌법 개정을 주장하여 야당의 노선을 반체제 운동으로 이끌어 갔다.

나는 김영삼이 유신헌법 반대 투쟁을 극렬하게 전개하자 걱정스러워졌다. 정국은 김영삼의 강경 투쟁으로 한 치 앞을 내다볼 수 없게 되었다. 다행히 신민당 총재의 임기는 2년이었다. 김영삼의 임기가 끝나자 신민당은 또다시 당권 투쟁이 벌어졌다. 중앙정보부는 온건한 투쟁을 원하는 이철승을 지원하여 그가 당선되게 만들었다.

1976년, 미국은 지미 카터가 대통령에 당선되었다. 나는 자주국방을 위하여 한국형 전차 개발, 핵무기 개발을 준비하고 있었다.

1974년에 사이공이 함락되었기 때문에 한국도 위기감이 팽배했다. 서울이 북한에 함락될지도 모른다는 사실은 우리를 공포에 떨게 했다.

카터 미국 대통령은 한국의 인권 정책과 핵무기 개발 문제를 들어 나를 압박해 왔다. 야당과 재야는 체제부정운동을 적극적으로 펼쳐 나갔다. 김대중은 연금에서 해제되자 윤보선 전 대통령과 함께 유진오, 이인, 김영삼, 함석헌, 백낙준, 강원룡, 천관우 등 각계 인사 71명을 모아서 기독교회관 2층에서 '현행 헌법은 최단 시일 내에 합리적 절차를 거쳐 민주 헌법으로 대체되어야 한다'는 성명을 발표하고 6개 항의 국민 선언을 채택하는 바람에 긴급 조치 위반으로 구속되었다.

그후 유신 2기가 실시될 때 김대중을 형집행 정지로 석방했다.

무궁화는 다시 핀다

이강호는 자서전의 마지막 장을 덮고 무겁게 한숨을 내쉬었다. 박정희는 10·26으로 인해 자서전을 미처 끝맺지 못했다. 그의 자서전 마지막 장은 다음과 같았다.

* * *

1979년 10월 17일 아침, 나는 눈을 뜨고도 침대에 그냥 누워 있었다. 언제나 아침 일찍 일어나는 것이 습관이 되어 있었으나 최근에는 눈을 떠도 침대에 누워 있는 일이 많았다. 지난밤에는 빗발이 흩날리고 스산한 바람이 을씨년스럽게 불었다. 비바람이 창문을 두드리고 청와대 뜰에 있는 은행나무를 흔드는 소리가 왠지 서글프게 들렸다. 스산한 비바람이 불 때마다 나뭇잎들이 우수수 떨어지고 유리창은 계속 덜컹대며 흔들렸다. 학교의 숙직실에서, 초급 장교 시절의 허름한 판잣집에서, 신당동에서 뼛골까지 깊숙이 들이치던 비바람처럼 스산한 비바람은 겨울을 재촉하는 양 윙윙 소리까지 내고 있었다.

'비가 오고 나면 겨울이 오겠지.'

나는 가을에 오는 비를 싫어했다. 가을비는 겨울을 재촉하는 비였다. 춥고 무력한 사람들에게는 겨울이 더욱 길 것이다. 문고리가 손에 쩍쩍 달라붙고 언 하늘이 쩡쩡거리며 갈라지는 소리가 들리는 한 겨울은 가난한 사람들에게는 을씨년스럽고 삭막한 계절이었다. 날은 이제야 희미하게 밝아오고 있었다. 새벽의 박명이 커튼 사이로 희끄무레하게 비집고 들어왔다.

나는 침대에서 무겁게 한숨을 내쉬었다.

부산에서 일어난 학생 시위가 어쩐 일인지 불안했다. 연초부터 야당은 유정회 출신의 백두진 의장 선출 반대 파동으로 한 차례 격돌을 벌여 심기를 불쾌하게 했다. 5월 30일에는 중앙정보부의 끈질긴 공작에도 불구하고 김영삼 의원이 신민당 총재에 선출되고 8월의 YH 여공농성사건, 9월의 김영삼 신민당 총재에 대한 총재직 정지 가처분과 10월의 의원직 제명으로 어수선했다. 전날 부산에서 격렬한 시위가 일어났다는 구자춘 내무장관의 보고는 나를 격노하게 했다. 부산의 학생 데모는 부산대학교 학생들 약 500명의 교내 반정부 시위로 시작되었다. 학생들은 민주구국투쟁 선언문을 낭독하고 민주선언문이라는 유인물을 뿌린 뒤에 거리로 뛰쳐나와 독재 타도를 외치면서 가두시위를 벌였다는 것이었다.

"독재 타도라고?"

나는 학생들의 구호에 가슴이 철렁했다. 5·16 군사혁명을 일으키고 3선 개헌을 하고, 10월 유신을 선포해 체육관에서 대통령을 선출하게 만들었으니 무법자이며 독재자인 게 확실하다. 나는 학생들의 말을 부정하고 싶은 생각은 추호도 없다.

'학생들은 자주국방이 무엇인지 모르고 데모를 하고 있는 거야. 공장 노동자들이 데모에 합류한 것은 먹고 살기가 어려운 탓이고…….'

나는 학생들을 이해할 수 있었다. 어젯밤에도 잠을 설쳤다. 학생들의 데모 때문인 것 같기도 했고 암살의 공포 때문인 것 같기도 했다. 누군가 나를 권총으로 쏘기 위해 벽 뒤에 숨어 있는 듯한 기분을 떨쳐 버릴 수가 없었다. 최근 부쩍 두려움에 시달리고 있었다. 깊은 밤, 사방이 물속처럼 조용할 때면 누군가 나를 죽이기 위해 2층으로 저벅거리며 올라오는 듯했다.

비가 오기 때문에 운동은 하지 않기로 했다. 하루쯤 운동을 쉬는 것도 나쁘진 않을 것이다. 8시가 지나서 아침을 먹고 다시 집무실로 내려갔다. 집무실 앞에는 차지철이 배치한 경호원 둘이 서 있다가 정중하게 인사했다.

수석비서관회의를 마친 김계원이 집무실로 들어왔다.

"도승지, 부산은 좀 어떻소?"

나는 김계원의 단정한 얼굴을 쳐다보고 물었다.

"송구합니다만 위수령을 내렸는데도 불구하고 마산에서도 시위가 있었습니다."

김계원이 고개를 떨어뜨린 채 대답했다. 하필이면 4·19 학생혁명의 기폭제가 되었던 마산에서 시위가 벌어졌다니 불길한 일임이 분명했다.

"시민들도 가세했나?"

"예."

"거참 중앙정보부는 어떻게 일을 처리하기에 마산까지 시위가 확대되고 있어? 계엄령이 선포되어 있는 것도 몰라?"

나는 김계원을 향해 짜증을 부렸다.

"김재규 부장 들어오라고 그래요."

"지금 부산에 내려가 있습니다."

"알았어요."

나는 시위가 확대되고 있다는 사실에 놀랐다. 김계원이 나가고 채 5분도 지나지 않아 차지철이 꼿꼿한 자세로 들어왔다.

"마산에서도 시위가 일어났다면서?"

"예, 시위대가 폭도로 변했습니다."

"폭도로 변해? 무슨 소리야?"

"어젯밤 마산 일대가 무법 천지가 되었다고 합니다. 파출소와 공화당 사무실이 불타고 경찰 순찰차가 습격을 받았습니다."

"아니 대체 경찰과 중앙정보부는 뭘 하고 있는 거야? 시위를 벌인 자들, 아니 폭도들이 어떤 자들인지 조사해 봤어?"

"폭도들은 모두 김영삼을 지지하는 자들입니다. 일반 시민들이 아닙니다."

"신민당이 뒤에서 배후 조종을 했나?"

"틀림없습니다. 17일 부산에서 시위가 일어나기 전에 서울에서 불온 유인물이 한 트럭이나 내려갔다는 소문이 돌고 있습니다."

"불온 유인물이라니?"

"각하와 유신헌법을 비난하는 유인물입니다. 김영삼이 조종한 것이 아니겠습니까?"

"아니, 김영삼이는 뭘 믿고 그래?"

"제명 사건 이후에 김영삼이 미국 대사를 만나기도 하고 CIA 한국 책임자가 김영삼을 만났다는 소문도 있습니다."

"CIA에서?"

"CIA에는 자기네 나라에 유리하지 않으면 언제든지 상대국을 전복시키는 훈련을 받은 요원들이 있습니다."

"그러니까 김영삼 뒤에 미국이 있다는 거 아니야? 김재규 당장 올라오라고 그래! 대체 정보 활동을 어떻게 하고 있는 거야?"

나는 신경질적으로 책상을 두들겼다. 차지철이 물러가자 나는 곧바로 노재현 국방장관에게 전화를 걸었다.

"국방장관, 북한의 동태는 어떻소?"

"각하, 별다른 조짐은 없습니다."

"만약의 사태를 대비하여 경계를 철저하게 하시오."

"예, 각하."

이어 정승화 육군참모총장에게도 전화를 걸었다. 정승화 총장도

북한의 동정은 이상 없다고 보고했다. 북한은 선동만 할뿐, 군사를 움직이고 있는 것 같지는 않았다. 나는 마지막으로 구자춘 내무장관에게 전화를 걸어 서울 시내 대학생들의 동정을 세세히 살피라는 지시를 내렸다.

오전에 집견실에서 유정회와 공화당 합동으로 의원회의가 열릴 예정이었다. 부마사태로 시국이 어수선했기 때문에 나는 각계각층의 인사들로부터 의견을 청취할 생각이었다. 오전 11시 30분, 수십 명의 지도급 인사들이 기다리고 있는 접견실로 향했다.

"모두들 앉으세요."

사람들을 둘러본 뒤에 나는 계속 말을 이었다.

"여러분들을 모신 것은 국정에 대해서 기탄없는 말씀을 듣기 위해서입니다. 어려워 마시고 무엇이든지 말씀해 주십시오."

한 신문사의 사장이 약간 상기된 얼굴로 먼저 입을 열었다. 그는 K신문의 사장으로 한때 반독재 투쟁을 한 경력도 있는 인물이었다. 머리는 반백이고 이마에 굵은 주름살이 그어져 있었다.

"각하를 뵐 수 있어서 무한한 영광입니다. 대한민국은 조국 근대화에 열과 성을 다하는 각하의 영도력에 힘입어 나라는 안정되고 기업은 발전하고 있습니다. 일부 불순분자들이 부산과 마산에서 학생들을 조종하여 시위를 벌였습니다만, 지금 부산은 진정되어 지극히 평화롭습니다. 시민들이 모두 평온하게 생업에 종사하고 있습니다."

"감사합니다. 신문사들이 협조를 잘해 주셔서 감사드립니다."

나는 신문사 사장에게 의례적인 인사를 건넸다. 이어 버스 회사

사장이 나를 조심스럽게 쳐다보았다.

"안녕하십니까? 저는 운수 회사를 경영하는 사람입니다. 각하의 영도력에 의해 우리 대한민국은 눈부시게 발전을 했습니다. 무엇보다 수출이 잘 이루어져 고도성장을 하고 있습니다. 빈부의 격차도 크지 않은 나라는 우리나라뿐일 것입니다."

버스 회사 사장은 빈부 격차를 이야기했다. 배가 나오고 대머리가 반들거리는 50대의 인물이었다.

"그래요, 아시아 국가에서 빈부 격차가 크지 않은 나라는 우리나라뿐일 것이오."

나는 버스 회사 사장의 말에 만족감을 표시했다. 나는 부자와 가난한 사람들의 격차가 심한 것을 바라지 않았다. 경제 건설을 하면서 가장 어려운 점이 그 부분이기도 했다.

계속해서 농민 대표가 말을 받았다.

"각하, 저는 시골에서 농사를 짓는 사람입니다. 각하께서 우리 농민들을 위한 정치를 해주시기 때문에 금년에도 풍년이 들었습니다."

극심한 수해가 있었는데도 풍년이 들었다는 것은 다행스러운 일이었다.

"수해는 괜찮았소?"

"피해를 보기는 했습니다만 수재의연금도 걷어 주시고 정부의 지원도 있어서 이겨낼 수 있었습니다."

농민 대표가 보고하는 동안 나는 현대건설의 젊은 회장 이명박을 응시했다. 그는 기업가 대표로 참가하고 있었다. 농민 대표의 발언이 끝나자 학계 대표로 한 교수가 일어나서 발언을 했다.

"저는 4·19 때 학생혁명을 주도적으로 한 사람으로 오늘의 학생 사태를 볼 때 그들의 생각이 아주 잘못되었다는 것을 알 수 있습니다. 부마사태는 학생들의 시국에 대한 안이한 발상, 불순분자들의 조종을 받은 시민들의 철없는 생각에서 일어난 일시적인 현상입니다. 각하께서 걱정을 하지 않으셔도 조만간 진정될 것으로 보입니다."

나는 교수의 발언에 아무 대꾸도 하지 않았다. 그는 식은땀을 흘리면서 자리에 앉았다. 그의 발언은 아무래도 차지철의 지시를 받은 것 같았다. 그의 뒤를 이어 몸이 호리호리하고 눈매가 날카로운, 새마을 지도자 옷을 입은 60대 초반의 노인이 천천히 자리에서 일어섰다.

"전국의 새마을 지도자를 위하여 한 말씀 드리겠습니다. 우리는 각하의 말씀을 받들어……."

새마을 지도자 대표인 노인은 갑자기 말을 잇지 못했다. 나는 그의 얼굴을 물끄러미 쳐다보았다. 말문이 막힌 듯 땀을 뻘뻘 흘리면서 어쩔 줄 몰라 했다. 당황한 그는 내 안색을 살피는 게 아니라 다른 누군가를 의식하면서 얼굴이 점점 하얗게 변하고 있었다. 새마을 지도자의 시선이 향한 곳에는 눈을 치켜 뜬 차지철이 있었다. 새마을 지도자는 3분이 지나도록 쩔쩔매기만 할 뿐이었다.

"그만하시지요. 외우셨다가 잊어버리신 모양입니다."

내 한마디에 장내에는 잔잔하게 웃음이 터졌다. 나는 자리에서 일어나 본관으로 향했다. 차지철이 황급히 뒤를 따라왔다.

"죄송합니다, 각하."

차지철이 머리를 조아렸다. 나는 그를 외면하고 본관 식당으로 들어갔다. 각계 지도급 인사들로부터 의견을 들으려고 했는데 요식 행위로 끝나고 말았다.

'차지철이가 나와 면담하는 사회 지도급 인사들에게까지 엉터리로 보고를 시키다니……'

화가 나서 견딜 수가 없었다. 그러나 차지철의 후임을 생각하자 마땅하게 떠오르는 사람이 없었다. 게다가 차지철만 물러나게 할 것이 아니라 중앙정보부장도 교체해야 했다.

* * *

이강호는 박정희가 10월 17일의 일을 기록한 것도 의미가 있다고 생각했다. 그러나 그 자세한 내막을 알 수는 없었다. 이강호가 알고 있는 것은 종말을 향해 달리는 가파른 정국이었다. 그 이면에는 무서운 음모가 도사리고 있었다. 1979년 여름이 되면서 박정희에 대한 압박은 사방에서 쏟아졌다. 박정희는 자신에게 쏟아지는 압박에 대응하고 M캡슐 문제에 대처하느라 자서전 집필에 집중할 수 없었을 것이다. 야당과 재야는 인권 대통령이라는 카터의 영향을 받아 더욱 가열 찬 투쟁을 했다.

육영수가 죽은 뒤에 박정희는 확실히 균형 감각을 잃고 있었다. 육영수는 청와대의 야당이라고 할 정도로 바른 말을 잘했다. 김수환 추기경이 명동성당에서 유신헌법을 비판한 뒤에도 박정희와 김수환 추기경이 독대할 수 있도록 자리를 마련해 준 것도 육영수였다. 그러나 육영수는 죽었고 박정희는 고독했다. 그는 자신이 위험하다는 사실을 알고 있었다.

국내 정치를 이끌어 온 것은 중앙정보부였다. 그러나 김재규 중앙정보부장은 국내 정치를 제대로 이끌지 못했다. 그는 사사건건 시비를 거는 경호실장 차지철에게 짓눌려 제대로 정보 보고를 하지 않았다.

오원춘 사건은 실패의 시작이었다. 이어 YH여공사건이 터졌다. 도대체 여공들이 어떻게 하여 신민당 당사에 가서 농성을 하게 되었을까. 이강호는 그 사실을 이해할 수 없었다. 여공들이 명동성당으로 가서 농성을 했다면 경찰을 투입하지 못했을 것이다. 그런데 여공들은 하필이면 신민당 당사에 가서 농성을 했다.

'불순분자들이 배후에서 사주하고 있어.'

박정희는 그렇게 생각한 것 같았다. 중앙정보부는 경찰에 무자비한 진압 명령을 내렸다. 경찰은 여공들을 진압하면서 국회의원들을 벽돌로 때렸고 야당 당수에게도 경찰봉을 휘둘렀다. 김영삼 총재는 머리에 상처를 입었고 농성을 하던 여공 김경숙 양은 진압 도중에 떨어져 죽었다. 경찰은 투신이라고 발표했고 야당은 경찰의 만행이라고 주장했다.

중요한 것은 이때 신민당 당사 밖에 수많은 시민들이 몰려와 여공들과 야당 국회의원들을 응원하고 있었다는 사실이었다. 경찰은 시민들 앞에서 여공들을 경찰봉으로 때려 가면서 진압하고 야당 국회의원들을 폭행했다. 미치광이 같은 짓들이었다.

9월이 되면서 정국은 더욱 파국을 향해 달려갔다. 중앙정보부는 신민당 국회의원들을 사주하여 김영삼 총재 직무 가처분 신청을 냈고 법원에서 이를 받아들였다. 그러나 신민당의 국회의원 대부분은 김영삼 총재를 지지한다고 선언했다.

정인숙은 총재 직무 권한 대행이 되었다. 그러나 그는 권한 대행을 할 생각이 없어서 망설였다. 신문 기자들이 그 집으로 몰려갔을 때 2층으로 숨는 기관원정보부 요원이 보였다. 김영삼은 〈뉴욕 타임스〉와의 회견에서 미국의 공개적인 개입을 요청했다.

"한국 정부에 대한 그의 거리낌 없는 반대로 체포 직전에 있는 것으로 믿어지는 한국 야당의 지도자는 카터 행정부에 박정희 대통령에 대한 지지를 끊으라고 요구했다. 야당 지도자 김영삼 씨는 그의 집에서 가진 회견에서 '미국은 국민과 끊임없이 유리되고 있는 정권, 그리고 민주주의를 열망하는 다수, 이 둘 중에서 어느 쪽을 선택할 것인지를 분명히 할 때가 왔다' 고 말했다."

〈뉴욕 타임스〉 회견문이 알려지자 공화당과 유정회는 경악했다. 그들은 김영삼을 맹렬하게 비난하면서 국회에서 의원직까지 제명했다. 야당 총재에 대한 제명은 유정회나 공화당이 이미 제정신이 아니라고 말하는 것이나 다를 바 없었다.

"닭의 모가지를 비틀어도 새벽은 온다."

김영삼은 국회에서 마지막 한마디를 남기고 떠났다. 김영삼 총재의 의원직 제명은 불붙은 섶에 기름을 부은 것이나 다를 바 없었다.

10월 18일 0시를 기해 정부는 부산에 비상계엄령을 선포하고 계엄군을 투입하여 1,058명을 연행하고 66명을 군사 재판에 회부했다. 그러나 시민과 학생들은 시위를 멈추지 않았다. 계엄령으로 부산에서 시위를 하는 시민과 학생들은 진압했으나 시위는 마산 지역으로 확산되었다. 10월 19일에는 마산수출자유지역의 근로자와 고등학생들까지 합세하여 마산 시내는 한때 치안 부재의 상태가 되기도 했다.

10월 20일 정부는 마산 및 창원 일원에 위수령을 발동하여 505명을 연행하고 59명을 군사 재판에 회부했다.

'박정희가 삽교천에서 돌아와 궁정동에 가지만 않았어도 시해되지는 않았을 텐데……'

이강호는 그렇게 생각했다. 박정희는 10월 26일 삽교천 준공식에 참석하고 청와대로 돌아와 술을 마시기 위해 궁정동으로 향했다. 이강호는 자서전의 마지막 부분을 다시 읽기 시작했다. 가장 기이한 부분이었다. 죽어 가는 박정희의 모습이 기록돼 있어 어리둥절했다. 자서전의 마지막 부분은 누군가 대신 쓴 듯했다.

* * *

요란한 총성이 울리면서 가슴을 불로 지진 듯한 뜨거운 열기가 확 스치고 지나갔다. 나는 가슴에서 뜨거운 것이 콸콸 흘러내리는 것을 느끼며 김재규 중앙정보부장을 우두커니 쳐다보았다. 순간 비굴해지지 말자고 생각했다. 구차하게 살려 달라고 애원을 해서는 안 된다. 어쩌면 이러한 순간이 닥쳐올 것이라고 막연하게 생각하고 있지 않

176

았는가. 그럴 때마다 혁명가답게 죽어야 한다고 생각했다. 그러나 한 줄기 회한이 스쳐오는 것은 나도 한낱 인간이기 때문일까?

'아아, 이렇게 죽어야 하는 것인가. 나는 아직 할 일이 남아 있는데 이렇게 죽을 수는 없어.'

나는 내가 신뢰하던 부하의 총에 맞았다는 사실을 믿을 수 없었다. 오른쪽 팔에 총을 맞은 차지철은 실내에 있는 화장실로 달아났고 여자들은 울음을 터뜨렸다. 나는 눈앞에서 벌어진 광경을, 마치 영화의 한 장면을 되돌려 보듯 불과 몇 초 전에 일어난 장면들을 머릿속에 그려 보았다.

"각하, 이따위 버러지 같은 자식을 데리고 정치를 하니 올바로 되겠습니까?"

김재규의 말은 총성보다 더욱 크게, 마치 벼락이 떨어지듯 내 귓전을 울렸다. 18년 동안 이 나라를 통치해 온 나에게 던진 김재규의 말은 비수보다 더욱 예리했다. 나는 마치 비수로 살점을 조각조각 도려내는 듯한 기분을 느꼈다. 김재규는 말을 끝내고 앉은 채 허리에서 권총을 뽑아 차지철에게 한 발을 발사하고 곧바로 일어서서 나에게 한 발을 발사했다. 그것이 가슴에서 붉은 선혈을 콸콸 흘러내리게 한 것이다. 선혈은 벌써 방바닥으로 흥건하게 번져가고 있었다.

"각하, 괜찮으세요?"

여자들은 유혈이 낭자한 내 가슴과 등을 손으로 막고 지혈을 하면서 울음을 터뜨렸다. 그녀들의 손은 피투성이가 되었고 얼굴은 눈물과 땀으로 젖어 있었다.

"······ 괜찮아."

나는 상반신을 숙이고 피가 흘러내리는 가슴께를 내려다보았다. 고통은 느껴지지 않았다. 그러나 피가 흘러내리는 가슴의 상태를 본 순간, 살 수 없을 것이라는 직감이 빠르게 뇌리를 스쳤다. 20년 넘게 군 생활을 했기 때문에 한눈에 알아볼 수 있는 치명적인 상처였다. 총에 맞은 이상 살 수 없을 것이라는 생각이 들자, 문득 가슴 저 밑바닥에서 슬픔으로 엉킨 덩어리 하나가 턱까지 치밀어 오르는 듯한 기분이 들었다.

밖에서는 계속 총성이 들리고 있었다. 중앙정보부 요원들과 청와대 경호실 요원들이 총격전을 벌이고 있는 모양이었다. 나는 눈을 감았다. 문득 북한이 쳐내려오지 않을까 하는 생각이 빠르게 뇌리를 스치고 지나갔다. 내부에서 반란이 일어나면 호시탐탐 기회만 노리고 있는 북한이 무슨 짓을 저지를지 모른다. 어서 국방장관에게 전화를 해서 전방의 경계를 강화하라는 지시를 내려야 할 텐데······. 나는 그렇게 생각했다.

"각하, 정신 차리세요."

누군가 다시 나의 어깨를 흔들었다. 나는 살며시 눈을 떴다. 가수 심수봉의 얼굴이 흐릿하게 시야에 들어왔다.

"각하, 돌아가시면 안 돼요."

나도 죽고 싶지 않았다. 그러나 지금 이것이 꿈이 아니라면 죽음은 피할 수 없을 것이다. 문득 사랑하는 아이들의 얼굴이 떠올랐다. 명치끝이 묵지근하게 저려 왔다. 총상에 의한 통증이 아니라 아이들 때문이었다. 제 어머니도 총탄에 잃었는데 아비마저 총을 맞고 죽는다면 얼마나 가슴이 아플 것인가. 가엾고 불쌍한 녀석들…….

또다시 심수봉의 노랫소리가 귓전을 찰랑거리며 울린다. 성량이 풍부하고 애조를 띤 가수, 그녀가 콧노래로 허밍을 부를 때면 이상하게 그 노랫말이 가슴을 직썼디. 그녀는 아직 유반을 발표하지는 않았으나 이미 노래는 만들어져 있다고 말했었다.

> 이 몸이 죽어 한 줌의 흙이 되어도
> 하늘이여 보살펴 주소서, 내 아이를 지켜 주소서.
> 세월은 흐르고 아이가 자라서 조국을 물어오거든
> 강인한 꽃 밝고 맑은 무궁화를 보여주렴,
> 무궁화 꽃이 피는 건 이 말을 전하려 핀단다.
> 참으면 이긴다.
> 목숨을 버리면 얻는다…….

'목숨을 버리면 얻는다'는 구절을 떠올리자 갑자기 눈물이 핑 돌았다. 목숨을 버리면 나는 무엇을 얻는다는 말인가. 아아, 나는 무엇을 향해 여기까지 왔는가. 나는 목이 메어 왔다. 나는 이렇게 죽어서는 안 된다. 아직도 할 일이 남아 있지 않은가. 자주국방도 완수해야 하고 통일도 이루어야 한다. 경제를 더욱 발전시켜 선진국 대열에 합류시켜야 한다. 그런데…… 자꾸 눈이 감겨 왔다. 눈꺼풀이 너무 무거웠다. 자욱하게 흘러내린 피가 눈앞을 가리는 것만 같았다.

"각하, 괜찮으십니까?"

차지철이 화장실에서 얼굴을 내밀면서 물었다. 나는 차지철을 보자마자 얼굴을 찌푸렸다. 아아, 경호실장이 어찌하여 총도 갖고 있지 않았는가. 그가 총을 갖고 김재규에게 대항했다면 이렇게 허망하게 죽어 가지는 않았을 것이다.

"괜찮아."

나는 입속으로 중얼거렸다. 차지철이 비로소 조심스레 만찬장으로 나왔다. 그런 다음 밖을 향해 소리를 질러댔다.

"경호원! 경호원!"

그때 우당탕대는 발자국 소리가 들리더니 김재규가 다시 뛰어 들어왔다. 그는 실내 화장실로 피했다가 뛰쳐나온 차지철을 향해 총을 난사했다. 총성이 귓전을 먹먹하게 울렸다. 공포에 질린 여자들은 나를 버려둔 채 화장실로 뛰어 들어갔다. 차지철을 향해 총을 쏘는 김재규의 총소리가 귓전을 요란하게 울렸다.

'차지철이 죽는구나.'

나는 그렇게 생각하자 공허했다.

"각하는 국가이십니다."

5·16을 일으키고 얼마 되지 않았을 때 차지철이 나에게 말했었다. 이제 그런 차지철이 김재규의 총탄에 맞아 죽어 가고 있는 것이다.

'김 부장……'

나는 입을 벌려 김재규를 부르려고 했다. 그러나 손끝 하나 움직일 수가 없었다. 의식은 또렷했으나 몸을 전혀 움직일 수가 없었다.

김재규의 호흡이 유난히 크게 들렸다. 그가 잔뜩 긴장하고 있다는 것을 느낄 수 있었다. 김재규가 나의 머리에 권총을 들이댔다. 머리에 쾅하는 충격이 느껴지면서 구멍이 뚫린 듯한 기분이 들었다. 피가 주르르 쏟아져 얼굴을 흠뻑 적셨다. 이런 상태에서도 의식이 뚜렷하다니…… 꿈을 꾸고 있는 것인가. 피가 입으로 흘러들었다. 김재규가 다시 밖으로 뛰어나갔다. 갑자기 사방이 컴컴해지면서 아무것도 기억할 수 없게 되었다. 얼마나 오랜 시간이 지났는지 알 수 없었다. 의식이 돌아오면서 화장실에서 나와 울음을 터뜨리는 여자들의 흐느낌과 사람들이 뛰어다니는 급박한 발자국 소리가 들려왔다.

"뭣들 하고 있어? 빨리 각하를 병원으로 모셔."

김계원 비서실장이 그때서야 궁정동 안가로 뛰어 들어와 소리를 질렀다. 김계원은 육군 대장 출신으로 중앙정보부장과 자유중국대사로 임명했다가 비서실장으로 발탁했던 인물이다. 욕심이 없는 것이 흠이어서 비서실장에 발탁했으나 경호실의 차지철에게 눌리고 있는 듯한 기분이었다. 대장 출신답지 않게 수동적이고 얌전했다. 나는 며칠 전부터 개각을 하게 되면 좀 더 능동적인 인물로 바꾸어 차지철을 견제해야 한다고 생각했었다.

사람들의 요란한 발자국 소리가 들렸다.

"무슨 일이야?"

"각하께 무슨 일이 생긴 거야?"

사람들이 웅성거리는 소리가 잡다한 소음들과 섞여서 웅웅거렸다. 나는 새삼스럽게 이곳이 중앙정보부 궁정동 안가라는 생각이 들었다. 궁정동 안가에는 청와대 경호원들이 불과 몇 명에 지나지 않았다. 궁정동 같은 곳에서 술을 마실 때면 최소한의 경비 인원만을 배치했던 것이다. 아무래도 청와대 경호원들이 중앙정보부의 요원들에게 집중적으로 공격을 당하고 있는 것 같았다.

'경호원들과 중정 요원들이 서로를 죽이면 안 되는데……'

가슴이 저려 왔다. 그들끼리 총격전을 벌여 죽는 것은 불행한 일이었다. 혁명을 일으키든지, 쿠데타를 일으키든지 희생을 적게 해야 했다. 그런데 김재규는 왜 나를 쏜 것일까. '각하, 이런 버러지 같은 놈과 정치를 하면 올바로 되겠습니까?' 나는 김재규의 질문을 머릿속에 떠올렸다.

'그럼 자네하고 정치를 하면 잘되었겠나?'

나는 김재규에게 되묻고 싶었으나 입이 떨어지지 않았다. 최근의 시국에서 김재규가 책임을 회피하는 것은 옳지 않았다. 정보 수집에 문제가 있었고 야당을 제대로 다루지 못했다. 대체 중앙정보부장이 무엇을 했단 말인가. 네가 나를 죽이고 정권을 잡으려고 했다면 잘못이다. 쿠데타는 한 번으로 족하다. 쿠데타가 여러 번 일어나는 나라는 망한다.

김 부장, 자네가 정권을 잡는다고 해도 독재자라는 비난을 면하기는 어려울 거야. 자네 뒤에 미국이, CIA가 있다는 것은 익히 알고 있네. 자주국방은 어떻게 하려고 하나? 지도자의 위치가 얼마나 고독한 것인지 알기나 하는가? 독기를 품지 않으면 살아갈 수가 없어. 나는 김재규에게 그렇게 말하고 싶었다. 지난 18년 동안 오로지 독기를 품고 살아왔다고 말하고 싶었다.

'아아, 김재규는 어떻게 하려고 이런 짓을 저지른 것일까.'

나는 눈을 뜰 수 없었다. 누구인지는 알 수 없었으나 사람들이 나를 등에 업고 달리다가 차로 옮겼다. 나의 망막에는 캄캄한 어둠만이 비치고 있었다.

"각하를 어디로 모십니까?"

누군가 황급히 물었다.

"국군병원으로 가."

김계원 비서실장이 명령을 내렸다. 국군 서울지구병원은 경복궁 앞에 있었다. 청와대와 지척이었다. 그 병원에는 대통령 전용 병상이 있었다. 차가 빠르게 움직이기 시작했다. 피는 더욱 많이 흘러내리고 있었다. 나는 시간의 흐름을 가늠할 수 없었다. 사방이 온통 캄캄했기 때문에 이미 황천에 이른 것이 아닌가 하는 생각이 뇌리를 스쳤다. 그러자 가슴이 미어지도록 슬펐다. 죽음을 생각해 보지 않은 것은 아니었다. 아내가 죽었을 때도 죽음을 생각했고, 형님이 죽었을 때도 죽음이 무엇인지 며칠 동안 골똘하게 생각한 적이 있었다. 그러나 살아 있는 동안에는 죽음이 무엇인지 알 길이 없었다.

'아아, 그런데 어떻게 하다가 이렇게 된 것일까.'

나는 헝클어진 실타래를 풀듯이 지나간 날들을 되돌려보기 시작했다. 그때 노랫소리가 다시 귓전에 울리기 시작했다.

내일은 등불이 된다

무궁화가 핀단다

날지도 못하는 새야 무엇을 보았니

인간의 영화가 덧없다

머물지 말고 날아라

조국을 위해 목숨을 버리고 하늘에 산화한 저 넋이여

몸은 비록 묻혔으나 나라 위해 눈을 못 감고

무궁화 꽃으로 피었네

이 말을 전하려 피었네

포기하면 안 된다, 눈물 없인 피지 않는다

의지다, 하면 된다.

나의 뒤를 부탁한다

이상한 일이다. 왜 죽어가는 순간에 이 노래가 떠오르는 것일까. 아이들에게 무엇을 부탁하고 싶은 것일까. 나는 문득 소리를 내어 울고 싶어졌다.

혁명가로 평생을 보낸 내가 왜 이렇게 약해진 것일까. 나도 한낱 인간에 지나지 않는 것일까.

나의 뇌리에 딸 근혜의 얼굴이 스치고 지나갔다. 제 어머니가 죽자 5년 동안이나 퍼스트레이디 역할을 대신해 온 큰딸이었다. 육군사관학교 생도인 아들 지만의 얼굴도 떠올랐다. 제 어머니가 죽은 뒤에도 묵묵히 잘 자라서 듬직했는데, 막내라 늘 어리광을 부리기 일쑤였다.

"여기 책임자 누구야? 빨리 수술 준비해."

김계원이 병원 문으로 뛰어 들어가면서 소리를 질렀다. 누군가 차에서 내려 나를 들쳐 업었다. 당직 군의관인 모양이다.

"빨리 응급실 진료대에 눕혀!"

김계원이 나를 업고 뛰는 사람에게 소리를 질렀다. 나는 간호병들에 의해 국군병원의 진료대에 눕혀졌다.

"누굽니까?"

군의관이 김계원에게 물었다.

"당신이 책임자야?"

"예."

"병원장 불러, 김병수 병원장 말이야."

"여기에 환자를 눕히면 안 됩니다. 여기는 대통령 각하 전용 병상입니다."

"나는 대통령 비서실장이야. 지금 진료대에 누워 계신 분을 빨리 치료해!"

"진료대에 있는 분이 누굽니까?"

"그런 건 알 필요 없고 살려내기나 해!"

김계원이 버럭 소리를 질렀다. 군의관이 황급히 다가와 응급조치를 하기 시작했다.

"각하."

그는 나를 한눈에 알아보았다. 나는 눈을 뜨고 희미하게 미소를 지었다. 그러나 그를 향해 아무 말도 할 수 없었다. 이상하게 무슨 말을 해야 할지 떠오르지 않았다. 군의관이 다급하게 맥을 재고 아직도 선혈이 흘러내리는 총상을 살폈다.

"수술 준비해!"

그는 총상을 살핀 뒤에 소리를 질렀다.

"과장님, 늦었습니다. 혈압이 완전히 떨어졌습니다."

군의관들이 당황한 표정으로 말했다. 나의 전신이 경련을 일으켰다. 팔다리가 부들부들 떨려오고 눈에 초점이 흐려졌다.

"호흡과 맥박이 멎었습니다."

군의관들이 다급하게 말했다.

"에피네프린 주사, 빨리!"

"서거하셨습니다."

누군가 낮게 말했다. 순간 병실 안은 갑자기 깊은 적막에 빠져들었다. 그때 여자 군의관들이 갑자가 울음을 터뜨렸다. 나는 정신이 혼미해졌다. 마치 아득한 나락으로 추락하듯 발밑이 한없이 꺼지는 듯한 기분이었다. 군의관은 죽었다고 말했으나 나는 아직도 의식이 남아 있었다. 아직 죽지 않았다고 의식 속에서 세차게 머리를 흔들었다. 아득한 현기증과 함께 졸음이 밀려오는 것은 피를 너무 많이 흘렸기 때문일 것이다. 대체 얼마나 많은 피를 흘린 것일까. 눈앞이 갑자기 캄캄하게 어두워져 왔다.

강대국의 장기판

1979년 10월 26일 박정희는 중앙정보부장 김재규에 의해 시해되었다. 박정희의 죽음은 18년 동안의 통치를 마감하는 것이었다. 국민들은 충격에 빠졌고 유신체제는 종말을 맞이했다. 합동수사본부는 김재규의 박정희 시해가 차지철과의 갈등 때문이라고 발표했다.

한국 현대사에 큰 발자국을 남긴 박정희는 수많은 국민들의 애도 속에 국립묘지에 묻혔다. 육영수의 죽음 이후 5년 만에 또다시 되풀이된 박정희의 죽음은 혁명가로서는 허망한 것이었다.

'어머니의 뒤를 이어 아버지도 그렇게 죽었으니 가슴이 찢어지는 듯했겠지.'

이강호는 박정희의 죽음에 충격을 받았을 박근혜를 잠시 생각했다.

'박정희는 정미경 중위와 이무영 소령을 보호하려고 최선을 다했어.'

박정희가 자서전에서 정미경과 이무영의 이름을 이니셜로 표기한 것은 그 때문이었다.

정국은 문재인, 박근혜, 안철수 후보가 박빙의 지지율을 보이고 있었다. 대통령 후보 출마 여부가 불확실했던 안철수도 출마를 공식적으로 선언했다. 그러한 가운데 박근혜가 인혁당 사건에 대해 언급한 것이 문제가 되어 야당으로부터 집중적인 공격을 받고 있었다. 야당과 인혁당 사건 피해자들이 분노하여 박근혜에게 사과를 요구하고 있었다. 이강호는 그날 서광표를 찾아가 술을 마셨다.

"인혁당 사건은 박근혜와 직접 관련이 없는데 왜 사과를 하라는 거야?"

이강호는 논리적으로 맞지 않는다고 생각했다.

"박정희의 딸이기 때문이지."

서광표가 술을 한 잔 마신 뒤에 말했다. 헌책방이 있는 그의 가게 앞으로 많은 사람들이 지나갔다. 사람들의 얼굴은 우울해 보였다. 경기 침체로 실업자가 넘치고 자영업자들이 고통스러워하고 있었다. 대통령 선거는 깊은 불황에 빠진 한국 경제를 어떻게 살리느냐가 중요한 관건이 될 것이 분명했다.

"아버지가 지은 죄를 왜 딸이 사과해야 돼?"

"역사 인식에 문제가 있어."

"두 번의 판결이라고 언급한 거?"

"그래, 재심을 하면 첫 번째 재판은 무효가 되는 거야. 인혁당 피해자를 생각해 봐. 죄 없이 남편과 아버지를 잃고 가족들이 평생 고통스럽게 살았어."

"박근혜의 죄는 아니지. 그 짓을 저지른 것은 중앙정보부장 김형욱이잖아?"

이강호는 인혁당 사건을 박근혜에게 사과하라고 요구하는 것은 논리적 모순이라고 생각했다.

"그런 일들이 모두 박정희 치하에서 일어났어. 본격적인 대통령 선거에 들어서면 달라질걸."

"뭐가 달라져?"

"유신체제를 사과하라고 야당 후보들이 난리를 칠 거야."

"그거야 충분히 예상하고 있는 일 아니야? 박근혜는 역사의 평가에 맡기자고 말하고 있고…… 어쨌든 유신도 박근혜가 저지른 일이 아니잖아?"

"박근혜는 유신의 잔당이야. 유신시대에 엄연히 퍼스트레이디 역할을 했어."

이강호는 서광표의 말에 정신이 번쩍 드는 기분이었다. 확실히 박근혜는 유신과 관련하여 완전히 자유로울 수 없다고 생각했다.

"유신이 나쁘다는 것은 누구나 알고 있어. 그런데 박정희가 유신을 했어도 그냥 독재자인가? 애국한 일은 왜 평가하지 않는 거야?"

이강호는 박정희가 자주국방을 위해 핵무기를 개발하던 일을 떠올렸다. 대통령이 되려는 사람들이 얼마나 자주국방에 관심을 갖고 있는가. 기이하게 최근 대통령 선거에 출마한 후보들이 자주국방에 대해 언급하는 것을 본 일이 없었다. 이강호는 자주국방에 관심이 없는 사람이 대통령이 되어서는 안 된다고 생각했다.

"이무영 소령을 아나?"

"몰라, 뭘 하는 사람이야?"

"핵무기 제조 설계도를 미국에서 한국으로 가져왔다가 고문을 받은 사람이야. 그래서 자서전에 L과 J로 표기한 거야."

"L이 이무영 소령이고 J가 정미경 중위라는 거야?"

이강호는 고개를 끄덕거렸다.

"소설 같은 이야기야."

서광표가 잘라 말했다.

"아니, J는 지금도 살아 있어. 원하면 만나게 해줄 수도 있어."

서광표는 믿을 수 없다는 표정이었으나 그녀에 대해 자세하게 이야기하자 충격을 받은 듯했다.

"나는 박정희가 자주국방을 실현하려고 한 것을 높이 평가해. 요즘의 대통령 후보들은 복지만 부르짖고 있어."

"박정희 추종자가 되었군."

서광표가 이강호를 비웃듯이 말했다.

"새마을운동이나 경제 발전은 어떻게 보나? 그것도 실패한 것으로 생각해?"

"성공한 점도 있지. 그렇다고 해도 민주주의를 탄압하고 부정부패를 저지른 것을 용서받을 순 없어."

이강호는 서광표의 말에 고개를 끄덕거렸다. 그의 말이 틀린 것은 아니었다. 이강호는 서광표와 헤어져 집으로 돌아왔다. 언론은 유력한 대통령 후보들의 동정을 연일 쏟아내고 있었다. 이강호는 대통령 선거의 향방을 도무지 예측할 수 없었다. 박근혜, 문재인, 안철수가 치열한 경합을 벌이고 있었다.

이튿날 이강호는 다시 안동으로 내려갔다. 큰아버지 제삿날이었기 때문에 모처럼 내려간 것이다. 제사가 끝나고 제사 음식을 나누어 먹을 때 자연스럽게 대통령 선거 얘기로 화제가 옮겨 갔다.

"박 대통령이 독재를 한 것은 맞제."

"그래도 경제를 발전시킨 거라."

사촌들도 박정희에 대해 평가가 엇갈리고 있었다. 많은 국민들이 박정희 평가에 대해 혼란스러워하고 있었다. 박정희는 확실히 한국 현대사에서 넘어야 할 산이었다.

"박정희는 결점이 참 많은 사람이야. 그래서 더 인간적이지."

며칠 후 이강호는 박근혜를 취재하다가 박정희가 새마을운동에 뛰어들었을 때의 이야기를 한 노인으로부터 듣게 되었다. 그는 청와대에서 수행비서로 일했던 사람이었다. 한때 국회의원을 지내기도 했으나 지금은 충남 홍성에 있는 노인요양병원에 입원해 있었다.

"나는 대통령이 사단장 시절 군대에서 부관으로 일을 하다가 청와대로 들어갔어."

노인은 어느덧 80세가 되었고, 목소리를 알아듣기 어려워 바짝 귀를 기울여야 했다.

"대통령은 어떤 사람이었습니까?"

"그냥 사람이지. 부부 싸움도 하고…… 소리를 지르기도 하고……

아들이 고등학교에 다니면서 담배를 피우자 노발대발하기도 했지…… 아들이 군대에 갈 때는 몹시 슬퍼하기도 했고……."

"박지만 씨 말입니까? 육사에 간 걸로 알고 있는데 아닙니까?"

"육사는 군대 아니오?"

노인이 면박을 주듯이 퉁명스럽게 말했다. 박지만이 육사에 갈 때 박정희가 안타까워했다고? 다른 사람들은 논산훈련소에 가서 훈련을 받고 전방으로 배치된다. 육사에 간 것을 안타까워했다면 박정희는 마음이 여린 것이다.

"부부 싸움은 어떻게 했습니까? 육영수 여사는 부부 싸움을 안 할 것 같은데요."

"사단장이었을 때일 거야. 부부 싸움이 꽤 격렬했어. 대통령이 부인에게 재떨이를 던지려고 하더군. 우리가 보는 것을 보고는 깜짝 놀라 멈추기는 했지만…… 여사님도 소리를 지르고 있었어."

이강호는 박정희와 육영수가 부부 싸움을 했다는 사실에 놀랐다.

"박근혜가 대통령에 나섰는데 어떻게 생각하십니까?"

"뭘 어떻게 생각해?"

"야당은 유신과 독재에 대해 사과하라고 요구하고 있습니다."

"박근혜를 찍거나 찍지 않거나 나는 상관 안 해. 그런데 이해 못하는 게 있어. 왜 그 사람들이 박근혜에게 사과하라는 거야?"

"박근혜는 딸이 아닙니까?"

"그건 공연한 트집이야. 아버지가 한 일을 자식에게 사과하라고 하다니…… 역사의 판단에 맡긴다는 말이 참 절묘해."

"박근혜가 곧 전향적으로 유신시대에 대해 언급할 것이라는 보도가 있더군요."

"그럼 야당은 진심에서 우러나오지 않았다고 또 이유를 갖다 붙이겠지."

이강호는 노인과 이런저런 얘기를 더 나누다 서울로 올라왔다.

'내 무덤에 침을 뱉어라?'

박정희가 했다는 말이 비장한 여운을 가지고 귓전으로 들려왔다. 이강호는 정미경에게 들은 이야기가 다시 머릿속에 떠올랐다.

* * *

커튼 사이로 들어온 햇살이 대통령의 책상 위에 기묘한 무늬를 그리고 있었다. 오전 10시. 청와대 대통령 집무실은 기침 소리 하나 없이 조용했다. 서종원 안보 담당 특별보좌관은 메모지를 읽고 있는 대통령을 지그시 응시했다. 대통령은 그것을 두 번이나 되풀이해서 읽고 있었다.

"임자, 마침내 성공했구먼."

대통령이 마침내 환한 표정을 지으며 담배를 꺼내 물었다.

"예, 각하."

서종원이 고개를 숙여 대답했다.

"그럼 빨리 대기 중인 과학자들을 마이애미로 보내야지."

"각하, 송구스럽습니다만 제가 이미 조처했습니다."

"뭐라고? 임자가 조처했어?"

대통령이 불쾌한 표정으로 얼굴을 찡그렸다. 대통령은 그를 차갑게 쏘아보고 있었다.

"죄송합니다, 각하! 워낙 시급한 사안이라 제가 결정을 내렸습니다. 지금쯤 김포공항에서 출국했을 겁니다."

"잘했어."

대통령이 빈정거리는 투로 말하고 창가를 걸어갔다. 서종원 안보담당 특별보좌관은 창가에 서서 쓸쓸하게 담배를 피우고 있는 대통령의 뒷모습을 착잡한 기분으로 응시했다. 대통령도 이제는 늙었다는 생각이 들었다. 작지만 다부진 체격을 갖고 있었고 사리 판단이 분명하던 대통령이었다. 그러나 이제는 늙고 왜소해 보일 뿐 아니라 사고력까지 흐려진 것 같았다.

'영부인을 잃은 것은 큰 손실이었어.'

1974년 8월. 문세광의 흉탄에 육영수 여사를 잃은 뒤부터 대통령은 변했다.

"햇살이 참 좋군."

대통령이 창밖에 시선을 준 채 말했다. 비가 그친 뒤의 청와대 뜰은 청정하게 푸른 기운을 띠고 있었다.

"그들을 잘 보호하시오."

"예, 각하."

그는 고개를 숙여 대답했다. 대통령은 비밀리에 국방부 정보국 소속의 이무영 소령을 미국으로 파견했다. 이무영 소령이 임무를 잘 수행하여 M캡슐을 확보했다는 보고 때문에 대통령의 기분은 좋아져 있었다. 그러나 대통령은 한 가지를 놓치고 있었다. 이무영 소령이 M캡슐을 가지고 한국에 온다면 대통령의 목숨이 위태로워진다. 미국은 그를 실각시키는 것보다 제거하는 방법을 선택할 것이다.

"마이애미에 언제 도착할 것 같소?"

"내일 밤이나 되어야 도착할 것입니다. 이스라엘 쪽에서도 그 시간이 되어야 도착할 것으로 보입니다."

대통령이 침묵을 지켰다. 그는 마른침을 삼켰다.

"정보부장이 들어왔었소."

"비서실장에게 들었습니다."

"미국에 있는 우리 첩보원이 M캡슐을 회수했다고 보고를 하더군. 워싱턴으로 M캡슐이 오고 있는데 CIA에서 비상을 치고 있다는 거야. 그러면서 M캡슐을 LA 영사관으로 보내는 게 어떻겠냐고 의향을 묻더군. 그래서 이무영 소령이 워싱턴으로 무사히 잠입할 방법이 있으니 걱정하지 말라고 그랬지."

대통령이 엷게 소리를 내어 웃었다.

"오원춘 사건을 잘 해결하라고 지시했소."

"예."

"가톨릭이 그렇게 강하게 나오리라고는 나도 예상하지 못했던 일이오."

대통령에게 반기를 들고 있는 것은 가톨릭뿐이 아니었다. 학계와 문화계, 노동계 할 것 없이 양심적인 지식인들이 노골적으로 대통령의 통치에 반기를 들고 있었다. 민심은 이제 대통령을 떠나고 있었다. 그는 대통령에게 그 말을 하고 싶었으나 입이 떨어지지 않았다. 대통령은 대통령을 둘러싸고 있는 인의장막부터 제거해야 했다.

"그만 물러가겠습니다."

서종원은 대통령이 아무 말이 없자 공손히 허리를 숙이고 대통령의 집무실을 나왔다. 그는 청와대의 특별보좌관실로 돌아와서 책상에 앉아 담배부터 한 대 피워 물었다. 가슴이 답답했다.

'어쨌거나 자주국방은 이루어야 해. 자주국방을 위해선 핵무기의 보유는 필수적이야.'

그는 담배를 두 대나 거푸 피우고 나서야 청와대를 나왔다.

솔리스트 폴은 워싱턴 CIA 본부에서 슈퍼컴퓨터 모니터를 체크해 나가기 시작했다. 서울의 중앙정보부로부터 이무영 소령이 워싱턴 한국대사관으로 M캡슐을 가져올 것이라는 보고가 들어와 있었다. 이무영 소령은 M캡슐을 한국 대사관으로 가져와 외교 행낭을 통해 한국으로 운반하려는 계획이 분명했다. 외교 행낭은 국제 관례상 검색이 불가능했다. 외교 행낭을 검사하거나 외교관을 체포하면 국제적인 비난을 받는다. 어떻게 해서든 이무영 소령이 워싱턴으로 잠입하는 것을 막아야 했다.

"워싱턴에 비상망을 쳤나?"

부국장이 그의 어깨를 툭 치며 물었다.

"예, CIA 요원들을 풀어서 공항과 고속도로 주변을 완전히 봉쇄

했습니다."

요원들은 매 시간 전화로 '이상 없음'이라는 보고를 해오고 있었다. 그들은 전국의 공항과 항공 탑승자 명단과 렌터카 대여 상황까지 체크하고 있었다.

"한국대사관은 어떤가?"

"조용합니다."

"대사관의 전화는 모두 도청하고 있나?"

"예, 전화뿐만 아니라 한국대사 집무실과 무관실도 도청을 하고 있습니다."

"대사관저와 무관관저는?"

"대사관 고위 직원들과 거처도 모두 도청하고 있습니다."

부국장이 고개를 끄덕거렸다. 솔리스트 폴은 담배를 꺼내 물고 불을 붙여 연기를 내뿜었다. 자신도 알 수 없는 불길한 예감이 뇌리를 엄습하고 있었다.

"한국 요원들은 어디 있나?"

"정기택 대위와 한영애 중위가 워싱턴으로 오고 있답니다."

"왜 군인들이 움직이는 거야."

"아무래도 중앙정보부를 믿지 못하는 것 같습니다."

"그들을 체포할 건가?"

"M캡슐을 회수하기 전에는 체포할 수 없습니다. 그들이 아니면 이무영 소령을 찾을 수가 없습니다."

"그들도 이무영 소령의 행동대원인가?"

"정기택과 한영애는 애인 사이입니다. 정보국 소속이기는 하지만 특별히 위험한 공작은 수행한 적이 없습니다."

애송이라는 뜻이었다.

"M캡슐을 회수하지 못할 가능성도 있나?"

부국장의 질문에 솔리스트 폴은 대답하지 않았다. 첩보전은 상대적이라고밖에 할 수 없다. 상대방이 우수하면 이쪽에서 실패할 것이고 상대방이 약하면 이쪽에서 승리할 것이다.

"카터 대통령이 M캡슐에 지대한 관심을 갖고 있다는 것을 알고 있나?"

그는 어깨를 으쓱했다. 그것은 상식에 속하는 얘기였다.

"카터 대통령은 포스트 박을 제거할 계획을 세우라고 CIA에 지시했네."

"계획입니까?"

"M캡슐을 제대로 회수하지 못할 때는 계획이 아니라 명령이 떨어지겠지."

"그런 일은 아마 없을 것입니다. 서울까지 쫓아가서라도 M캡슐을 회수해 오겠습니다."

"하원 비밀군사위원회에서 예산까지 배정 받았네."

그것은 놀라운 일이었다. 하원 비밀군사위원회에서 예산까지 통과되었다면 머지않은 장래에 한국엔 정변이 일어날 것이다.

"어떤 방법을 동원합니까?"

"여러 가지 방법을 모두 검토하고 있네. 학생 데모로 실각시키는 방법, 군부 쿠데타로 포스트 박을 축출하는 방법, 암살자를 파견해서 저격하는 방법…….”

“암살자를 파견한다면 한국인들의 미국에 대한 감정이 나빠질 텐데요.”

“그래서 우리 같은 고급 첩보원이 필요한 거야. 국가에서 공연히 우리에게 봉급을 주고 있는 줄 아나?”

부국장이 어깨를 흔들며 웃었다. 그는 CIA에서 주류 쪽에 속하는 인물이었다. 국제 정세를 분석하고 정변을 일으키는 데 능숙했다. 요인을 암살하거나 상대 첩보원을 제거하는 것은 비주류인 그들의 몫이었다. 승진을 하거나 정계로 진출할 수도 없었다. 그들에게는 다만 얼마나 유능하냐 하는 등급만 있을 뿐이었다.

“이미 암살자가 결정되었습니까?”

솔리스트 폴은 부국장을 빤히 쳐다보았다. 물론 그것은 부국장과 몇몇 간부들밖에 알지 못하는 극비 사항일 것이다.

“왜? 궁금한가?”

부국장이 빙긋이 웃었다.

“포스트 박을 저격할 만한 요원이 있습니까? 한국은 대통령 부인이 저격을 당한 뒤 경호가 철통같습니다. 접근하는 것이 쉽지는 않을 겁니다.”

“시저도 암살되었네. 적은 항상 내부에 있어.”

“경호실입니까?”

“글쎄…….”

"총기를 휴대하고 대통령에게 접근할 수 있는 곳은 경호실과 중앙 정보부뿐이지요."

"그래, 맞아."

부국장이 그의 어깨를 두드리며 묘한 웃음을 흘렸다. 그는 다시 슈퍼컴퓨터 모니터를 응시하기 시작했다. 부국장에게 더 이상 자세하게 물어보면 수상하게 생각할 것이다.

"자네 임무에 따라 상황이 달라지네. 자네가 M캡슐을 무사히 회수하면 포스트 박을 제거하려는 공작은 자연히 소멸되네."

부국장이 다시 그의 어깨를 두드리고 컴퓨터실을 걸어 나갔다. 그는 부국장의 뒷모습을 잠깐 응시하다가 고개를 흔들었다. 부국장은 그가 M캡슐을 회수하는 것과 관계없이 포스트 박 제거 공작을 진행할 것이다. 한국이 M캡슐을 빼앗겼다고 해서 핵무기 개발 계획을 포기하지 않을 것이 분명한 이상 미국의 포스트 박 제거 계획은 확고부동하다고밖에 할 수 없는 것이다. 그는 슈퍼컴퓨터 모니터를 응시하다가 밖으로 걸어 나갔다. 중대 정보를 입수했으므로 트로시 칼슨에게 알려야 했다. 트로시 칼슨은 그의 연락책이었다. 그는 담배를 꺼내 물고 CIA 본부에서 두 블록 떨어져 있는 이태리 피자파이 집으로 들어갔다. 이태리인이 경영하는 피자파이 집이었다. 그는 피자파이와 커피를 시켰다. 점심시간이 지난 뒤라 피자파이 집은 한산했다. 그는 피자파이가 나오는 동안 유리창으로 밖을 물끄러미 내다보았다. 거리도 조용했다. 따가운 햇볕 아래 차량이 물결처럼 흐르고 있을 뿐 보도를 오가는 사람들도 거의 없었다. 웨이트리스가 피자파이를 가지고 왔다.

"중대 정보가 있어."

그는 웨이트리스에게 낮게 소곤거렸다. 그의 접선책 트로시 칼슨이었다. 실내엔 영화 〈추억의 장미〉 주제가인 〈로즈 타투The Rose Tattoo〉가 감미롭게 흐르고 있었다. 헤리 워렌이 불러 전 세계에 널리 알려진 노래였나.

"준비할게요."

트로시 칼슨이 낮게 대답했다. 그는 고개를 끄덕거리고 피자파이를 먹기 시작했다. 실내는 한가했다. 그는 밖을 내다보았다. 거리에서 피자집을 살피고 있는 사람은 없었다. 이따금 관광객인 듯한 한떼의 동양인들이 인솔자의 안내를 받으며 지나가고 있을 뿐이었다. 트로시 칼슨이 행주치마를 벗어 놓고 화장실을 향해 걸어갔다. 그는 커피를 한 모금 마시고 천천히 테이블에서 일어났다. 아무도 그를 주의해 보는 사람이 없었다. 그도 화장실로 자연스럽게 걸어갔다. 트로시 칼슨은 남자 화장실에 들어가 그를 기다리고 있었다.

"무슨 일이에요?"

그는 화장실 문을 안으로 걸어 잠갔다.

"CIA에서 포스트 박 제거 계획을 세우고 있어."

"포스트 박이오?"

"박정희 대통령 말이야."

"CIA에서 왜 그런 짓을 저지르죠?"

"모르겠어."

"누구에게서 나온 정보예요?"

"부국장, 벌써 하원의 비밀군사위원회에서 예산까지 승인한 모양이야."

"어떤 방법으로 제거하는데요?"

"여러 가지 방법이 다 동원되는 모양이야. 암살, 학생 데모, 군부 쿠데타."

그녀가 눈을 휘둥그렇게 떴다.

"자세한 것은 다른 루트를 통해서 알아봐."

"미국은 한국의 우방이잖아요?"

"미국의 이익과 맞아떨어질 때만 한국은 우방이야. 국제 사회에서 영원한 우방은 없어."

"포스트 박이 미국에 무얼 잘못했죠?"

"핵무기 개발."

"M캡슐을 회수하면 그만이잖아요?"

"포스트 박은 M캡슐을 뺏겨도 핵무기 개발 계획을 포기하지 않아. 결국 미국의 짐이 되니까 제거되는 거야."

"이해할 수 없군요."

트로시 칼슨이 고개를 갸우뚱했다.

"W에게 보고해."

W는 트로시 칼슨을 통해 그에게 명령을 내리는 사람의 코드네임 이었다.

"이런 정보는 W에게 보고할 수 없어요. 언제 어떤 방법으로 제거하는지 알아야 돼요."

"그건 다른 루트를 통해서 알아보라니까."

"M캡슐을 회수할 수 있어요?"

"워싱턴 일대에 비상망을 치고 있어."

솔리스트 폴이 이태리 피자집을 나온 것은 정확하게 30분이 지나서였다. 두 블록을 느릿느릿 걸어서 CIA 본부 내의 중앙 컴퓨터실로 돌아오자 부국장이 기다리고 있었다.

"어디 갔었나?"

부국장의 눈빛이 차가웠다. 그는 어깨를 으쓱했다.

"피자파이를 먹으러 갔었습니다."

솔리스트 폴은 나른한 표정으로 대꾸했다.

"이태리 피자파이? 한가하군."

"무슨 일이 있습니까?"

"정기택과 한영애를 발견했어."

"지금 어디 있습니까?"

"조지타운구의 모텔에 있어. 키트모텔 305호실이래."

"어떻게 알았습니까?"

"도청에 걸렸어. 그들이 박천수 무관에게 전화를 했어. 전파 교란기를 작동했지만 도청과에서 발신지를 추적했어. 이무영 소령의 전화를 기다리고 있다더군."

"그럼 그들만 감시하면 이무영 소령을 잡을 수 있겠군요?"

"물론이지. 지금 즉시 출발하게."

"사람들을 데리고 가야지요?"

솔리스트 폴이 인원을 차출해 달라는 표정으로 부국장을 쳐다보았다. 혼자서 두 사람을 감시할 수는 없었다.

"선발대는 먼저 출발했네."

부국장이 웃으며 말했다.

"책임자는 누굽니까?"

"물론 자네지."

"아니 선발대의 책임자 말입니다."

"리무스."

"닥터 리무스 말입니까?"

"그래, 한때 자네의 부하였지. 월남이었던가?"

"맞습니다."

그는 석연치 않은 기분으로 고개를 끄덕거렸다. 닥터 리무스는 최근까지 동독의 베를린에서 치과의사로 개업을 하고 있었다. 물론 그는 CIA의 대동독 스파이였다. 그는 한때 12명의 스파이들을 거느리고 활발한 정보 활동을 펼쳤다. 그러나 어느 날 그의 스파이 12명은 동독 비밀경찰에 모조리 체포되었고 고문과 처형을 당하는 비운을 맞이했다. CIA 내부에서 활동하는 KGB가 그의 정체를 파악했기 때문이었다. 그는 가까스로 동독을 탈출하여 워싱턴으로 돌아왔으나 그 일로 인해 KGB에 깊은 원한을 갖고 있었다. 그때 체포된 스파이들 중에는 그가 사랑했던 여자가 있었던 것이다. '나기'라는 이름의 여자였다. 나기는 동독 비밀경찰에 체포된 뒤 고문은 물론 더러운 짓까지 당한 것으로 알려져 있었다. 전례가 없던 일이었으나 그녀의 시체는 일반에 공개되었다. 대동독 스파이들에게 경종을 울리기 위한 짓이었다. 시체는 참혹했다. 아름다운 가슴은 짓이겨지고 국부는 참혹하게 훼손되어 있었다. 팔다리는 마디마디 골절되어 있었다. 일반 인들은 그것이 살인마의 소행이라고 막연히 짐작을 했으나 CIA에서는 동독 비밀경찰 짓이라는 것을 금방 알아차렸다. 몸서리쳐지는 일이었다.

닥터 리무스는 그 일에 대한 복수를 맹세했다. 그는 복수를 하기 위해 동독으로 다시 잠입시켜 주기를 CIA에 요청했으나 CIA는 허락하지 않았다. 닥터 리무스는 차선책으로 CIA에 잠입해 있는 KGB 요원을 타깃으로 삼았다. 그리하여 닥터 리무스에게 걸려든 여자가 제니 파커였다. 소련 이름은 안나 리프티코바였다. 안나 리프티코바는 닥터 리무스의 애인 나기와 똑같은 방법으로 고문을 당하고 강간을 당한 끝에 살해되었다.

살해 방법도 엽기적이었다. 안나 리프티코바는 가슴이 도려내지고 국부가 훼손되어 죽었다. 처참한 죽음이었다. 물론 그 죽음도 공개되었으나 연방수사국은 결코 살인범을 체포할 수가 없었다. 그들은 CIA가 무엇 때문에 KGB 요원을 그토록 잔인하게 살해했는지, 살해한 뒤에 왜 시체 처리반을 보내 시체를 없애 버리지 않았는지 끝내 알 수 없었다. 물론 닥터 리무스가 그 사건으로 인해 CIA로부터 자체 견책을 당해 6개월 동안 수감되었던 사실도 알 수 없었다. 솔리스트 폴은 그 생각이 떠오르자 닥터 리무스와 함께 다시 일해야 한다는 사실이 싫었다. 그것은 생각만 해도 끔찍한 일이었다.

워싱턴의 밤공기는 시원하고도 상쾌했다. 조지타운구, 조지타운 대학이 있고, 포토맥강이 흐르는 시가는 번화가로 곧게 뻗어 있었으나 18세기풍의 붉은 벽돌 건물이 즐비했다. 그곳에 키트모텔이 들어서 있었다. 5층의 낡은 건물이었다. 솔리스트 폴은 차에 앉아 키트모텔 건너편에 있는 건물을 가만히 바라보았다. 역시 고풍스러운 붉은 벽돌 건물이었다.

《엑소시스트》라는 소설의 모델이 되었고 영화 촬영까지 이루어진 건물이었다. 그래서인지 으스스한 분위기가 물씬 풍기고 있었다.

"전혀 움직이지 않는군요."

뒷자리에 앉아 있던 리무스가 음침한 목소리로 중얼거렸다. 그는 공연히 뒤통수가 서늘한 느낌이 들었다.

"빠져 나가지는 못할 거야."

"필라델피아에서는 놓쳤지 않았습니까?"

"나는 그때 이라크 놈들을 도살하고 있었어."

그는 리무스에게 강한 사내라는 인상을 심어 주기라도 하려는 듯 '도살'이라는 말에 악센트를 주었다.

"이무영 소령의 얼굴은 봤습니까?"

"멀리서 희미하게 보았어. 변장한 얼굴이지만."

"여자는요?"

"마찬가지야."

"한영애는 아니었습니까?"

"한영애는 내가 얼굴을 확인했어. 몸매도 전혀 다르고."

리무스가 입을 다물었다. 그는 키트모텔 주변에서 빈틈없이 매복을 하고 있는 요원들에게 무전기로 다시 한 번 위치를 확인했다. 키트모텔을 둘러싸고 있는 요원들은 모두 24명이나 되었다. 2인 1조씩 12개조가 건물 주변과 옥상, 그리고 정기택과 한영애가 투숙하고 있는 305호실 옆의 304호실과 306호실까지 투입되어 있었다. 이 정도라면 개미 새끼 한 마리 빠져나갈 수 없을 것이다.

"자네 나기를 사랑했나?"

그는 백미러로 리무스의 얼굴을 살피며 물었다.

"글쎄요."

리무스가 허공을 쳐다보았다. 눈빛이 뱀처럼 차가웠다.

"자네가 제니 파커를 살해한 것은 나기의 복수라고 하더군."

제니 파커는 안나 리프티코바의 미국 이름이었다. CIA 요원들은 그녀를 제니, 또는 파커 양이라고 부르곤 했었다.

"나기의 복수만은 아니지요."

"그럼?"

"내 부하가 12명이나 체포되었습니다. 모두 고문당하고 재판도 없이 처형당했어요. 원래 스파이는 처형을 하지 않는 것이 국제관례입니다."

"그 책임을 제니 파커가 질 수는 없지 않나?"

"공산주의는 잘못된 사상입니다. 잘못된 사상을 위해 일을 하는 것은 옳지 않아요. 나는 비밀경찰 제도를 싫어합니다."

"스파이는 비밀경찰이 아닌가?"

"CIA에 발을 들여놓은 것을 후회하고 있습니다."

그는 차창 밖으로 담배꽁초를 던졌다. 리무스의 마음속에는 아직도 용암처럼 끓어오르는 분노가 자리 잡고 있었다. 그때 차 안에 설치되어 있는 도청 장치에 빨간 불이 깜박거리기 시작했다. 전화가 왔다는 신호였다. 그는 재빨리 도청 수신 장치의 버튼을 눌렀다. 전화벨이 세 번 계속해서 울린 뒤에야 수화기를 드는 소리가 들려왔다.

"헬로."

한영애의 목소리였다.

"이무영이오."

전화를 걸어온 사람은 악센트가 없는 동양인의 목소리였다.

"하이!"

여자가 반색을 했다.

"그쪽에 감시자는 없소?"

"없는 것 같아요. 이곳은 지금 아주 조용해요. 언제 워싱턴으로 올 거죠?"

"지금은 들어갈 수가 없소. 워싱턴에는 CIA 요원들이 거미줄처럼 깔려 있소. 오늘 아침 워싱턴에 잠입하려다가 실패했소. 공항이며 고속도로에 CIA 요원들이 잔뜩 깔려 있다는 정보요."

"우리처럼 워싱턴으로 들어올 걸 그랬어요."

"어떻게 워싱턴으로 잠입했소?"

"처음엔 영구차를 이용했어요. 포토맥강 하류에서는 보트를 이용했고요."

"좋은 방법이군."

"지금 어디에 계세요?"

"시카고요."

"그럼 시카고 영사관으로 들어가지 그러세요? 시카고 영사관도 외교관 특권이 인정되잖아요?"

"시카고 영사관도 CIA가 감시하고 있소."

"그럼 어떻게 하지요? 무슨 방법이라도 있나요?"

"2, 3일 안으로 계획을 세워 워싱턴으로 잠입하겠소. 박천수 무관에게 전화를 해서 대사님 귀국 준비를 하게 하시오. 대사님이 갑자기 귀국을 하면 CIA가 수상하게 생각할지 모르니까 귀국 이유가 그럴듯해야 하오. 그리고 박천수 무관에게 전화할 때는 반드시 전파 교란기를 작동하라고 하시오. CIA의 도청을 조심해야 하오."

"명심할게요."

"내가 다시 전화하겠소. 식사할 때 외에는 절대 그 방을 떠나지 마시오."

찰칵하고 전화가 끊겼다. 솔리스트 폴은 전화국에 배치되어 있는 요원을 불러 전화의 발신지를 물어보았다.

"볼티모어의 공중전화입니다."

볼티모어시는 워싱턴에서 불과 50킬로미터밖에 떨어져 있지 않은 작은 도시였다.

"놈은 워싱턴 가까이에 있었군."

솔리스트 폴은 낮게 중얼거리며 생각에 잠겼다. 이무영 소령이 시카고라고 말한 것은 도청 당할 가능성이 있기 때문인 것 같았다.

"볼티모어에 가 봐야 하지 않을까요?"

리무스가 물었다.

"우리가 볼티모어에 도착할 때쯤이면 놈은 이미 볼티모어를 떠났을 거야. 놈은 보통 만만한 첩보원이 아니야."

"그래도 가 봐야 할 겁니다."

"그렇다면 자네가 가는 게 어때?"

그는 리무스를 떼어 버리고 싶어 그렇게 물었다.

"그러지요, 가겠습니다."

리무스는 뜻밖에 선선히 대꾸했다. 정기택과 한영애는 그날 밤 움직이지 않았다. CIA 암호 해독반이 이무영 소령과 한영애가 통화한 내용을 분석했으나 특별히 이상한 것은 없었다. 솔리스트 폴은 리무스가 볼티모어로 떠난 뒤에 시트에 기대어 3시간쯤 잠을 잤다. 더 잘 수 있었으나 CIA 도청반이 도착해 305호실 벽에 조그만 구멍을 뚫고 무선 도청 마이크를 집어넣었던 것이다. 수신 가능 거리가 200미터나 되는 강력한 것이었다.

"시험을 해보시죠."

도청반 요원은 그의 차에 있는 무전기와 주파수를 맞춘 뒤에 씩 웃었다.

"무슨 일이 있나?"

그는 졸린 눈으로 시계를 보았다. 새벽 한 시가 훨씬 넘어 있었다.

"들어 보세요."

도청반 요원은 여전히 웃고 있었다. 그는 그때서야 비로소 무전기에서 흘러나오는 기묘한 신음 소리에 귀를 기울였다.

"뭘 하는 거지?"

그는 어리둥절하여 도청반 요원의 얼굴을 쳐다보았다. 무전기에서는 여자의 간드러진 교성까지 들려오고 있었다.

"어떻습니까?"

"뭐가?"

"성능 말입니다."

"괜찮군."

침대에서 정사를 나누는 남녀의 신음 소리까지 잡아낼 수 있다면 CIA의 도청 장비는 분명 우수한 것이다. 그는 무전기에서 흘러나오는 신음 소리가 점점 잦아지는 것을 느끼며 도청반 요원에게 그만 가 보라는 손짓을 했다.

"조금 있으면 침대에서 정사를 나누는 장면까지 찍을 수 있는 소형 카메라가 개발됩니다. 카메라 크기가 성냥갑 정도밖에 안 되죠."

도청반 요원이 어깨를 흔들며 차로 걸어갔다. 무전기에서는 살과 살이 부딪히는 낯 뜨거운 마찰음까지 들려오고 있었다. 그는 담배를 피워 물었다. 여자는 유난히 소리를 많이 지르고 있었다. 이따금 벽을 치는 듯한 소리도 들렸다. 텔레비전 소리도 조그맣게 배경으로 깔리고 있었다.

그는 어두운 하늘을 쳐다보았다. 조지타운대학 건물 위의 하늘에 별들이 아름답게 떠서 반짝거리고 있었다.

정기택과 한영애는 다음 날 아침 10시까지 늘어지게 잠을 잤다. 그동안 전화를 걸어온 사람도 없었고 찾아온 사람도 없었다. 볼티모어로 떠난 리무스는 이무영 소령에 대한 추적이 아무 효과가 없다는 보고를 솔리스트 폴에게 해왔다. 정기택과 한영애는 오후에 포토맥강 제방을 따라 한 시간 가까이 산책했다. 산책 때에도 만난 사람은 전혀 없었다. 그날 밤 이무영 소령에게서 다시 전화가 걸려 왔다. 이번엔 정기택이 전화를 받았다.

"어떻게 된 일입니까?"

정기택이 걱정스러운 목소리로 물었다.

"미안하오."

이무영 소령이 짧게 대답했다.

"워싱턴으로 잠입하기가 그렇게 어렵습니까?"

"아차 하면 지금까지의 수고가 모두 수포로 돌아가오. 섣불리 잠입할 수가 없소."

"그럼 박천수 무관을 이무영 소령에게 가게 하면 어떻겠습니까? 박천수 무관도 외교관 면책 특권이 있지 않습니까?"

"여러 가지 방법을 고려하고 있으니까 기다려야 하오."

"그럼 이무영 소령이 직접 한국으로 가지고 갈 겁니까?"

"아니오. 우리는 위험하니까 정 대위와 한 중위가 가지고 잠입해야 하오."

"M캡슐은 이무영 소령님이 가지고 있지 않습니까?"

"그러니까 나와 접선을 해야 하오. 접선 방법을 알려 줄 테니, 밤 9시에 수화기 곁을 떠나지 마시오."

"알겠습니다."

전화가 다시 끊겼다. 전화 발신지가 이번엔 피츠비그시였다. 솔리스트 폴은 무전으로 리무스를 불러 피츠버그 일대에 대한 수색을 지시했다. 밤 9시에 이무영 소령으로부터 다시 전화가 걸려왔다.

"10시 30분에 한 중위를 워싱턴 남쪽 30킬로미터 지점에 있는 나폴리 휴게소로 보내시오. 그곳 주차장에서 한 중위가 오른쪽 가슴에 흰 장미꽃을 달고 있으면 프랑스제 푸조 76년형이 도착할 것이오. 푸조 76년형의 색깔은 검은색. 차 넘버는 WK42-1875이오. 기억하겠소?"

"예, 기억했습니다."

"미행을 조심하시오. 미행이 있으면 푸조 76년형은 나타나지 않을거요."

정기택이 긴장된 음성으로 대답하고 전화를 끊었다. 뒤이어 정기택이 한영애에게 전화 내용을 설명하는 소리가 무전기의 스피커를 통해 들려왔다. 그는 전화국에 대기하고 있는 요원을 불러 발신지를 물었다.

"버지니아의 윌리엄스 버그입니다."

요원은 짤막하게 대답했다.

"공중전화인가?"

"예, 윌리엄스 버그시 시청 왼쪽에 있는 공중전화입니다."

"알았네."

그는 무선 전화기를 끊고 잠깐 생각에 잠겼다. 이무영은 워싱턴 DC 부근에 잠복하고 있는 것이 분명했다. 그런데도 CIA는 이무영 소령의 그림자조차 찾지 못하고 있었다.

"정기택과 한영애를 즉각 미행한다. 1조부터 8조는 워싱턴 남쪽 101번 도로 30킬로미터 지점에 있는 나폴리 휴게소로 출동한다. 9조에서 12조까지는 그들이 출발하면 눈치채지 않도록 교대로 미행한다. 이상."

그는 무전기로 주위에 잠복해 있는 CIA 요원에게 지시를 했다. 그리고 한국대사관을 둘러싸고 있는 CIA 요원들의 책임자인 코넬리에게 연락을 했다.

"한국대사관은 조용한가?"

"조용하네."

"우리는 지금 워싱턴 남쪽 나폴리 휴게소로 출동하네. 이무영과 한영애가 거기서 접선하기로 했어. 우리의 이목을 그쪽으로 쏠리게 하고 한국대사관으로 잠입할지 모르니 단단히 준비하게."

"알았네."

"워싱턴으로 들어오는 고속도로와 공항도 완전히 봉쇄하라고 이르게. 포토맥강도 유의하고."

그가 코넬리와 통화를 끝내자 정기택과 한영애가 키트모텔에서 나오고 있는 것이 보였다. 그들은 주위를 살피면서 재빨리 건물 앞에 주차되어 있는 도요타1900에 올라탔다.

"그들이 출발한다."

그는 무전기로 9조에게 연락을 했다.

"앞지르겠습니다."

9조의 요원이 무전기로 응답을 했다. 다음 순산 크라이슬러사의 패밀리카가 시동을 걸고 있는 도요타 승용차를 지나쳐 쏜살같이 달려갔다. 일정한 간격을 유지하면서 도요타1900보다 앞서가려는 것이다. 미행은 일반적으로 상대방을 뒤에서 추적하는 것이다. 그러나 상대방의 목적지를 알고 있을 때는 일정한 거리를 유지하면서 앞서 가기도 한다. 이내 도요타1900이 워싱턴 시내의 번화가를 향해 달리기 시작했다. 그 뒤를 10조의 냉동 회사 트레일러가 천천히 따라가고 있었다.

고개를 들자 별빛이 쏟아질 것처럼 가까이 느껴졌다. 달은 떠 있지 않았다. 서리서리 깊은 어둠이 깔려 있는 벌판 한가운데로 101번 하이웨이가 남쪽으로 곧게 뻗어 있었다. 나폴리 휴게소는 우측에 서 있는 단층 건물이었다. 한영애는 오른쪽 가슴에 장미 한 송이를 달고 건물 앞에 서 있었다. 정기택은 차 안에 앉아 담배를 피우고 있었다. 10시 25분. 전화로 이무영이 약속한 시간은 아직 5분이나 남아 있었다. 늦은 시간이라 그런지 101번 하이웨이는 오가는 차들이 별로 없었다. 그는 밤공기가 서늘하게 살 속으로 파고들어 오는 것을 느꼈다. 여름이지만 워싱턴의 밤공기는 가을 날씨처럼 선선했다.

"78년형 회색 링컨 콘티넨탈, 시속 120킬로미터로 접근 중."

무전기에서 CIA 요원이 보고하는 소리가 들려왔다. 나폴리 휴게소를 가운데 두고 남과 북 1킬로미터 지점에서 CIA 요원들이 나폴리 휴게소로 가까이 오는 차들을 감시하고 있었다.

"링컨 콘티넨탈 통과."

나폴리 휴게소의 옥상 위에도 CIA 요원들이 잠복하고 있었다.

"77년형 머큐리 세이블, 워싱턴 방향으로 접근 중. 시속 100킬로미터."

링컨 콘티넨탈이 그의 시야를 스쳐가고 반대 방향에서 머큐리 세이블이 달려오기 시작했다. 머큐리 세이블은 하얀 색이었다. 그는 나폴리 휴게소 쪽을 응시했지만 한영애는 초조한 듯 손목을 들어 시계를 보고 있었다. 그는 차에 장치되어 있는 디지털시계를 응시했다. 10시 31분이었다.

'어떻게 된 거지?'

스파이들에게 약속 시간은 생명 같은 것이었다. 그는 뒤통수를 내리치듯 엄습해 오는 불길한 느낌을 받았다.

"검은색 캐딜락, 120킬로로 접근 중."

그는 다시 도로를 응시했다. 필라델피아에서 M캡슐을 감쪽같이 뺏긴 지 벌써 이틀째이다. 이 정도의 시간이라면 국방부 정보국이 M캡슐을 충분히 서울로 호송하고도 남을 시간이었다. 그러나 서울의 중앙정보부에서는 아직도 M캡슐이 서울에 도착하지 않았을 뿐 아니라 이무영 소령을 통해 워싱턴의 한국대사관으로 잠입할 계획이라는 보고를 해 왔었다. 위장 보고는 아니었다. 위장 보고라는 것이 밝혀지면 중앙정보부에서 이중 첩자 노릇을 하고 있는 요원의 신분을 CIA가 폭로할 것이고 포스트 박의 분노로 인해 재판도 거치지 않고 처형될 것이다. 검은색 캐딜락이 빠르게 그의 시야를 지나갔다. 그는 다시 한영애 쪽을 쳐다보았다. 한영애는 나폴리 휴게소의 불빛을 받으며 미동도 하지 않고 서 있었다.

이무영 소령은 안국현 박사를 물끄러미 쳐다보았다. 그는 MIT공대 출신으로 한국의 온산 농업개발연구소에서 근무하고 있는 핵물리학자였다.

"설계도와 시공 사양서는 복사를 한 것처럼 완벽합니다."

안국현 박사가 맥주를 쭉 들이켠 뒤 말했다.

"이 정도면 핵연료 재처리 공장을 건설할 수 있습니까?"

"예, 충분합니다. 기술적인 문제가 있긴 하지만 극복되리라고 봅니다."

김충길의 말이었다. 그는 중동의 요르단에서 펜타곤^{국방성}을 건설한 건축기사였다.

"그럼 플루토늄 239는 언제쯤 생산됩니까?"

"공장 건설이 2년쯤 걸릴 것입니다. 가동되기 시작하면 3개월이면 생산할 수 있습니다."

"앞으로 3년이면 우리도 핵무기를 보유하게 되겠군요."

"3년이면 충분합니다."

최영길 박사의 말이었다. 그는 예일대 출신이었다.

"아무튼 수고들 하셨습니다."

이무영 소령이 진심으로 말했다.

"플로리다에 오시기도 쉽지 않을 텐데 며칠 푹 쉬시다가 귀국하십시오."

"우리는 안전합니까? CIA에서 감시를 할 것 같은데……."

"실은 CIA의 이목을 분산시키기 위한 작전이 진행 중입니다. 이 집만 떠나면 안전합니다."

"샤론 데닝스란 여자는 믿을 만한 여자입니까?"

샤론 데닝스는 별장에서 자고 있었다.

그들은 M캡슐 확인 작업이 모두 끝나자 맥주병을 들고 잔디밭으로 나왔던 것이다. 새벽 4시였다. 이제 몇 시간만 있으면 날이 부옇게 밝을 것이다.

"그 여자는 우리를 배신할 이유가 전혀 없습니다."

"그 여자가 CIA의 이중 첩자라면 우린 CIA의 손바닥 안에서 놀아나고 있는 것이 아닙니까?"

"샤론 데닝스는 그럴 만한 여자가 아닙니다. 이스라엘 비밀첩보부 1급 요원입니다."

"이스라엘과 미국은 전통적으로 유대 관계가 매우 깊습니다. 미국은 이스라엘을 중심으로 중동에서 교두보를 확보하고 있습니다."

이무영 소령은 안국현 박사의 말에 고개를 끄덕거렸다. 중동에서 이스라엘의 안보는 미국 없이 불가능했다. 또 미국의 정계와 재계를 장악하고 있는 것도 유대인들이었다. 그러나 샤론 데닝스가 CIA의 이중 첩자일 가능성은 거의 없었다. 이번 공작은 한국과 이스라엘. 국가 대 국가의 밀약에 의해 이루어지고 있는 것이다. 밀약을 깨뜨리면 국제 사회에서 신용을 잃게 된다. 그러한 첩자를 파견할 리가 없었다.

오히려 이중 첩자가 있다면 한국의 중앙정보부 내에 있을 것이다.

"이제 그만 여기를 떠나시는 게 좋겠습니다. 몇 시간 뒤면 CIA 요원들이 감시를 할 겁니다."

그는 세 사람의 과학자를 향해 말했다.

"우린 어디로 갑니까?"

"마이애미 다운타운의 호텔에 예약을 해두었습니다. 제가 모시겠습니다."

그들은 천천히 자리에서 일어나 소지품을 챙겼다. 이무영 소령은 과학자들이 소지품을 챙기는 동안 차를 끌고 나왔다.

한영애가 나폴리 휴게소로 들어가는 것이 보였다. 정기택은 차 안에 그대로 앉아 있었다. 왜건에서 내린 백인 남자가 빠르게 휴게소를 향해 달려가고 있는 것이 보였다. 샤론 데닝스는 소리 내지 않고 차에서 내린 뒤 권총을 뽑아들고 아스팔트 위에 바짝 엎드렸다. 그리고 빠르게 잔디밭으로 기어갔다. 한영애가 다시 휴게소에서 밖으로 나왔다.

"자기!"

한영애가 정기택을 찾고 있었다.

"자기!"

한영애의 목소리가 어둠 속에서 공허하게 울렸다. 그녀는 두 남녀가 자신을 주시하고 있는 것도 모른 채 정기택을 찾고 있었다.

'정기택이 제거되었구나.'

샤론 데닝스는 안타깝게 정기택을 찾고 있는 한영애를 바라보면서 그렇게 생각했다. 그녀는 CIA가 국방부 정보국 제거 작업에 착수했다는 정보를 입수하고 있었다. 어쩔 수 없는 일이었다. 하부 조직은 때때로 자신들이 어떤 전략에 의해 희생되었는지도 모르고 비참하게 죽음을 당하곤 했다.

"후 아 유?"

그때 한영애의 놀라는 목소리가 들렸다. 백인 남자가 그녀의 앞에 불쑥 나타난 것이다. 한영애는 뒷걸음질을 치기 시작했다. 그러자 한영애의 뒤에 있던 백인 남자가 재빨리 그녀의 입을 틀어막고 휴게소 안으로 잡아끌었다. 인적은 없었다. 그러나 한영애는 격렬하게 저항하고 있었다. 그러자 백인 남자가 주먹으로 한영애의 복부를 힘껏 때렸다. 한영애는 헉 하는 소리와 함께 길게 늘어졌다.

'CIA 짓인가?'

샤론 데닝스는 감탄을 했다. 두 남자가 한영애를 휴게소로 끌고 들어갔다. 샤론 데닝스는 재빨리 잔디 위를 포복으로 기어서 휴게소 앞에 이르렀다. 포복에는 자신이 있었다. 이스라엘 여군에 갓 입대했을 때 포복만 1주일을 했었다. 휴게소 안에서는 백인 남자들이 한영애의 몸을 수색하고 있었다. 그들은 한영애의 핸드백을 뒤진 뒤 그녀의 옷을 함부로 뒤졌다. 그녀가 눈을 뜨고 비명을 질러댔다. 남자가 그녀의 뺨을 후려쳤다.

'M캡슐을 찾기 위해 혈안이 되어 있군.'

샤론 데닝스는 얼굴을 찡그렸다. 그때 전조등 하나가 해안도로를 따라오고 있는 것이 보였다. 차 소리가 조용한 것으로 보아 고급 세단인 것 같았다. 샤론 데닝스는 엎드린 채 다섯 바퀴를 굴러 풀 속에 몸을 숨겼다. 예상대로 벤츠 메르세데츠 한 대가 조용히 휴게소 앞에 와서 멎고 두 사내가 내렸다. 키가 껑충한 사내가 담배를 빼어 물고는 그녀의 소형 승용차를 응시하고 있었다.

'제기랄!'

샤론 데닝스는 직감으로 일이 심상치 않게 돌아간다는 것을 깨달았다. 두 사내가 별장 안으로 들어갔다. 샤론 데닝스는 스커트 주머니에서 리모트 컨트롤을 꺼냈다. 차 안에 장치해 놓은 플라스틱 폭약 콤포지션-4를 자동으로 폭발시키는 리모트 컨트롤이었다.

샤론 데닝스는 창을 통해 휴게소를 들여다보았다. 키가 껑충하게 큰 사내가 한영애의 드레스 앞자락을 함부로 찢고 있었다. 그녀의 우윳빛 가슴이 오렌지 불빛에 환하게 드러났다. 키가 껑충하게 큰 사내가 한영애의 가슴에 피우던 담배를 갖다 댔다. 그녀가 몸부림을 치면서 비명을 질러댔다.

'저, 저자는 솔리스트 폴!'

샤론 데닝스는 키 큰 사내의 얼굴을 확인한 순간 가슴이 뛰는 것을 느꼈다. 도요타의 차 유리창이 깨지는 소리가 들렸다. 고개를 돌리자 백인 사내가 권총으로 도요타의 옆 유리창을 깨트리고 있었다. 차를 조사하려는 것이 분명했다. 그녀는 리모트 컨트롤을 그녀의 차를 향해 겨누었다. 이제는 차를 날려 버리는 수밖에 없었다. 마침내 그녀는 리모트 컨트롤의 버튼을 눌렀다. 그 순간 요란한 폭음이 터지면서 불길이 치솟았다. 사내들이 공중으로 퉁겨져 오르고 차가 불길에 휩싸였다. 파편이 휴게소까지 날아오고 있었다.

솔리스트 폴이 창가에 모습을 나타냈다. 키 작은 사내는 현관 밖까지 뛰어나와 화염에 싸인 승용차를 멍청하게 쳐다보고 있었다. 샤론 데닝스는 솔리스트 폴을 향해 소음 권총을 겨누었다. 그 순간 솔리스트 폴이 휴게소 안으로 모습을 감추었다.

'교활한 놈!'

그녀는 풀숲에서 몸을 일으켰다. 이제는 마이애미 다운타운까지 뛰어서 달려가야 했다. 더 이상 머뭇거리고 있으면 자동차 폭발로 출동할 FBI와 마이애미 경찰에게 발견될 것이다. 솔리스트 폴을 제거할 수 있는 절호의 기회였지만 늦어 버린 것이다. 어차피 CIA도 아직은 솔리스트 폴을 제거할 계획이 없었다. 당분간 그의 목숨은 연장해 주어야 했다.

한영애에 대한 것은 이튿날 아침 일제히 텔레비전 뉴스에 보도되었다. 한영애는 마이애미비치 북쪽의 망그로우브 숲에서 발견되었는데 놀랍게도 사지가 잘려 나간 시체로 발견되어 사람들을 경악시켰다. 시체를 처음 발견한 사람은 아만다 마이켈이라는 50대의 뚱뚱한 흑인 여자였다. 그녀는 아침마다 애완견 멜라니를 데리고 망그로우브 숲을 산책하는 것이 일과였는데, 그녀가 처음에 발견한 것은 한영애의 오른쪽 다리 부분이었다. 그녀의 신고로 마이애미 경찰을 즉각 투입되었으며 시체의 나머지 부분도 마침내 망그로우브 숲속에서 발견되었다. 그러나 살인범에 대한 단서는 흔적조차 찾을 수 없었다. 이 사건은 즉각 서울과 워싱턴에 보고되었다.

*　*　*

이강호는 다시 충주로 정미경을 만나러 갔다. 박정희의 자서전에는 정미경에 대한 이야기가 간략하게만 기록되어 있었다.

"청와대에 근무하다가 미국으로 직접 간 이유가 무엇입니까?"

정미경이 낮게 한숨을 내쉬었다.

"자서전에는 뭐라고 되어 있어요?"

"M캡슐을 인수하러 간 것으로 되어 있습니다."

"첩보전은 치열해요. M캡슐을 간단하게 인수해 올 수 있을 것 같았지만 그렇지 못했어요. 이스라엘과 손을 잡고 CIA의 추적을 피하느라고 이무영 소령은 몇 번이나 죽음의 위기를 넘겼어요. 저를 부른 것은 이무영 소령의 작전이었어요."

"어떤 작전이었습니까?"

"M캡슐을 무사히 한국으로 가져오는 것이었죠."

"어떻게 가져옵니까? CIA의 감시가 심했다면서요?"

"그래서 고민을 많이 했어요? 저를 미국으로 부른 것도 그 까닭이에요. 저도 M캡슐을 인수하여 한국으로 가져오기 위해 부른 줄 알았어요. 그런데 저를 부른 것은 미국을 속이기 위한 작전에 지나지 않았어요. 미국은 한국으로 귀국하는 사람들을 철저하게 감시하고 있었어요. 그래서 저를 노출시키고 실제로 M캡슐은 멕시코로 보내려는 계획이었어요."

"왜 멕시코로 보냅니까?"

"멕시코 대사가 주월한국군 사령관을 지낸 채영신 장군이었어요. 그를 통해 한국으로 보내려는 작전이었죠."

이강호는 정미경의 말을 이해했다. 첩보전은 이강호가 생각했던 것보다 훨씬 치열하게 전개되고 있었다. 정미경의 이야기를 정리하면 다음과 같았다.

* * *

리처드 파커 CIA 부국장은 〈워싱턴 포스트〉 제1면을 뚫어져라 들여다보고 있었다. 1면 톱으로, 이란 인질 구출 작전 실패, 모래 바람에 헬기 1대 추락하여 긴급 구조에 나서…… 라는 내용의 기사들이 대서특필되어 있었다. 이스라엘이 엔테베공항에서 항공기 납치범들을 눈 깜짝할 사이에 사살하고 자국 인질을 무사히 구출한 것과는 대조적이었다.

이란에서는 벌써 호메이니를 따르는 사람들이 카터를 비난하여 축제 분위기에 휩싸여 있었다. 이미 지나간 신문이었다. 그러나 그는 며칠째 그 신문만 보고 있었다. 이란 인질 구출 작전 실패는 미국인들에게는 커다란 충격인 것이다. 잘못하면 그 불똥이 CIA로 날아올 수도 있었다.

"M캡슐은 어디 있나?"

그는 맥슨을 힐끗 쳐다보고 물었다.

"뉴욕에 있습니다."

"언제 그것을 서울로 가져간대?"

"지금 서울에서 요원이 오고 있답니다."

"누가?"

"국방부 정보국의 여군 중위라고 합니다."

리처드 파커 부국장이 웃었다. 이무영 소령의 움직임을 훤히 알고 있는 듯한 웃음이었다.

"샤론 데닝스는 무엇을 하고 있나?"

"이스라엘 대사를 만나고 있습니다. 모사드 A국 요원들이 뉴욕과 워싱턴으로 몰려들고 있습니다."

"이젠 모사드가 움직이는군."

"……."

"이무영 소령이 접선하는 사람들도 체크하고 있겠지?"

"예."

"솔리스트 폴은 무얼 하고 있어?"

"탈출 준비를 하고 있습니다."

"솔리스트 폴을 빨리 제거해야겠어. 샤론 데닝스에게 접선 신호를 보내."

"예."

"그럼 글라이스틴 대사를 시켜 불을 질러야겠군."

"불이오?"

"글라이스틴 대사에게 한국 정부를 자극하는 성명서를 발표하게 할 거야. 한국 정부에게 야당 탄압을 중지하고 구속자를 석방하라고 하면 야당이나 대학생들이 신이 나서 반정부 투쟁을 강화하게 되지. 그렇게 되면 한국 정부는 더욱 강경하게 탄압을 하게 될 거야."

결국 한국은 파국을 맞이하게 된다는 얘기였다. 비서 맥슨은 부국장의 어깨너머로 어둠이 내리기 시작하는 서편 하늘을 쳐다보았다. 그의 가슴속에도 까닭을 알지 못하는 어둠이 내리고 있었다.

"포스트 박은 제거되어야 해."

부국장이 여송연 연기를 길게 내뿜으며 혼잣말처럼 말했다. 맥슨 에겐 그것이 사형을 선고하는 법관의 목소리처럼 들렸다.

빌딩들은 서로 어깨를 겨루듯이 하늘 높이 치솟아 있었다. 마천루의 도시 뉴욕. 어둠이 맨해튼의 빌딩가에 있는 월드워즈호텔에도 짙은 남빛으로 내리 덮이고 있었다. 이무영 소령은 월드워즈호텔의 창으로 맨해튼의 시가를 우두커니 내려다보았다.

뉴욕은 밤이 더욱 아름답다. 스카이라인 위로 저녁이 어둑하게 찾아오면 노을 진 하늘을 뚫고 우뚝 솟아 있는 엠파이어스테이트빌딩, 매디슨스퀘어가든빌딩 등 그 분주한 도시는 성장한 여인처럼 화려한

옷으로 갈아입는 것이다.

아무영은 팔목을 들어 시계를 보았다. 샤론 데닝스가 워싱턴에서 돌아올 시간이었다. 샤론 데닝스는 자국의 대사관과 M캡슐 문제를 협의하기 위해 어제 아침 워싱턴으로 갔었다.

샤론 데닝스가 M캡슐을 마이애미에서 검은 원피스에 부착시킨 채, 한영애 중위의 유류품과 함께 항공화물을 이용해 브루클린으로 발송한 것은 절묘한 공작이었다. 이제 그것을 뉴욕에 와 있는 정미경 중위에게 전달하는 체하고 실제로는 멕시코로 보낼 것이다. 정미경 중위는 M캡슐을 전달받지 않고 다시 서울로 돌아갈 것이다.

뉴욕의 빌딩 숲 위로 어둠이 하늘을 검게 물들이자 빌딩들이 일제히 불을 밝히기 시작했다. 화려하고 아름다운 야경이었다. 그는 조바심이 나기 시작했다. 정미경 중위가 센트럴파크에서 초조하게 기다리고 있을 생각을 하자 견딜 수가 없었다. 뉴욕은 정미경 중위에게 생소한 도시였다. 더욱이 어두운 공원에서 여자가 혼자 있다는 것은 상당히 위험한 일이었다. 그는 천천히 위스키를 한 모금 마셨다.

그때 도어를 노크하는 소리가 들려왔다. 그는 글라스를 탁자에 내려놓고 도어로 달려갔다.

"늦어서 미안해요."

샤론 데닝스였다. 그는 샤론 데닝스를 안으로 끌어들인 뒤 도어를 잠궜다.

"어떻게 된 거요?"

"러시아워예요. 뉴욕의 러시아워는 정말 지독해요."

"M캡슐은?"

"가져왔어요."

샤론 데닝스가 말했다. 다행스러운 일이었다.

"이게 M캡슐이에요. 이걸 정미경 중위에게 전하세요."

샤론 데닝스는 브래지어 안에서 M캡슐 6개를 꺼내 이무영 소령의 손바닥 위에 올려놓았다.

모사드에서도 이스라엘 과학자를 시켜 확인을 하고 다시 가져온 것이다.

"솔리스트 폴을 아세요?"

"한 중위를 죽인 놈 말이오?"

"네, CIA 본부에서 두 블록 떨어진, 이태리 피자파이집에 있는 웨이트리스와 접선을 하고 있다는군요. 그는 KGB의 이중 첩자래요."

"KGB?"

이무영 소령이 놀라서 물었다.

"네, CIA에서도 오늘에야 알았대요. 지금 솔리스트 폴을 추적하느라고 CIA가 발칵 뒤집혔어요."

"정말 놀라운 일이군. 어떻게 그 정보를 입수했소?"

"KGB에 우리 모사드 요원이 잠입해 있어요. 모스크바에서 프랑스에 있는 우리 요원에게 암호 전문이 왔는데 그 요원이 미국에 있는 우리 요원들에게 긴급 전통을 때린 거예요. 솔리스트 폴을 주의하라고……."

"모사드는 확실히 놀라운 정보망을 갖고 있군요."

이무영 소령은 감탄했다. 철의 장막 안에서 활동을 하면서도 입수한 정보를 순식간에 전 세계의 요원들에게 보내 대비케 하는 모사드의 기동성에 놀라움을 금할 수가 없었다.

"CIA도 이태리 피자집의 웨이트리스의 정체를 알고 있나요?"

"모르고 있을 거예요."

"샤론, 웨이트리스의 이름을 알고 있소?"

"그건 왜 묻죠?"

"그냥 알고 싶을 뿐입니다."

"설마 정보국 요원의 복수를 하려는 건 아니겠죠? 그런 생각을 하고 있다면 그만두세요. 솔리스트 폴이 CIA에 체포되면 웨이트리스의 정체는 저절로 드러날 거예요."

"웨이트리스의 이름을 알려주십시오."

이무영 소령은 정중하게 부탁했다.

"한 중위를 죽게 한 것에 책임을 느끼세요?"

이무영 소령은 조용히 고개를 끄덕거렸다. CIA에서 정보국 요원을 그토록 잔인하게 살해하리라고는 상상도 못했던 일이었다. 그는 그들이 CIA에 발각되면 체포되어 취조를 받으리라고 단순하게 생각했었다. 그런데 어이없게도 한 중위는 사지가 분시되는 비참한 죽음을 당했다.

"웨이트리스의 이름은 트로시 칼슨이에요. 23세의 매력적인 아가씨죠."

"고맙소."

그는 샤론 데닝스를 포옹하고 가볍게 키스를 했다. 작별의 인사였다.

"이제 우린 다시 만날 수 없겠군요."

샤론 데닝스가 엷게 웃으며 말했다.

"그동안 정말 많은 도움을 받았소. 한국에 돌아가서도 잊지 못할 거요."

"M캡슐은 우리 이스라엘의 안보에도 큰 도움이 돼요."

"그럼 다시 만납시다."

그는 샤론 데닝스와 작별하고 정미경 중위를 만나기 위해 호텔을 나왔다. 호텔 앞은 이미 캄캄하게 어두웠다. 호텔을 나오자 그는 즉시 택시를 타고 5번가에 있는 센트럴파크 입구로 달려갔다. 정미경 중위가 5번가의 센트럴파크 입구 안에 있는 의자에 앉아서 기다리기로 했던 것이다.

"오래 기다렸소?"

그는 정미경 중위와 악수를 나누었다.

"네, 한 시간 반이오."

"샤론 데닝스가 러시아워 때문에 늦게 도착했소. 미안하오."

"아녜요."

정미경 중위가 웃으며 고개를 흔들었다.

"이제 케네디공항으로 가시오."

"네?"

"정미경 중위는 서울로 돌아가야 하오. 새벽 2시 30분 직행편이 있소. 유나이티드 항공 1027편인데 앵커리지를 경유하지 않으니까 14시간이면 서울에 도착하오."

"M캡슐은요?"

"미안하오. 정미경 중위는 아무것도 모르는 것이 좋소. 공항에서 CIA의 조사를 받게 될 것이오. 그러면 M캡슐을 받지 못했다고 하시오. 정미경 중위는 CIA를 속이기 위한 작전이었다고……."

정미경 중위는 망연자실하여 이무영 소령을 쳐다보았다. 그렇다면서 서울에서 뉴욕까지 날아온 것이 오로지 CIA를 속이기 위한 작전이었다는 말인가. 그녀는 가슴이 터질 것 같았다.

* * *

이강호는 놀라서 정미경을 응시했다. 그녀는 이미 모든 것을 초월한 듯 담담한 표정이었다.

"어떻게 그럴 수가 있지요? CIA를 교란시키기 위해 정미경 씨를 뉴욕으로 불렀다는 말입니까? 그럼 M캡슐은 이무영 소령이 가져갔습니까?"

"아니에요, 호텔에서 나와 택시를 탔는데 그때 멕시코 운전기사에게 전달되었어요. 택시 기사가 휴양차 플로리다에 와 있는 채영신 대사에게 전달했어요."

"정미경 씨는 어떻게 되었습니까?"

"케네디공항에서 CIA에 체포되었어요. 1주일 동안 샅샅이 조사를 받았어요. 심지어 최면 조사까지 받았어요. 그러나 나는 M캡슐의 행방을 몰랐어요. 알았다면 CIA에게 빼앗겼을 거예요."

이강호는 이무영 소령의 작전에 감탄했다.

"한영애라는 여자는 누구입니까?"

"우리 쪽 요원이었어요. 이무영 소령은 미국에 와서 국방부 정보국 요원을 몇 명 요청했어요. 우리는 신분을 숨기고 요원을 관광객으로 위장시켜 파견했지요."

"그녀는 살해되었습니까?"

"네, 솔리스트 폴이라는 사내에게 죽임을 당했어요. 정기택 대위도 죽었고…… 한 중위의 시체는 토막내 버려졌고……."

"왜 그렇게 잔인한 짓을 했을까요?"

"우리에게 경고를 한 것이라고 생각해요."

이강호는 국방부 정보국 요원들이 미국에서 활약한 일이 알려지지 않은 것이 안타까웠다.

"대통령이 자서전을 쓴 사실을 알고 계십니까?"

"네."

"어떻게 알게 되었습니까?"

"대통령은 밤늦게까지 일을 했어요. 집무실 앞을 지나가다가 보면 부채질을 하면서 대학 노트에 글을 쓰는 모습을 자주 볼 수 있었어요."

"부채질이오? 청와대에 에어컨이 없었습니까?"

"한국은 에너지 문제가 심각했어요. 1973년에서 74년에 1차 유류 파동이 일어났고 78년에 또다시 유류 파동이 일어났어요. 78년의 유류 파동을 기억하세요?"

"어린 시절이라 잘 기억하지 못합니다."

"유류 파동은 지금의 IMF와 같았어요. 집집마다 전등 하나씩을 끄고 가로등도 모두 껐시요. 엄청나 불경기가 휘몰아쳐 중소기업이 대부분 쓰러졌어요. 대기업은 그래도 은행의 지원을 받히지만 중소기업은 그렇지 못했어요. 대통령은 기름 한 방울 안 나오는 나라에서 에어컨을 켜는 것은 낭비라고 생각했어요. 사람들이 없을 때는 러닝 셔츠 차림으로 일을 하다가 누가 오면 후닥닥 옷을 입곤 했어요."

"자서전을 왜 썼다고 생각합니까?"

"대통령은 불안해하고 있었어요."

"왜 불안해합니까?"

"미국이 자신을 죽일 거라고 생각하는 것 같았어요. 그래서 자신의 이야기를 스스로 남기고 싶어 한 것 같아요."

이강호는 정미경의 증언에 따라 청와대에서 밤늦게까지 자서전을 쓰는 박정희의 모습을 떠올릴 수 있었다.

* * *

박정희는 감회 어린 표정으로 책상 위에 놓인 M캡슐을 지그시 응시했다. 모두 6개의 M캡슐 안에 핵연료 재처리 공장의 개념 설계, 기본 설계, 상세 설계의 설계도와 시공 사양서가 완벽하게 들어 있다는 것이 놀랍기만 했다. 일반 공장의 설계도와는 전혀 달랐다. 일반 공장은 기본 설계와 상세 설계로 끝나지만 핵연료 재처리 공장의 설계는 개념 설계가 추가되는 것이다. 개념 설계를 통해 재처리 공장의 기본 데이터가 나오고, 기본 설계 단계에서는 이 데이터를 이용해 개략적인 공장도를 얻는다. 마지막 상세 설계에서는 각 부분의 세세한 장치와 설비 디자인이 완성되는 것이다. 그런 까닭으로 시공 사양서는 더없이 중요한 것이다.

"정말 믿어지지 않는군."

박정희는 감탄하여 입이 다물어지지 않았다. M캡슐, 아니 핵연료 재처리 공장은 내가 온갖 수모를 당하면서도 갖고 싶어 하던 것이었다. 이제 이 설계도와 시공 사양서만 있으면 2년 안에 핵연료 재처리 공장을 건설하여 가동할 수 있을 것이고, 3년 안으로 핵폭발 실험까지 할 수 있는 것이다.

"수고들 했소."

박정희는 집무실 한쪽에 부동자세로 시립해 있는 채영신 대사를 응시했다. 채영신 대사가 멕시코에서 직접 가져온 것이다. 채영신은 월남에서 혁혁한 명성을 떨쳤다. 한국이 경제개발 5개년계획에 성공할 수 있었던 것은 대일청구권에 의한 5억 달러와 월남전에 국군을 파견하면서 많은 돈이 들어오기 시작했기 때문이다. 맹호부대와 청룡부대 등 국군은 전투를 할 때면 수당을 받았고 월남에서 1년이나 2년 동안 근무하고 돌아오면 논밭을 살 수 있을 정도로 큰돈이 되었다. 월남으로 가기 싫어하는 사람들도 있었을 것이지만 스스로 월남으로 가고 싶다고 자원하는 병사들도 적지 않았다.

……각하, 저는 시골에 사는 이발사입니다. 초등학교를 나온 뒤에 이발소에서 이발 기술을 배워 열심히 일하고 있습니다. 이번에 군대를 가는데 월남에 가서 돈을 벌고 싶습니다. 저를 월남에 보내 주십시오.

이재소라는 청년은 청와대로 편지를 보내오기까지 했다.

"각하, 이제 우리도 자주국방을 할 수 있게 되었습니다."

채영신 대사가 대답했다.

"정 중위는 원대 복귀하게. 그동안 수고 많았네. 안타까운 일도 있었지만 말일세. 이무영 소령은 언제 귀국하나?"

"곧 귀국합니다. 귀국이 늦어지는 것은 조사할 것이 있기 때문이라고 했습니다."

정미경 중위가 경례를 바치고 대답했다. 정미경 중위는 군복 정장을 입고 있었다.

"무슨 조사?"

"자세한 것은 모릅니다. 다만……."

"다만 뭐?"

"각하에 대한 일입니다."

정미경 중위는 더 이상 말을 하지 않았다. 박정희는 그들이 돌아가자 깊은 생각에 잠겼다. 이무령 소령이 미국에 남아 있는 것이 조사를 하기 위한 것이고 그에 관한 일이라면 무엇인가. 그것은 자신을 제거하기 위한 일일지도 모른다. 이무영 소령이 미국에서 조사를 하다가 그러한 낌새를 눈치챈 것이 분명했다.

'누가 나를 죽이려고 할까?'

박정희는 주위의 모든 사람을 의심하기 시작했다. 이무영 소령이 미국에서 그 사실을 감지했다면 미국이 배후에 있는 것이다. 미국은 박정희가 혁명을 일으켰을 때도 반대했고 3선 개헌을 할 때도 반대했다.

밖에는 가을비가 내리고 있었다.

* * *

이강호는 정미경의 얼굴을 조용히 쳐다보았다. 미국에서 그와 같은 치열한 첩보전이 벌어졌다는 사실을 믿기 어려웠다.

"M캡슐을 결국 한국으로 가져왔군요."

이강호는 떨리는 목소리로 말했다.

"네, 한국으로 가져왔어요."

"그런데 왜 핵무기를 개발하지 못한 것입니까?"

"미국은 이무영 소령에게 M캡슐을 빼앗기자 이스라엘을 압박했어요. 결국 이스라엘이 손을 들었고…… M캡슐을 이스라엘에만 넘겨주기로 하고 포스트 박 제거 작전을 벌이게 된 거예요."

"왜 대통령을 제거해야 했습니까? M캡슐만 빼앗아 갈 수도 있지 않았습니까?"

"대통령이 M캡슐을 내놓지 않았어요. 반드시 자주국방을 해야 하니까요."

"증거가 있나요? 포스트 박 제거 작전에 대한 것 말입니다."

"1979년 10월이 되었을 때 부마사태가 터졌죠. 그때 시위를 요구하는 유인물이 대거 서울에서 부산과 마산으로 내려갔어요. 누가 그걸 내려보냈겠어요?"

"그런데 왜 이런 사실이 공개되지 않았습니까?"

"이러한 사실을 제대로 알고 있는 사람은 이무영 소령뿐이에요. 박정희 대통령이 시해당한 뒤에 미국은 신군부를 인정하는 대가로 M캡슐을 회수했고, 이무영 소령은 무수한 고문을 받았어요. 나중에는 정신병원에까지 갇히게 되었지요."

정미경의 눈시울이 젖어오기 시작했다.

조국에 배신당한 사나이

이무영 소령은 한국으로 돌아오자 곧바로 체포되었다. 그는 첩보사령부로 끌려가 지하실에 감금되었다. 지하실에는 뜻밖에 첩보사령관 이택석 장군과 샤론 데닝스, 그리고 CIA의 한국 책임자 도널드 램버트가 나란히 서 있었다.

'이럴 수가!'

이무영 소령은 눈앞이 캄캄해져 왔다. 첩보사령부가 CIA와 손을 잡은 것이란 생각이 퍼뜩 들었다. 이택석 장군이 정권을 담보로 M캡슐을 이스라엘에 넘겨주고 미국의 지지를 받기로 밀약을 한 것이 분명했다.

이무영 소령은 며칠째 계속해서 같은 꿈만 되풀이하여 꾸었다. 아니 그것이 꿈인지 환상인지도 분명하지 않았다. 이제는 취조가 어지간히 끝난 모양인지 복도를 울리는 심문관들의 구두 발자국 소리가 그를 공포에 떨게 하지는 않았다. 그러나 온몸을 엄습하는 한기와 몽둥이에 얻어맞은 상처가 시도 때도 없이 그를 고통에 시달리게 했다. 그것들은 아직도 아물지 않고 있었다. 그럴 때마다 콘크리트 바닥을 엉금엉금 기고 시멘트 벽을 주먹으로 때리며 짐승처럼 울부짖어야 했다.

시간이 얼마나 흘렀는지, 그가 첩보사령부 지하 감옥에 갇힌 것이 언제인지도 알 수 없었다. 까마득히 오래전 일 같기도 했고 바로 엊그제 일어난 일 같기도 했다. 그는 의식이 혼란스러웠다. 그의 머릿속에 있는 것은 무엇이든지 뒤죽박죽이었다. 그러다 의식이 명료하게 맑아질 때도 있었다. 그럴 때면 자신이 첩보사령부 지하 감옥에서 겪은 심문을 생각하며 몸서리를 쳤다.

처음엔 자술서였다. 심문관들은 첩보사령부 지하 감옥에 그가 투옥된 지 사흘 만에 나타나서 종이와 펜을 주고 자술서를 쓰라고 요구했다. 그는 그 요구를 거부했다. 자술서는 일반적으로 사상범들에게 쓰게 하고 있었다. 최근엔 학생운동이나 반체제 운동을 하는 인사들에게도 쓰게 하는 추세였다. 그러나 그는 자술서를 써야 할 이유가 없었다.

"이런 개새끼!"

심문관들이 그를 워커발로 차고 각목으로 후려치기 시작했다. 심문관들 중엔 상사 계급장을 단 자도 있었다. 그는 사정없이 워커발로 차이고 각목으로 얻어맞으며 피가 나도록 입술을 깨물었다. 이튿날도 같은 일이 되풀이되었다. 심문관들은 이유도 없이 그에게 자술서를 요구했고 그가 거절하자 워커발로 짓밟고 각목으로 마구 때렸다. 심문관들은 그가 정신을 잃은 뒤에야 그를 감옥에 처넣곤 했다. 그런 일은 매일같이 되풀이되었다. 그는 한밤중에도 끌려 나가 심문관들에게 매질을 당했고 새벽에도 끌려 나가 매질을 당하고 돌아왔다. 그러나 자술서만은 한사코 거부했다.

"지독한 놈이군."

"그러니 미국에 가서 M캡슐을 가져왔지."

"M캡슐은 이스라엘에서 가져갔다며?"

"샤론 데닝스라는 여자가 가져갔대."

"정말 아깝군. 그것만 있으면 우리나라도 핵무기를 제조할 수 있을 텐데."

어느 날 그는 무의식 상태에서 심문관들이 수군거리는 소리를 들었다.

"M캡슐을 가지고 있으면 미국에서 그냥 안 돼. 미국은 박 대통령까지 시해하게 만들었잖아?"

"정말 정보부장이 미국의 사주를 받아서 대통령을 시해한 건가? 신문엔 경호실장하고 다투다가 '각하, 정치 좀 잘하십시오. 이런 놈을 데리고 정치를 하니까 나라꼴이 이 지경이 됐지 않습니까?' 하고 각하를 쐈다고 났잖아?"

"정보부장이 육군본부 벙커에서 뭐라고 그랬는지 알아? '내 뒤엔 미국이 있다' 하고 큰소리를 쳤대."

"혁명 정부를 만들려고 했나?"

"그런데 아무도 호응을 하지 않았어. 결국 우리 사령관에게 체포되었지만."

"이해할 수 없는 일이 많아. 제주도를 제외한 전국에 계엄령이 선포되고 계엄사령관에 참모총장이 임명되었는데 실질적인 권한은 우리 사령관이 갖고 있는 것 같으니……."

"우리 사령관이 합동수사본부장에 임명되었잖아."

이무영 소령이 10월 26일 밤에 일어난 사건들에 대해 좀 더 자세히 알게 된 것은 누군가 그의 감옥에 넣어 준 신문을 통해서였다. 신문 기사에 의하면 박정희 대통령은 10월 26일 밤 7시 45분 중앙정보부 궁정동 안가에서 술을 마시다가 동석한 중앙정보부장에 의해 권총으로 시해되었고, 앙숙 관계였던 경호실장도 그 자리에서 살해되었다고 되어 있었다. 우발적인 범행이라는 논조였다. 물론 그것은 합동수사본부장인 첩보사령관의 발표를 그대로 인용한 것이었다.

'그랬군, 모든 것이…….'

이무영 소령은 그때야 사태가 어떻게 돌아가고 있는지 알 수 있었다. CIA는 한국의 정치 상황을 혼란하게 만든 뒤 단순하고 우직한 정보부장을 부추겨 대통령을 시해하게 한 것이다. 그러나 대통령의 죽음 이후 실질적인 권한은 첩보사령관이 장악하게 만들어 M캡슐을 이스라엘이 가져가게 한 것이다.

이스라엘과 CIA가 의도한 그대로였다. 그것은 12월 12일 첩보사령관이 일단의 병력을 이끌고 육군참모총장이자 계엄사령관인 정승화 장군의 관저에 침입해 그를 체포한 사실로 여실히 증명되었다.

허망한 일이었다.

해가 바뀌었다.

이무영 소령은 첩보사령부 지하 감옥에서 새해를 맞았다. 심문관들은 이제 나타나지 않았다. 그가 자술서 쓰기를 끝내 거부하자 심문관들도 포기한 모양이었다.

심문관 대신 군의관이 오기 시작했다. 군의관은 그에게 곧 석방된다고 하면서 그의 팔뚝에 주사기를 꽂곤 했다.

이무영 소령은 주사를 맞으면 기분이 괜찮아졌다. 상처의 통증도 서서히 사라지고 있었다. 옆구리와 허벅지 상처가 몇 군데 곪아 가고 있었으나 이상할 정도로 통증이 없었다. 그 무렵부터 군의관들이 왔다갈 때마다 기분이 몽롱해지는 것을 느꼈다. 어느 때는 이유도 없이 알몸의 여자가 생각나서 그녀와 관계를 하는 환상에 빠져들기도 했고, 그 환상에서 벗어나면 공포가 엄습해 오곤 했다. 한창 기분이 좋을 때는 수많은 여자들이 그의 옷을 벗기며 희롱했고 공포가 엄습할 때는 누군가 그를 살해시키기 위해 전기톱으로 사지를 자르고, 도끼로 자신의 이마를 내려찍는 흉측하고 무서운 환상을 보곤 했다. 그러한 가운데도 군의관들은 하루도 빠지지 않고 어둠침침한 지하 감옥으로 내려와서 그의 팔뚝에 주사기를 꽂았다.

어느 날 그는 자신의 팔뚝에서 수없이 많은 주삿바늘 자국을 발견했다. 그것은 마약을 투여한 자국이었다. 그는 앙상하게 마른 자신의 팔뚝에 무수히 찍혀 있는 바늘 자국을 들여다보며 하염없이 울었다.

그는 1980년 4월 첩보사령부 지하 감옥에서 용인에 있는 한 정신
요양원으로 이송되었다. 그러나 그는 이미 폐인이 되어 있어서 정신
요양원 측은 그를 폐쇄 병동에 수용해 보호 관찰하기로 했다. 실어증
까지 걸려 있어 말을 못할 뿐 아니라 자신이 누구인지도 기억하지 못
했다. 그가 할 수 있는 유일한 것이라고는 사람들이 자신을 관찰하러
올 때마다 백치처럼 히죽거리며 웃는 것이 고작이었다.

2년 후인 1982년 4월, 그는 정신요양원에서 거리로 내보내졌다.

"회복할 가능성은 없나요?"

"없어."

남루한 의복을 헐렁거리며 멀어져 가는 그의 뒷모습을 응시하면
서 두 사내가 낮게 수군거리고 있었다.

"조금 안됐다는 생각이 드는군요. 그냥 두면 행려병자가 되어 죽
을 텐데……."

"연민을 느끼나?"

"얼마나 살까요?"

"저 상태라면 3개월을 넘기지 못할 거야."

"가족들을 찾아가지 않을까요?"

"가족들은 호주로 이민을 갔어."

"그럼 정말 돌볼 사람이 없겠군요?"

"없어, 아무도."

"계속 미행해야 하나요?"

"아니, 다 죽어 가는 사람을 미행하다가 기자들 눈에 띄면 그동안

의 일이 모두 수포로 돌아가. 죽든지 살든지 이젠 그냥 둬야 해. 어차피 아무것도 기억하지 못하는 백치가 되었으니까."

"그럼 우리 임무도 끝났군요?"

"끝났어."

두 사내는 약속이나 한 듯이 홀가분한 표정으로 담배를 꺼내 물었다.

봄볕이 나른한 신작로에 아지랑이가 아롱아롱 피어오르고 있었다. 좋은 계절이었다.

1986년 7월 4일. 미국 독립 210주년 기념 축제가 열리고 있던 신시내티 에덴 공원에서 수많은 사람들이 지켜보는 가운데 리처드 파커라는 백인 사내가 피살되는 사건이 발생했다. 목격자들은 리처드 파커라는 백인 사내가 검은 안경을 쓴 동양인 사내에 의해 피살되었으며, 동양인 사내는 리처드 파커를 쏜 뒤 회색 머큐리 세이블을 타고 유유히 사라졌다고 증언했다.

신시내티 경찰의 조사 결과 살해된 리처드 파커는 매그넘 45구경으로 두개골에 한 발, 복부에 다섯 발을 관통 당해 현장에서 즉사한 것으로 밝혀졌다. 그러나 리처드 파커를 쏜 동양인 사내의 신원은 끝내 밝히지 못했고, 리처드 파커가 전직 CIA 부국장이라는 사실만 밝혀졌을 뿐이었다. 그로부터 다시 1주일 후. 이번엔 이스라엘의 수도 텔아비브의 한 아파트에서 전라의 여자 시체가 발견되어 이스라엘 경찰을 긴장시켰다. 피살자의 신원은 샤샤 구리온. 사인은 왼쪽 가슴에 깊숙이 박혀 있는 과도에 의한 다량의 출혈사였다. 과도는 심장에서 단 한 푼도 빗나가지 않아 샤샤 구리온은 고통을 느낄 시간도 없이 사망한 것으로 추정되었다. 그러나 범인에 대해서는 멕시코인이 아파트에서 나오는 것을 보았다는 목격자만 겨우 확보했을 뿐, 역시 단서 하나 없었다. 피살자 샤샤 구리온이 샤본 데닝스리는 코드네임으로 이스라엘 비밀첩보부 A급 요원으로 활약했었다는 사실만 밝혀졌을 뿐이다.

1986년 9월 6일. 시장바구니를 들고 아이를 등에 업은 한 여인이 아파트 앞에서 만난 집배원으로부터 편지 한 통을 건네받고 흐뭇한 미소를 지었다.

그녀는 국방부 정보국 요원으로 활동하다가 1979년 12·12사태 직후 전역한 정미경이었다. 편지는 호주에 있는 이무영 소령으로부터 온 것이었다.

정 중위 친전
정 중위, 그동안 소식 전하지 못해 미안합니다.
정 중위가 12·12사태 직후 전역하여 한 남자와 결혼, 단란한 가정을 이루었다는 소식을 이곳 시드니에서 인편을 통해 이제야 들었습니다. 왜 내가 정신을 차렸을 때 말해 주지 않았습니까? 늦게나마 결혼을 축하드립니다. 나는 지난 7월에 미국 신시내티와 이스라엘 텔아비브를 다녀왔습니다. 내가 왜 그곳에 다녀왔는지, 내가 그곳에서 무엇을 했는지는 새삼스럽게 설명하지 않겠습니다. 내가 정 중위에게 분명하게 말할 수 있는 것은 대한민국 정보 장교의 자존심을 확인하고 돌아왔다는 사실뿐입니다.

정 중위,

그동안 정 중위가 우리 가족을 호주로 이주하도록 도와주고, 가정을 가진 몸으로 폐인이나 다름없는 나를 병원에 입원시켜 살려준 일에 대해서는 두고두고 잊지 못할 것입니다. 혹시 해외여행을 떠날 기회가 있으면 부디 시드니에 한번 들러 주시기 바랍니다. 아내와 딸도 당신을 진심으로 환영할 것입니다.

남편과 함께 행복하시기를 빕니다.

시드니에서 이무영

추신: 이 편지는 보고 나서 바로 태워 버리기 바랍니다.

정미경은 이무영 소령의 편지를 몇 번이나 되풀이해 읽은 뒤 그것을 아파트 베란다로 가지고 나가 라이터에 불을 붙여 태워 버렸다. 이무영 소령이 미국 신시내티를 다녀왔다는 것은 CIA를 은퇴하여 향리에서 은둔 중인 리처드 파커 부국장을 저격하기 위한 것이었고, 이스라엘 수도 텔아비브를 다녀왔다는 것은 샤론 데닝스를 살해하기 위한 것이 분명했다. 그리고 그는 그 목적을 달성한 것이다.

'이젠 정말 끝났어.'

정미경은 초가을의 햇살이 고즈넉한 아파트 광장을 내려다보며 낮게 중얼거렸다.

그녀의 눈에서 자신도 모르게 눈물 한 방울이 굴러 떨어졌다.

* * *

정미경의 이야기는 마치 한 편의 첩보 영화를 방불케 하고 있었다. 그러나 가슴을 먹먹하게 하는 내용이었다.

"믿기 어려우세요?"

정미경이 잔잔하게 웃었다.

"솔직히 그렇습니다."

"이스라엘은 그 뒤에 핵무기를 개발했어요."

"대통령은 미국의 음모에 의해 시해된 것이 맞습니까?"

"저는 그렇게 생각해요. 대통령은 미국의 경고에도 불구하고 핵무기를 개발하려고 했으니까요."

정미경은 확신하고 있는 것 같았다.

"혹시 대통령의 운전기사로부터 통장을 받은 일이 있습니까?"

"그 일을 어떻게 아세요?"

"운전기사에게 박정희 대통령이 통장을 맡겼다는 이야기를 들었습니다."

"전달 받았어요. 그 돈으로 이무영 소령 가족을 호주로 이민 보내고, 거리로 내보내진 그를 살려서 외국으로 보냈어요."

"조국은 배신을 했어도 박정희 대통령은 여러분을 배신하지 않은 것 같네요."

이강호의 말에 정미경이 엷게 웃었다. 이강호는 정미경과 헤어져 서울로 돌아왔다. 박정희가 핵무기를 개발하려고 했던 것은 사실인 것 같았다.

인도가 실험용 원자로를 이용하여 핵무기 제조에 성공하자 분쟁 상태에 있는 제3세계권 국가들이 잇따라 핵무기 개발을 시도했다. 핵무기를 제조하려면 핵연료 재처리 공장의 건설이 필수적인데 핵연료 재처리 공장의 건설은 막대한 비용과 오랜 연구가 필요했다. 한국이나 제3세계권 국가들이 독자적으로 그것을 건설하려면 짧게 잡아도 5년은 필요한 것이다. 그러나 설계도와 시공 사양서가 있으면 2년이면 충분했다. 한국이나 제3세계권 국가들이 필사적으로 달려드는 것은 당연한 일이었다.

'한국은 북한과 대립하고 있었어. 박정희가 핵무기를 개발하려고 한 것은 당연한 일이 아닌가?'

이강호는 집으로 돌아오자 창밖을 내다보면서 깊은 생각에 잠겼다. 이강호는 서광표를 다시 만나서 M캡슐과 이무영 소령에 대한 이야기를 자세히 들려주었다. 서광표는 감동을 받은 듯한 표정이었다. 그는 우연히 헌책과 함께 박정희 대통령의 자서전을 구입했다고 말했다. 대학 노트의 자서전이 A4 용지의 자서전과 함께 쓰레기통에 버려진 것을 헌책 수집상이 주워서 그에게 팔았다는 것이다. 이강호는 박정희 대통령이 직접 대학 노트에 쓴 육필 원고를 보고 몸을 떨었다. 대학 노트는 매우 낡고 바스러져 있었다. 그러나 필적은 박정희 대통령의 것이 틀림없었다. 이강호는 서광표에게서 그것들을 얻어서 돌아왔다. 서광표는 몹시 아쉬워했으나 나중에 보상을 해주겠다고 말했다.

며칠이 지났다.

"대통령의 자서전입니다."

이강호는 기자들 몰래 박정희 자서전 두 종류를 모두 박근혜에게 전달했다.

"세상에! 이것을 어떻게 얻었어요?"

박근혜가 놀라서 물었다.

"청계천 헌책방에서 입수했습니다. 어떻게 하다가 헌책방으로 이 책이 흘러가게 되었습니까?"

"실은 도둑을 맞았어요. 언론에 공개하지는 않았지만 2008년 총선 직전에 도둑을 맞았어요."

그것은 이명박이 대통령이 되고 얼마 되지 않았을 때였다. 당시 한나라당에 있던 박근혜 쪽 세력은 대부분 공천에서 탈락했다. 그때 박근혜는 살아서 돌아오라고 자신을 지지하는 후보들에게 말했다. 그리고 수많은 그의 지지자들이 무소속으로 선거에 출마하여 그야말로 살아서 돌아왔던 것이다.

"궁금한 것이 있습니다. 대통령께서는 대학 노트에 육필로 자서전을 쓴 것 같은데 상당히 문학적입니다. 혹시 누가 대필을 했나요?"

"아버지는 대학 노트에 자서전을 썼어요. 그런데 10·26 때문에 미완성이었지요. 그래서 내가 소설가 이병하 선생을 불러 마지막 부분을 쓰고 손을 좀 봐 달라고 했어요. 이병하 선생을 아세요?"

"예, 〈국제신문〉 주필을 지내셨고 나중에 소설가가 되셨지요. 지금은 돌아가셨지만……."

"맞아요."

"그래서 대통령의 마지막 모습이 기록되었군요. 그동안 왜 자서전을 공개하지 않았습니까?"

박정희의 자서전에서 문학적 냄새를 느낄 수 있었던 것은 대학 노트에서 컴퓨터로 옮길 때 소설가인 이병하 선생이 윤문을 했을 가능성이 높았다. 그가 나름대로 문장을 다듬은 모양이었다.

"자서전에는 이무영 소령과 정미경 중위에 대한 기록이 이니셜로 적혀 있었어요. 자서전이 공개되면 그들의 신변에 위험이 닥칠까 봐 차마 공개할 수 없었어요. 그들은 조국을 위해 목숨을 바친 사람들이에요. 보호해 주어야지요."

이강호는 박근혜에게서 박정희의 모습을 엿볼 수 있었다.

"이무영 소령은 얼마 전에 죽었다고 합니다. 이제는 공개해도 괜찮습니다."

"그건 시간을 두고 생각해 볼게요."

이강호는 박근혜와 헤어져 선거 사무실을 나왔다. 밖은 이미 캄캄하게 어두워져 있었다. 멀리 빌딩 벽에 붙어 있는 전광판에 2012년 대통령 선거에 출마하는 세 후보, 문재인, 안철수, 박근혜의 얼굴이

비치고 있었다.

　이강호는 빌딩가의 거리로 나섰다. 거리에는 퇴근길의 수많은 인파가 쏟아져 나오고 있었다. 그리고 그 거리의 인파 속에 군복을 입은 박정희 전 대통령이 선글라스를 쓰고 서 있는 모습이 언뜻 망막을 스치고 지나갔다.